Edgar Allan Poe

The Narrative of Arthur Gordon Pym of Nantucket

•

아서 고든 핌의 이야기

창비세계문학

58

•

아서 고든 핌의 이야기

•

에드거 앨런 포

전승희 옮김

창비

차례

•

일러두기

1. 이 책은 Edgar Allan Poe, *The Narrative of Arthur Gordon Pym of Nantucket*(New York: Harper & Brothers, 1838)의 California Digital Library Collection 영인본을 번역 저본으로 삼았다.
2. 1838년 초판의 표제지에는 제목과 함께 다음과 같은 내용이 실려 있다.
   '1827년 6월 미국 국적의 남태평양행 쌍돛대 횡범선인 그램퍼스호에서 일어난 선상 반란과 잔인한 학살의 자세한 내용과 함께, 생존자들에 의한 배의 탈환, 그들의 난파와 기아에 따른 끔찍한 고생, 영국 국적의 종범선인 제인가이호에 의한 구출과 이 선박의 짧은 남극해로의 항해, 남위 84도선상에 위치한 군도에서의 나포와 선원의 학살 경위, 그리고 이 끔찍한 재앙이 가져온 더 남쪽으로의 경이로운 모험과 그곳에서의 발견의 내용을 담고 있다.'
3. 본문 중의 각주는 옮긴이의 것이고, 지은이의 각주는 앞에 '원주'라고 표시했다.
4. 외국어는 되도록 현지 발음에 가깝게 표기하되, 우리말 표기가 굳어진 것은 관용을 따랐다.

서문

나는 남태평양을 비롯한 여러 지역에서 특이한 모험을 한 뒤 몇 달 전 미국으로 돌아왔는데, 이 책에서 그 모험에 대해 이야기하려고 한다. 귀국 후 우연히 버지니아 주 리치먼드에서 만난 몇몇 신사들이 내가 방문했던 지역에 관한 모든 것들에 대해 깊은 관심을 표명하며 내 경험을 대중에게 이야기하는 것이 내 의무라고 끈질기게 권유했다. 하지만 내가 지금까지 그렇게 하지 않은 이유가 몇 가지 있었는데, 그중 일부는 전적으로 사적인 것으로 나만의 관심사이고, 나머지는 그렇지 않다. 내 결심을 미루게 한 한가지 이유는 내가 여행 중에 별로 일기를 충실히 쓰지 않았다는 사실이었다. 단순히 기억에만 의존해서 실제 그 이야기가 가지고 있던 진실을 자세하고 일관성 있게 진술할 수 있을지 의문이었다. 물론 그 자체로 강력한 영향력을 가지고 상상력을 자극하는 사건들에 대해 자세히 이야기하다보면 우리 모두 당연히 과장을 하는 것이 불가피하지만, 그런 면을 제외하더라도 말이다. 또다른 이유는 내가 하려는 이야기가 너무나 황당하다 할 만큼 신기한 내용이라는 사실 때문이었다. 인디언 혼혈인 단 한 사람 외에 내 이야기의 진실성을 증언해줄 사람이 없는 상황에서 그것은 내 가족이나 그동안 나를 오랫동안 지켜보아왔기 때문에 나를 믿어줄 친구들 외에는 어느 누구도 믿기 어려운 것이 당연한 이야기이다. 보통의 대중은 내가 지금 하려는 이야기가 뻔뻔하고 교묘한 허구에 지나지 않는다고 여기기 십상일 것이다. 이런 모든 이유에도 불구하고 주변의 권유를 받아들이는 일이 꺼려진 가장 중요한 이유 중 하나는 실은 내 글쓰기 능력에 대한 자신감의 결여였다.

버지니아 주에서 만난 신사들 중 한 사람으로 내 이야기, 그중에서도 남극해와 관련된 부분에 대해서 가장 큰 관심을 표명한 분으로 포 씨가 있었다. 그는 현재 리치먼드 시에서 토머스 W. 화이트 씨가 발행하고 있는 월간지 『써던 리터러리 메신저』의 편집인으로 있는 분이다. 그는 무엇보다도 내가 보고 경험한 이야기 전체에 대해서 당장 발표를 준비하라고, 대중의 현명함과 상식을 믿으라고 강력하게 권고했다. 그는 내 형편없는 글솜씨 때문에 책이 아무리 서투르게 쓰이더라도 그 때문에 오히려 내용의 진실성이 받아들여질 가능성이 크다며 나를 강하게 설득했다. 그 말을 듣고 보니 꽤 일리가 있다는 생각도 들었다.

하지만 그런 설득에도 당장 그의 제안대로 실행할 결심이 서지는 않았다. 얼마 후 그 문제에 대한 내 생각이 변하지 않은 것을 본 그는 자신이 직접 내가 모험의 초기 단계에 경험한 일들에 대해 이야기한 그대로 서술할 터이니 허락해달라는 제안을 해왔다. 그렇게 서술한 뒤 소설이라는 옷을 입혀서 『써던 리터러리 메신저』지에 출판하겠다는 제안이었다. 나로서는 그 제안에 대해서 별 이의가 없었기 때문에 내 본명을 유지한다는 조건하에 동의해주었다. 따라서 『써던 리터러리 메신저』지의 1837년 1월호와 2월호에 소설로 가공된 내 경험담이 실렸고, 확실히 소설로 여겨질 수 있도록 잡지의 목차에 실린 제목에는 포 씨의 이름을 붙여서 발표했다.

그렇게 발표가 되었기 때문에 나는 사람들이 그 방편을 받아들이는 태도를 관찰할 수 있었다. 그리고 마침내 나는 문제의 그 모험에 대해서 나 스스로 제대로 적어서 출판하는 임무를 맡아야겠다고 생각하게 되었다. 왜냐하면 포 씨가 그렇게 교묘하게 우화의 분위기를 첨가했는데도 『써던 리터러리 메신저』지에 (사실이 조금도 바뀌거나 왜곡되지 않고) 실린 내 진술에 대해서 대중은 그것을 전혀 우화로 받아들이고 싶어하지 않았기 때문이다. 포 씨의 주소로 도착한 몇통의 편지들은 오히려 분명히 그것이 우화가 아니리라는 믿음을 표현하고 있었다. 따라서 나는 내 이야기에 기술된 사실들이 그 내용의 성격상 스스로의 진실성에 대한 증거를 충분히 표현해주고 있다는 것, 따라서 대중들이 내 이야기를 믿어주지 않을까봐 염려할 필요는 별로 없다는 결론을 내렸다.

독자들은 내가 지금까지 설명한 것에 미루어 여기서 읽게 될 글의 어느 부분이 내가 직접 쓴 것인지 곧 알게 될 것이다. 또한 포 씨가 쓴 첫 몇쪽의 내용도 사실을 충실히 반영한 것임을 이해해주기 바란다. 『써던 리터러리 메신저』지를 읽지 않은 독자들께는 그가 쓴 부분이 어디서 끝나고 내가 쓴 부분이 어디서 시작하는지를 지적할 필요도 없을 것이다. 문체의 차이는 금방 느껴질 것이니까.

1838년 7월 뉴욕에서

A. G. 핌

아서 고든 핌의 이야기

1장

내 이름은 아서 고든 핌이다. 아버지는 고향인 낸터킷에서 항해에 필요한 저장 물자를 거래하던 존경받는 상인이었다. 외조부는 훌륭한 변호사였다. 외조부는 여러 모로 운이 좋았고 과거에 에드거튼 뉴뱅크라고 불리던 회사의 주식에 투자를 했는데, 그것으로 큰 성공을 거두었다. 이런 주식 투자와 다른 수단으로 상당한 양의 돈을 저축해놓았다. 내가 아는바 그분은 나를 이 세상의 누구보다도 더 사랑해주었고, 그래서 그분이 돌아가시면 재산 대부분을 내가 물려받을 것으로 기대하고 있었다. 그분은 내가 여섯살 때 나를 외팔이 노신사 리케츠 씨의 학교에 보냈다. 리케츠 씨는 다소 기벽이 있는 분으로 뉴베드퍼드를 방문하는 거의 모든 사람들에게 널리 알려진 분이다. 나는 열여섯살 때까지 그분의 학교에 다녔고, 열여섯살 때 언덕 위 E. 로널드 씨의 아카데미로 학교를 옮겼다. 그곳에서 나는 바너드 씨의 아들과 친해졌는데, 바너드 씨는 주로 로이드 앤드 브레덴버그 사에 고용되어 항해를 하는 선장이었다. 내가 알기로 바너드 씨에게는 에드거튼에 사는 친척이 많았다. 그의 아들의 이름은 어거스터스였고 나보다 두살가량 손위였다. 그는 존 도널드슨호를 타고 아버지와 함께 고래잡이를 간 적이 있어서 늘 남태평양에서 경험한 모험에 대해 이야기하곤 했다. 나는 그의 집에서 그와 함께 하루 온종일을 보내는 일이 많았고, 어떤 때는 밤까지도 함께 새우곤 했다. 우리는 같은 침대를 썼고 그는 새벽이 될 때까지 항상 나를 깨워두고 티니언 섬이나 자신이 여행 중에 방문한 여러곳의 원주민들에 대해 이야기해주었다. 그러다가 마침내 나도 그가 이야기한 것에 관심을 갖지 않을 수 없었고 점차 항해에 대한 강렬한 욕망을 품게 되었다. 나에게는 75달러 정도 하는 애리얼이라는 이름의 돛단배가 있었다. 그 배는 반갑판 혹은 작은 선실이 있는 외돛배였다. 몇 톤짜리였는지는 잊었지만 열명 정도는 너끈히 태울 수 있는 크기였다. 우리는 그 배를 타고 세상에서 가장 악천후인 날에 바다에 나가곤 했다. 그때 일들을 생각하면 내가 오늘날까지 살아 있는 것이 신기하고도 신기한 일이다.

이제 그런 모험 중 하나에 대한 이야기로 더 길고 더 중요한 이야기의 서론을 삼아볼까 한다. 어느날 밤 바너드 씨 댁에서 파티가 있었고 파티가 끝나갈 때쯤에는 어거스터스와 내가 둘 다 술에 상당히 취해 있었다. 그런 경우 보통 그렇듯이 그날밤도 나는 집에 가는 대신 그의 침대 한쪽을 차지했다. 파티가 끝났을 때는 밤 1시가 다 되어 있었기 때문에 그는 무척 조용히, 그리고 평소에 좋아하던 화제를 전혀 꺼내지 않고 그냥 잠이 드는 듯했다. 하지만 우리가 침대에 든 지 반시간쯤 후 내가 막 잠들려는 찰나에 그가 갑자기 벌떡 일어났다. 그러더니 남서풍이 그렇게 멋지게 불어오는 밤에 아서 핌 때문이든 어떤 망할 놈 때문이든 잠을 잘 수는 없다고 말했다. 나는 그때까지 한번도 그렇게까지 놀라본 적이 없었다. 그가 무슨 말을 하고 있는지도 이해가 가지 않았고 그가 포도주와 독주를 마셨기 때문에 완전히 정신이 나간 것이 틀림없다고 생각했다. 하지만 그는 무척 침착한 태도로 내가 자신이 취했다고 생각하고 있다는 것을 알고 있지만 자신은 한번도 그때처럼 정신이 말짱해본 적이 없다고 말했다. 그러면서 그렇게 멋진 밤에 개처럼 침대에 누워 있는 것은 피곤하다고, 그래서 일어나서 옷을 입고 배를 타고 바람을 쐬러 나갈 작정이라고 덧붙였다. 그때 나 또한 무엇에 씌었던 것인지도 모르겠다. 아무튼 그런 말을 듣자마자 나 역시 너무나 신나고 즐거운 생각들이 연상되면서 흥분되었다. 그리고 정신 나간 사람 같은 그의 그런 생각이 이 세상에서 가장 즐겁고 합리적인 생각 중 하나라고 여겨졌다. 바깥에서는 거의 광풍이라 해도 좋을 바람이 몰아치고 있었고 때가 10월 말경이었기 때문에 날씨도 무척 추웠다. 그럼에도 나는 황홀경이라 할 지경에 빠져서 침대에서 뛰쳐나와 나도 그에 못지않게 용감하며, 침대에 개처럼 누워 있는 일이라면 그에 못지않게 피곤하고, 낸터켓의 어거스터스 바너드이든 누구든 못지않게 신나게 놀 준비가 되어 있다고 말했다.

우리는 당장 옷을 주워 입고 서둘러 보트를 향했다. 보트는 팽키

사의 목재 하치장 곁 낡고 쇠락한 부두에 매인 채 거친 목재에 옆면을 부딪히고 있었다. 어거스터스는 반쯤 물이 찬 배에 올라타서 물을 퍼냈다. 우리는 물을 다 퍼낸 뒤 선수의 삼각형 돛과 주돛을 올려 완전히 펼친 뒤 대담하게 먼바다로 나가기 시작했다.

내가 방금 전에 말했듯이 그날밤에는 남서쪽에서 시원한 바람이 불어오고 있었다. 밤의 날씨는 맑고 추웠다. 어거스터스가 조타장치를 담당했고 나는 반갑판 돛대 곁에 자리를 잡았다. 우리는 굉장한 속도로 거의 날다시피 움직였고, 우리 두 사람은 부두를 떠난 뒤로 서로 한마디 말도 하지 않았다. 그러다가 내가 어느 방향으로 가려고 하느냐고, 그리고 언제 돌아갈 생각이냐고 물었다. 그는 몇분 동안 휘파람을 불다가 신경질적으로 말했다. "나는 바다로 갈 건데 자네는 집에 가고 싶으면 가게." 그를 향해 눈길을 돌린 즉시 나는 그가 평정심을 가장하고 있지만 상당한 흥분 상태에 있다는 사실을 알 수 있었다. 달빛 덕분에 똑똑히 보인 그의 얼굴은 대리석보다도 더 창백했는데, 손이 와들와들 떨려서 키의 손잡이조차 꽉 틀어잡고 있지 못했다. 나는 무엇인가 상당히 잘못 돌아가고 있다는 사실을 깨닫고 깜짝 놀랐다. 그때까지 나는 아직 배 다루는 방법을 잘 모르고 있었기 때문에 그때 우리는 내 친구의 항해술에 전적으로 의지하고 있는 셈이었다. 우리가 빠른 속도로 육지의 그늘을 벗어나게 되자 바람 또한 갑자기 세어졌다. 그렇지만 나는 아직까지는 내가 겁에 질려 있다는 사실을 드러내 보이기가 창피했다. 그래서 거의 반시간 동안 더 단호하게 침묵을 지키고 있었다. 그러나 반시간 후에는 더는 참을 수가 없어서 어거스터스에게 돌아가는 편이 낫겠다고 말했다. 그는 조금 전에도 그랬던 것처럼 거의 1분이나 지난 뒤에 대답을, 아니 내 말을 알아들었다는 표시를 했다. "곧," 그가 마침내 말했다. "시간이 되면 곧 집에 가세." 나는 그 비슷한 대답을 기대하기는 했지만 그 말을 하는 그의 어조에서 느껴지는 어떤 면 때문에 묘사하기 힘들 정도의 공포심이 와락 밀려왔다. 나는 그를 다시 유심히 바라보았다. 그의 입술은 완전히 납빛이었고 무릎은 너무나 격렬하게 떨려서 가만히 서 있기도 힘들어 보였다. "제발, 어거스터스," 내가 완전히 겁에 질려서 비명처럼 말했다. "어디가 아픈 거야? 무슨 일이야? 어쩔 셈이야? 무슨 일이냐고!" 그가 무척 놀란 표정으로 더듬거리는 동시에 키의 손잡이를 놓은 채, 그리고 보트의 바닥으로 고꾸라지면서 말했다. "무슨 일이냐고! 글쎄, 아무 문제도 없어. 집으로 가고 있지, 아아안 보이나?" 이제 나는 순식간에 상황의 전모를 깨달았다. 그래서 당장 그에게 다가가 그를 일으켜세웠다. 그는 술에 취한, 너무도 끔찍하게 취한 상태였다. 더이상 서 있을 수도, 말을 할 수도, 앞을 볼 수도 없는 상태였던 것이다. 눈은 유리처럼 완전히 멍했다. 그리고 극도로 절망한 내가 그를 내려놓자 그는 내가 방금 그를 부축해 세웠던 배 밑바닥 만곡부에 괸 물을 향해 목재 토막이라도 되는 양 다시 굴러떨어졌다. 그가 그날 저녁 내가 짐작했던 것보다 훨씬 더 많은 술을 마시고 취했던 것이 분명했고, 침대에서의 그의 행동은 술이 심하게 취했을 때의 집중 상태 — 미친 사람의 경우에도 그렇듯, 술 취한 사람이 겉보기에는 오감을 완전히 장악하고 있는 것처럼 보이도록 정신이 말짱한 사람의 태도를 흉내 내는 것이 가능한 상태—에서 나온 것이 분명했다. 그러다가 밤공기가 워낙 차서 찬 공기 특유의 효과가 나타났고, 그의 정신적인 에너지가 그 효과에 굴복하기 시작했던 것이다. 그리고 바로 그 순간 그에게 느껴졌던 것이 분명한, 자신의 위험한 상황에 대한 혼란스러운 자각으로 인해 순식간에 이 대파국의 상황이 닥친 것이었다. 그는 이제 모든 감각을 완전히 상실했고, 깨어나려면 적어도 몇시간은 기다려야 할 참이었다.

내가 그때 얼마나 극단적인 공포심을 느꼈는지에 대해서는 지금 짐작하는 것조차 불가능할 지경이다. 조금 전에 마신 술의 기운이 완전히 사라져서 나는 이중으로 소심해지고 주저하는 상태가 되었다. 나는 내가 배를 조종할 줄 전혀 모른다는 사실, 그리고 사나운 바람과 강한 썰물이 파멸을 향해 우리를 서둘러 보내고 있다는 사실을 의식하고 있었다. 우리의 뒤쪽에서 폭풍우가 몰려오고 있는 것이 분명했다. 우리에게는 나침반도 비상식량도 없었다. 그리고 그 상태로 계속 간다면 동이 터오기도 전에 더이상 육지가 보이지 않게 될 것이 분명했다. 이런 생각들이 똑같이 공포스러운 한 무리의 다른 생각들과 함께 굉장히 빠르게 내 머릿속을 스쳐지나갔다. 얼마 동안은 그런 생각들로 혼돈스러운 마비 상태에 빠져서 아무런 노력도 할 수 없었다. 배는 무시무시한 속도로 물을 가르며 나아가고 있었다. 삼각돛이나 주돛이 축범되지 않아서 바람을 고스란히 받으며 가고 있기 때문에 선수가 완전히 물거품 속에 잠긴 상태였다. 앞서 말했듯이 어거스터스가 키의 손잡이를 놓아버렸고 나는 너무나 흥분된 상태여서 그것을 잡을 생각도 못 하고 있었는데, 그러는 사이에 배가 방향을 바꿔 풍파를 측면에 받지 않은 것만 해도 신기하고도 신기한 일이었다. 그렇지만 다행히도 배는 안정적으로 가고 있었고, 나는 점차적으로 어느정도 침착성을 되찾게 되었다. 하지만 바람은 점점 더 무시무시하게 불어오고 있었다. 그리고 배가 앞으로 고꾸라졌다가 다시 일어설 때마다 배의 뒤쪽에서 바닷물이 고물 위를 덮쳤고 우리 몸 위로 물을 퍼부었다. 나는 온몸이 완전히 마비된 듯 거의 아무 감각도 없는 상태였다. 그러다가 마침내 절망이 너무 큰 나머지 오히려 결단력이 솟아나 나는 주돛 쪽으로 뛰어가서 단숨에 그것을 넘어뜨렸다. 그런 상황에서 당연히 기대 가능한 결과대로 돛은 이물을 넘어 쓰러지면서 물에 빠진 채 휩쓸려가버렸고, 돛대는 뱃전 쪽으로 떨어져나갔다. 이 우연 덕분에 나는 즉각적인 죽음을 모면할 수 있었다. 나는 이제 삼각돛만을 달고 바람을 맞으며 돌진해나갔고, 고물 위로 덮쳐오는 바닷물을 가끔씩 밀어내야 했지만 당장 죽을 것이라는 공포로부터는 벗어났다. 나는 조타 장치를 잡았고 아직도 우리에게 궁극적으로 살아남을 수 있는 가능성이 있다는 사실을 깨닫고는 안도의 한숨을 쉬었다. 어거스터스는 여전히 배의 밑바닥에 의식을 잃고 쓰러져 있었다. 그리고 그가 넘어져 있는 곳의 물 높이가 거의 1피트나 되어 그가 당장 익사할 위험이 있었기 때문에 나는 한참 애를 쓴 끝에 그를 겨우 조금 일으켜세울 수 있었다. 그리고 그의 허리에 로프를 둘러서 그것을 반갑판의 고리 달린 볼트에 묶어 그를 앉혀놓았다. 나는 오싹하면서도 흥분된 상태에서 그렇게 내가 할 수 있는 최선을 다해놓고 하느님께 기도를 드리며 무슨 일이 닥치든 내 온 힘을 다해 견뎌내리라 결심했다.

내가 이렇게 결심하자마자 갑자기 천가지 악령의 목구멍에서 나오는 듯 커다랗고 긴 비명 혹은 고함 소리가 사방에서 배 위를 덮치는 듯했다. 그 순간 내가 경험했던 극심한 공포의 고통을 목숨이 붙어 있는 한 잊을 수 없을 것이다. 머리카락이 전부 곤두섰고 혈관의 피가 모조리 굳어버리는 듯했으며 심장은 완전히 멈췄다. 그리고 무엇 때문에 그런 일이 일어났는지 눈을 들어 살펴볼 틈도 없이, 쓰러져 있는 내 친구의 몸 위로 곤두박질치며 정신을 잃었다.

정신이 들었을 때 나는 낸터켓을 향해 가고 있던 커다란 고래잡이배 펭귄호의 객실에 있었다. 몇몇 사람들이 나를 내려다보며 서 있었고, 어거스터스는 죽음보다 더 창백한 얼굴로 부지런히 내 손을 문지르고 있었다. 그는 내가 눈을 뜨는 것을 보고 기쁘고 고마운 마음에 탄성을 질렀으며, 그와 함께 그곳에 있던 거칠어 보이는 사람들도 웃다가 울다가 했다. 곧이어 우리가 살아 있다는 사실을 둘러싼 의문이 설명되었다. 그 고래잡이배가 돛을 활짝 펴고 배에 있는 돛이란 돛은 다 펴서 전속력으로 낸터켓을 향해 가고 있던 중에 우리 배와 거의 직각으로 부딪힌 것이었다. 몇몇 선원이 선수 쪽에서 망을 보고는 있었지만 그들이 우리 배를 목격했을 때는 이미 우리 배와 부딪히는 것을 피할 수 없는 순간이었다. 그래서 그들이 우리에게 경고하기 위해 지른 고함 소리에 내가 그렇게 놀란 것이었다. 그들에 따르면 그 커다란 배는 즉시, 우리 작은 보트가 깃털 위를 지나간다면 그랬을 것처럼 아주 가볍게, 진로에 아무런 방해도 받지 않고 우리 배 위를 지나갔다고 했다. 희생자의 갑판에서는 비명 소리도 들리지 않았고, 다만 삼켜진 연약하고 작은 돛단 배가 잠시 동안 파괴자의 용골을 따라 부딪힐 때 바람과 파도의 포효와 섞여서 약간 긁히는 소리가 났는데, 그게 다였다고 했다. 선장(뉴런던 출신의 E. T. V. 블록 선장)은 우리 배(독자들도 기억하겠지만, 이미 돛대가 꺾인 상태인)가 무용지물로 버려진 선체에 불과하리라 생각하고 그 문제로 더이상 신경을 쓰지 않고 계속 가려고 했다. 다행히도 망보던 사람 두명이 우리 배의 키를 잡고 있는 사람을 분명히 보았다고 맹세하면서 그 사람을 구할 수도 있다고 주장했다. 그에 따라 논쟁이 벌어졌고 점차 화가 치민 블록은 조금 후 다음과 같은 취지의 말을 했다. '계란 껍데기가 있는지 없는지를 끝까지 찾는 것은 나의 일이 아니며 그런 말도 안 되는 일로 배를 지연시켜서는 안 된다. 그리고 만일 누가 진짜로 우리 배에 치였으면 그건 자기 잘못 때문이지 누구 탓을 하겠느냐. 익사해서 저주를 받거나 말거나.' 일등항해사인 헨더슨은 그렇게 저열하고 잔인한 선장의 말에 그 배에 타고 있던 다른 선원들 모두와 마찬가지로 당연히 화가 나서 그 문제에 대한 주도권을 주장했다. 그는 선원들이 자신을 지지한다는 사실을 확인하고 선장에게 그런 말을 하다니 교수형에 처해 마땅하다고 말했다. 그러면서 자신은 육지에 발을 딛자마자 교수형을 당하는 한이 있더라도 선장의 명령을 거부하겠다고 단순하고 명백하게 말했다. 그리고 얼굴이 하얗게 질리면서 아무런 대답도 못 하넌 블록을 한쪽으로 밀어버리고 고물 쪽으로 성큼성큼 다가가서 키를 잡고 단호한 목소리로 "바람 밖으로 급선회!"라고 명령했다. 선원들은 재빨리 각자의 자리로 돌아갔고 배는 날렵하게 방향을 돌렸다. 이 모든 일에 5분 가까이 걸렸는데, 그들은 배에 진짜로 사람이 타고 있었다 하더라도 그 사람을 구할 수 있으리라고는 거의 기대하지 않고 있었다. 하지만 독자들이 이미 알고 있듯이 어거스터스와 나는 둘 다 구조되었다. 그리고 우리가 구출된 건 현명하고 경건한 사람들이 섭리의 특별한 개입이라고 생각하는, 거의 상상하기 힘든 두가지 행운 덕분인 듯했다.

항해사는 바람이 불어오는 쪽으로 배가 방향을 돌리고 있던 중에 소형 보트를 내렸다. 그러고 나서 내가 알기로, 내가 키를 잡고 있는 것을 보았다고 한 바로 그 두 사람과 함께 보트로 뛰어내렸다. 그들이 배의 바람 받지 않는 쪽을 막 떠났는데(달은 여전히 밝게 비치고 있었다), 배가 바람 부는 쪽으로 길게, 그리고 무겁게 흔들거렸고, 바로 그 순간에 헨더슨이 놀라서 제자리에서 벌떡 일어나 선원들에게 배를 후진시키라고 고함을 질렀다. 그는 아무 말도 하지 않고 그냥 "후진, 후진!"이라고만 다급하게 반복했다. 선원들은 최대한 빠르게 후진을 하려고 했지만 배는 이미 방향을 돌려서 선원 모두가 돛을 좁히려고 안간힘을 쓰고 있었는데도 완전히 전진하고 있었다. 위험을 무릅쓰고 항해사는 주 체인이 그의 손이 닿는 곳에 오자마자 그것에 매달렸다. 배는 다시 한번 크게 요동을 하더니 이제 배의 우현이 용골만큼이나 멀리 물을 벗어났는데, 그때 그가 염려한 원인이 분명하게 모습을 드러냈다. 반짝이는 부드러운 바닥(펭귄호는 구리 도금이 되어 있었고 구리로 죄어져 있었다)에 한 사람의 몸이 독특한 모습으로 붙어 있었고, 선체가 움직일 때마다 바닥을 사납게 때리고 있었다. 그들은 배가 요동을 치는 동안 몇번의 시도와 실패 끝에, 그리고 보트가 물에 잠겨버릴지도 모르는 큰 위험을 무릅쓰고 마침내 나를 구출해 배 위로 올렸다. 그들이 본 사람이 나였으니까 말이다. 목재로 된 볼트 중 하나가 동판을 가격해서 뚫은 뒤 내가 배 밑으로 떨어질 때 진로를 막아서 나를 그렇게 특이한 모양으로 배 바닥에 묶었던 것 같았다. 볼트의 끝부분이 내가 입고 있던 초록색 나사천 상의의 옷깃을 뚫고 내 목덜미를 관통해 오른쪽 귀 바로 아래에 있는 두개의 힘줄 사이를 뚫고 나왔다. 다 죽은 사람처럼 보이기는 했지만 그들은 즉시 나를 침대로 옮겼다. 배에는 외과 의사가 타고 있지 않았다. 하지만 선장은 내 짐작에 이 모험의 시초에 자신이 보인 잔인한 행동에 대해 선원들 앞에서 만회하려는 심리 때문이었는지 나를 최대한 성의껏 돌보아주었다.

그러는 동안 바람이 더욱 거세져서 이제 허리케인 수준으로 불고 있었다. 하지만 헨더슨은 다시 배를 타고 떠났다. 몇분이 지나지 않아 그가 데리고 간 선원 중 한 사람이 몰아치는 폭풍우 속에서 간간이 누군가가 살려달라고 외치는 소리가 들려온다고 장담했다. 그러는 동안에도 블록 선장은 계속 귀선 신호를 보내고 있었고, 실상 그렇게 약한 소형 배에 조금이라도 더 있으면 있을수록 그들이 더욱더 위급하고 치명적인 위기 상황에 처하게 되는 것은 사실이었다. 그럼에도 불구하고 그 강인한 선원들은 반시간이 넘도록 끈질기게 수색을 계속했다. 사실 그들이 타고 있던 그 작은 배가 어떻게 단박에 파괴되는 일을 면했는지는 상상하기가 거의 불가능할 정도이다. 하지만 그 배는 고래잡이를 위해서 만들어진 것이었고,

나중에 알게 된 바에 따르면 웨일즈의 해안에서 사용되던 구명보트처럼 공기통이 부착된 것이었던 듯하다.

그들은 방금 언급한 만큼 동안의 수색이 수포로 돌아가자 다시 배로 돌아가기로 결정했다. 그런데 그들이 그런 결정을 내리자마자 빠른 속도로 떠가고 있던 어두운 물체로부터 희미한 비명 소리가 들려왔다. 그들은 그것을 쫓아가서 곧 따라잡았다. 그 물체는 애리얼의 반갑판 전체였던 것으로 판명되었다. 어거스터스가 그 반갑판 주변에서 명백히 마지막 고통에 시달리는 모습으로 안간힘을 쓰고 있었다. 그를 구하고 보니 그는 떠다니고 있던 목재에 로프로 묶여 있었다. 독자들도 기억하겠지만 내가 그의 허리에 로프를 둘러서 그가 똑바로 앉아 있을 수 있도록 그것을 고리 달린 볼트에 고정시켜놓았었는데, 그것이 궁극적으로 그의 생명을 구하는 수단이 된 것 같았다. 애리얼호는 애초부터 약하게 만들어진 배였고 침몰할 때 당연하게도 선체가 산산조각 났다. 예상할 수 있는 대로 반갑판은 밀려오는 파도의 힘에 따라 주된 목재 부분이 완전히 들어올려져서 (의심할 바 없이 다른 조각과 함께) 수면으로 떠올랐고, 어거스터스는 그 반갑판과 함께 물 위에 떠 끔찍한 죽음을 면했던 것이었다.

어거스터스는 펭귄호에 실린 지 한시간 넘게 지나서야 이야기를 할 수 있었으며, 우리 배에 닥친 사고의 성격을 이해할 수 있게 되었다. 그러다가 마침내 정신이 완전히 들자 물속에 빠졌을 때의 느낌을 충분히 이야기할 수 있게 되었다. 그는 정신이 얼핏 들었을 때 자신이 수면 아래에서 상상하기 힘들 만큼 빠른 속도로 빙빙 돌고 있으며 목에 로프가 서너차례 단단히 감긴 상태라는 것을 깨달았다. 다음 순간에 자신이 재빠르게 위로 치솟아오르고 있다는 사실을 깨달을 수 있었는데, 갑자기 머리가 딱딱한 물체에 세게 부딪히면서 다시 정신을 잃게 되었다. 그런 뒤 다시 정신이 들면서 전보다는 생각을 좀더 분명하게 할 수 있었으나 그래도 여전히 꽤 혼미하고 혼란스러운 상태였다. 아무튼 이제야 자신에게 무슨 사고가 있었는데 비록 입은 수면 위에 있어서 숨을 어느정도 자유롭게 쉴 수 있었지만 몸은 물에 빠진 상태였다는 사실을 알 수 있었다. 이 시점에는 바람 때문에 갑판이 엄청나게 빠른 속도로 움직이면서 그곳에 등을 대고 떠가고 있던 그를 잡아당기고 있었던 것이 아닌가 싶다. 물론 그런 자세를 유지하고 있는 한 그가 익사하기란 거의 불가능했을 것이다. 그런데 곧이어 큰 파도가 일어 그는 곧장 갑판을 가로질러 내동댕이쳐졌다. 그래도 그는 같은 자세를 유지한 채 간간이 도와달라고 고함을 지르고 있었다. 헨더슨 씨에게 발견되기 바로 직전에 그는 너무나 지친 나머지 손을 놓고 바닷속으로 떨어지면서 이제는 끝장이라고 생각했었다. 사투를 하는 내내 그는 애리얼에 대해서도, 자신이 경험하고 있던 대재난의 원인에 대해서도 전혀 기억하지 못하고 있었다. 단지 온몸의 기능이 막연한 공포심과 절망감에 사로잡혔을 뿐이었다. 마침내 구조되었을 때는 정신을 완전히 잃은 상태였다. 그리고 앞에서 말했던 것처럼 펭귄호에 건져올려진 지 거의 한시간이 지나서야 자신의 상태에 대해 온전히 알게 되었다. 나로 말하자면, 거의 다 죽게 된 상태에서 어거스터스가 제안한 방법을 따라, 즉 뜨거운 기름에 적신 플

란넬을 몸에 강하게 문지른 뒤에야—그들은 세시간 반 동안 온갖 방법을 다 시도했으나 실패해서 그 방법을 시도한 것이었다—소생했다. 내 목의 상처로 말하자면 비록 보기에는 흉했지만 그다지 심각하지는 않은 것으로 판명되었고, 상처도 곧 아물었다.

펭귄호는 그날 낸터킷 인근에서 일찍이 경험한 가장 강한 광풍 중 하나를 겪은 뒤 아침 9시경에 항구로 들어갔다. 어거스터스와 나는 둘 다 아침식사 시간에 맞춰 바너드 씨 댁에 나타날 수 있었다. 전날 밤 파티가 있었기 때문에 다행히 아침식사 시간이 좀 늦어졌던 것이다. 탁자에 앉아 있던 사람들은 모두 자신들이 워낙 피곤했기 때문에 우리의 지친 모습에 주목하지 못했다. 물론 누군가 엄한 눈으로 우리를 보았다면 무슨 일이 있었다는 것을 모를 수는 없었겠지만. 하지만 학생들은 기만술 하나만큼은 워낙 뛰어나기 때문에 나는 낸터킷의 우리 친구들 중 그 누구도 읍내에서 선원들 몇몇이 하던 이야기의 주인공이 애리얼이나 내 친구나 나라고 추호도 의심하지 않았다고 진심으로 믿고 있다. 선원들은 바다에서 다른 배와 부딪혀서 삼사십명의 불쌍한 녀석들을 익사시켰다고 떠벌렸던 것이다. 우리 두 사람은 그 이후 자주 그 일에 대해 이야기하곤 했지만 매번 몸서리가 쳐졌다. 그렇게 이야기를 하던 중 한번은 어거스터스가 우리의 작은 배 위에서 자신이 엄청나게 취해 있었으며, 그렇게 술이 취한 채 물속으로 가라앉고 있다는 사실을 느꼈을 때보다 더 고통스러운 당혹감을 느낀 적은 평생에 한번도 없었다고 내게 솔직하게 고백했다.

2장

단순한 편견—긍정적인 것이든 부정적인 것이든—과 관련된 일에서 우리는 가장 단순한 자료를 가지고 추정하더라도 완전히 확신할 수는 없다. 혹자는 내가 방금 이야기한 대재난으로 인해 바다에 대한 내 초기의 열정이 효과적으로 식었을 것이라고 추정할지도 모르겠다. 하지만 그와는 정반대로 나는 그 기적적인 구출 사건이 있은 지 일주일도 되기 전에 항해자의 삶에 따르는 거친 모험에 대해 전에 없이 강렬한 열망을 품게 되었다. 그 짧은 기간이야말로 내 기억으로부터 최근의 그 위험한 사건에서 어두운 부분을 지우고 기분 좋게 자극적이고 화려한 모든 지점, 모든 인상적인 면들이 생생한 빛을 발하게 하는 데 충분한 기간인 것으로 판명되었다. 어거스터스와의 대화는 날이 갈수록 잦아졌고 더욱더 강렬하게 흥미진진해졌다. 바다에서의 경험을 (지금 생각해보면 그가 한 이야기의 반 이상이 지어낸 것이었음에 틀림없지만) 이야기하는 그에게는 내 열렬한 성격과 열렬하되 다소 우울하기도 한 상상력에 꼭 맞게 이야기하는 솜씨가 있었다. 또한 그가 그린 그림의 밝은 부분에 대해서는 내 공감이 제한적이었던 데 비해, 고통과 절망의 끔찍한 순간들을 묘사할 때의 그가 선원의 삶에 대한 내 열망을 강력하게 유인했던 것도 신기한 일이다. 내가 그린 것은 난파와 기아, 혹은 죽음이나 야만인들의 포로가 되는 것, 접근 불능의 미지의 대양 한가운데 있는 우울한 회색 바위 위에서 슬픔과 눈물 속에 보내는 삶 같은 것들이었다. 나는 나중에야 그런 상상, 혹은 욕망—그것들은 욕망이라고 불릴 만했다—이 우울한 성격의 사람들에게 흔한 것이라는 사실을 알게 되었다. 그때 당시에 나는 그것들을 단순히 내가 어떤 식으로든 실현하게 되어 있는 운명에 대한 암시라고 생각했다. 어거스터스는 내 심리 상태를 완벽하게 이해하고 있었다. 실상 친하게 지내다보니까 부분적으로 성격의 상호작용이 일어난 것이었는지도 모르겠다.

애리얼호의 재난이 있은 지 18개월쯤 지난 후 로이드 앤드 브레덴버그 사(내가 알기로 리버풀의 메시어즈 엔더비와 어떤 식으로인가 연관이 있는 회사다)에서 쌍돛대 횡범선인 그램퍼스호를 고래잡이배로 개조하는 작업이 진행 중이었다. 그 배는 노후 선박으로 최대한 개조를 해도 실은 항해에 그다지 적합하지 않은 배였다. 나는 같은 주인의 소유인 다른 좋은 배들을 제치고 왜 그 배가 선택되었는지 알지 못한다. 하지만 선택된 것은 그 배였다. 바너드 씨가 그 배의 선장으로 임명되었고 어거스터스가 그와 함께 가기로 결정되었다. 그 배의 준비 작업이 진행되고 있는 동안 어거스터스는 자주 내게 이번이야말로 항해에 대한 내 욕망을 만족시킬 수 있는 훌륭한 기회라며 함께 가자고 권했다. 그리고 나 또한 그의 권유에 상당히 솔깃해졌다. 하지만 그것은 쉽게 결정할 수 있는 문제는 아니었다. 아버지는 직접적으로 반대를 하지는 않았지만 어머니는 그 계획을 언급만 해도 완전한 히스테리 상태가 되었다. 그리고 무엇보다도 내게 많은 재산을 물려줄 것이 기대되는 외조부는 내가 다시 그 이야기를 꺼낸다면 단돈 한푼도 남겨주지 않겠다고 다짐했다. 그러나 이런 난관들은 내 욕망을 진정시키기는커녕 오히려 불꽃 위에 기름을 퍼부은 셈이었다. 나는 어떤 위험을 무릅쓰고라도 꼭 항해를 떠나야겠다고 결심했다. 그리고 어거스터스에게 그같은 내 의도를 알렸고, 그런 뒤 우리는 그 일을 성사시킬 방법을 고안해보기 시작했다. 그러는 동안 나는 그에게 그 항해에 관해서 내 가족과 친척 중 누구에게도 이야기하지 말아달라고 부탁했다. 그리고 겉으로는 평소처럼 열심히 공부하는 척 행동했기 때문에 다들 내가 그 계획을 포기한 것으로 생각하고 있었다. 나는 나중에 그 시기의 내 행동에 대해서 돌이킬 때마다 스스로에 대한 혐오감이 들었고, 또 스스로에 대해 놀랍기도 했다. 내가 계획을 성사시키기 위해서 활용한 철저한 위선—그렇게 오랜 기간 동안 내 모든 말과 행동에 스며들었던 위선—은 오랫동안 꿈꾸어왔던 항해를 성사시킨다는 생각으로 내가 느꼈던 강렬하고 타는 듯한 기대감을 생각하지 않는다면 나 스스로도 용납하기 힘든 것이었다.

내 기만스러운 기획을 추구하는 데 많은 일을 어거스터스에게 맡길 수밖에 없었다. 어거스터스는 매일같이 그램퍼스호를 타고 그 객실과 선창에서 그의 아버지가 시킨 온갖 일들을 하며 상당한 시간을 보냈다. 하지만 밤에는 꼭 나와 만나서 우리의 희망에 대해 함께 이야기하곤 했다. 이런 식으로 성공할 가능성이 있어 보이는 계획을 생각해내지 못한 채 한달가량을 보낸 뒤에 그가 마침내 필요한 모든 것을 결정했다고 내게 말했다. 나에게는 뉴베드퍼드에 사는 로스 씨라는 친척이 있었는데, 나는 가끔 그 댁에서 한번에 2~3주씩 머물곤 했었다. 배는 1827년 6월 중순에 떠날 예정이었다. 그래서 배가 항해를 떠나기 하루나 이틀 전에 우리 아버지가 평소처럼 로스 씨로부터 내가 당신 댁에 와서 아들인 로버트와 에멧과 2주 정도 보내게 해달라는 간단한 편지를 받도록 하기로 결정했다. 그 편지를 쓰고 전달하는 일은 어거스터스가 담당하기로 했다. 나는 뉴베드퍼드로 떠나는 척한 뒤에 내 친구를 만날 예정이었고, 그가 그사이에 그램퍼스호 안에 내 은신처를 마련해놓을 계획이었다. 그는 내가 여러날 동안 밖으로 전혀 나오지 않고 지내도 충분할 만큼 편리하게 은신처를 꾸며놓겠다고 다짐했다. 배가 돌아서기에는 불가능할 지점에 도달한 뒤에야 나는 밖으로 나가 객실의 모든 편의를 제대로 누릴 수 있게 될 예정이었다. 그리고 그는 자신의 아버지는 이 장난에 대해서 그냥 유쾌하게 웃어넘길 것이라고 했다. 그리고 항해 도중 배를 많이 만날 것이므로 그중의 한 배를 통해서 내 모험에 대해 설명하는 편지를 집으로 부치도록 하자고 결정했다.

마침내 6월 중순이 왔고 모든 준비가 완료되었다. 어거스터스의 위조 편지가 배달되었고, 나는 어느 월요일 아침 뉴베드퍼드행 정기선을 타려는 척 집을 나섰다. 그러나 나는 곧장 길모퉁이에서 나를 기다리고 있던 어거스터스와 만났다. 원래는 내가 어디 숨어 있다가 어두워진 뒤에 살짝 배에 오르려는 계획이었다. 하지만 마침 짙은 안개가 끼어 있어서 상황이 우리에게 유리했다. 그래서 내가 당장 배에 숨기로 결정했다. 어거스터스는 부두로 나를 데려갔고 나는 사람들이 내 모습을 쉽게 알아보지 못하도록 그가 가져다준 두꺼운 선원용 외투로 몸을 감싼 채 그에게서 조금 떨어져서 그의 뒤를 따랐다. 그런데 우리가 에드먼드 씨의 우물을 지난 뒤 두번째 모퉁이를 돌고 있을 때 내 바로 앞에 서서 내 얼굴을 정면으로 바라보고 있던 사람이 내 외조부인 피터슨 씨가 아니고 누구였겠는가. "저런, 이게 웬일이냐, 고든." 한참 가만히 있던 그분이 말했다. "왜, 왜 ―도대체, 그 더러운 외투는 누구 것이냐?" "어르신!" 내가 그 위기 상황을 넘기기 위해 최대한 연기를 하며 놀랍고 불쾌하다는 듯한 태도로 상상할 수 있는 가장 거친 어조로 대답했다. "어르신! 먼가 잘못 아셨구먼요. 우선 내 이름으로 말하자면 고딘 같은 거하고는 거리가 먼뎁쇼. 그리고, 아, 이 불한당 겉은 양반, 내 새 오이투를 드럽다고 하지 않는 거이 좋을 거구먼요!" 내 외조부가 이 기막힌 반박에 황당해하던 모습을 보고 파안대소를 하지 않기란 정말 힘들었다. 그분은 너무나 놀란 나머지 두세발자국 뒷걸음질을 치다가 얼굴이 창백해지더니 이어서 시뻘겋게 변한 안색으로 안경을 위로 올렸다 아래로 내렸다 하면서 우산을 높이 쳐들고 내 모습을 위아래로 찬찬히 살펴보셨다. 하지만 갑자기 무슨 기억이 난 듯 멈칫하더니, 이윽고 발걸음을 돌려서 절뚝거리는 걸음으로 길을 내려갔다. 그리고 가는 동안 내내 분노로 몸을 떨며 잇새로 중얼댔다. "안 되겠군. 새 안경을 맞춰야지 — 고든인 줄 알았는데 — 롱 톰이란 놈, 아무 짝에도 쓸모없는 짠물 같은 놈이야."

이렇게 가까스로 위기를 모면한 뒤 우리는 훨씬 더 조심조심 길을 가다가 안전하게 목적지에 도착했다. 배에는 한두명의 선원만이 타고 있었고 그들은 선수루의 자투리 천으로 뭔가를 하느라고 부산하게 일하고 있었다. 우리는 바너드 선장이 그때 로이드 앤드 브레덴버그 사무실에 있을 것이고 저녁 늦게나 승선할 것임을 잘 알고 있었다. 그러니 그분 때문에 걱정할 필요는 별로 없었다. 어거스터스가 먼저 배의 옆면을 타고 올라갔고 잠시 후 내가 배에서 일하고 있던 다른 선원들의 눈에 띄지 않게 그의 뒤를 따랐다. 우리는 즉시 객실로 갔는데 그곳에는 아무도 없었다. 배가 개조되어 구조가 무척이나 편리해 보였다. 고래잡이배로는 조금 예외적인 일이었다. 무척 훌륭한 특등실이 넷 있었는데 각각의 방에 넓고 편한 침대가 있었다. 또한 커다란 스토브도 있었고, 객실과 특등실의 바닥에 놀라울 정도로 두껍고 값나가는 카페트가 깔려 있는 것도 눈에 띄었다. 천장은 아주 높아 7피트나 되었다. 요컨대 모든 것이 내 기대보다 더 넓고 편리해 보였다. 그러나 어거스터스가 내가 가능한 한 서둘러 몸을 숨겨야 한다고 했기 때문에 여유 있게 그런 것을 관찰할 시간은 없었다. 그래서 곧 그를 따라 배의 우현 쪽 칸막이벽 옆에 있던 특등실인 그의 방으로 갔다. 그 방에 들어서자 그는 바로 문을 닫고 빗장을 질렀다. 나는 작은 방치고 그토록 훌륭한 방은 처음 보는 것 같았다. 길이가 약 10피트 정도였는데 침대는 내가 앞에서 말한 것처럼 넓고 편한 것 하나만 있었다. 칸막이에 가장 가까운 쪽에는 가로세로 4피트씩 정도의 공간이 있어서 탁자와 의자가 놓여 있었고 벽에는 주로 항해와 여행에 관한 책으로 채워진 책장이 매달려 있었다. 그 방에는 다른 많은 편리한 것들이 구비되어 있었는데 그중에서 언급을 빼놓을 수 없는 것이 일종의 금고, 혹은 냉장고였다. 어거스터스가 그 안을 채우고 있던 고급 먹거리와 마실 것을 내게 보여주었다.

그는 이제 방금 내가 언급한 공간의 한구석에 깔린 카페트의 한 곳을 주먹으로 누르면서 자신이 마룻바닥을 가로세로 약 16인치씩의 정사각형 모양으로 깔끔하게 잘라서 준비해놓았다고 말해주었다. 그가 누르자 그 부분이 한쪽 끝을 축으로 올라가면서 손가락 하나 넣을 정도의 공간이 생겼다. 그렇게 해서 그는 통풍문(카페트는 그 위에 못으로 고정되어 있었다)을 열었고, 나는 그 문이 고물쪽 선창으로 연결되어 있다는 사실을 알 수 있었다. 그런 뒤 그는 성냥불을 켜 작은 심지에 불을 붙인 뒤 그것을 어두운 램프에 넣고 열린 입구를 통해 내려가면서 나에게 따라오라고 말했다. 내가 따라갔고, 그러자 그가 뚜껑 아래쪽에 박은 못을 이용해서 구멍 위로 뚜껑을 당겼다. 그렇게 해서 카페트는 마룻바닥의 제자리로 돌아갔고 그 장치의 흔적은 감쪽같이 감추어졌다.

심지에서 타는 불이 워낙 희미해서 나는 선창에 아무렇게나 놓인 목재를 손으로 더듬으며 어렵고 조심스럽게 나아갔다. 그러나 눈이 점차 어둠에 익숙해져서 내 친구의 옷자락에 매달려 가는 일이 조금 쉬워졌다. 수많은 좁은 통로를 더듬거리며 꼬불꼬불 가다가 마침내 고급 도자기 포장에 더러 사용되듯 쇠를 씌운 상자 모양의 방에 도착했다. 그것은 높이가 거의 4피트에 길이는 6피트 정도에 달했는데 폭은 무척 좁았다. 그 방 위에 커다란 빈 기름통 두개가 놓여 있었고, 그 위로 다시 굉장히 많은 양의 지푸라기가 객실 마룻바닥에 이를 정도로 높이 쌓여 있었다. 그리고 사방에 굉장히 많은 잡동사니 — 배에 쓰는 온갖 가구들, 온갖 형태의 수송용 나무상자들, 바구니들, 배가 튀어나온 통들, 짐짝들 — 가 거의 천장에 이를 정도로 꽉 채워져 있어서 우리가 거기까지 찾아갔다는 사실이 기적이라 할 만했다. 나는 나중에 어거스터스가 나를 완벽하게 감출 목적으로 일부러 그 배에 타지 않을 사람을 골라 그 단 한 사람의 도움만으로 선창에 이 적재 장소를 마련해놓았다는 사실을 알게 되었다.

내 친구는 이제 그 방의 끝부분 중 한곳이 쉽게 제거될 수 있다는 사실을 내게 보여주었다. 그리고 그것을 옆으로 밀어 치우고 그 안을 보여주었는데 그 모습은 무척 유쾌한 것이었다. 객실 침대 중 하나에서 가져온 매트리스가 바닥 전체를 채우고 있었고, 앉거나 편하게 누울 자리를 남겨놓은 채 그 안에서의 생활을 편리하게 해줄 거의 모든 물건이 그 작은 공간이 허용하는 만큼 마련되어 있었다. 책들과 펜과 잉크, 종이, 세개의 담요, 물이 채워진 커다란 동이, 건빵 통, 엄청나게 큰 서너개의 볼로냐 소시지, 엄청나게 큰 햄, 구워서 식힌 양다리 하나, 그리고 강장 음료와 술 대여섯병 등이 있었다. 나는 즉시 내 작은 아파트를 차지했는데, 새로운 궁전으로 들어서는 어떤 왕도 그때의 나보다 더 흡족한 기분은 아니었을 것이다. 어거스터스는 이어서 그 방의 열린 끝부분을 닫는 방법을 보여주었고, 그런 뒤 심지를 갑판 가까이 가져다가 거기 놓인 짙은 색 채찍끈 하나를 보여주었다. 그는 그 끈이 내가 숨은 장소로부터 목재들 가운데 낸 꾸불꾸불한 통로를 지나 그의 방으로 통하는 통풍창 바로 아래 선창의 갑판에 박힌 못으로 연결된다고 말했다. 만에 하나 그럴 필요가 생긴다면 내가 이 끈을 이용해서 그의 안내 없이도 쉽게 그곳을 빠져나올 수 있도록 장치해놓은 것이었다. 이제 그는 내게 충분한 양의 심지와 성냥 등과 더불어 랜턴을 건네주고, 의심을 사지 않는 선에서 자주 나를 찾아오겠다고 약속한 뒤에 떠났다. 이것이 6월 17일의 일이었다.

나는 바로 바깥에 있는 궤짝 두개 사이에 서서 다리를 펼 목적으로 두번 나간 것을 제외하면 그 방 밖으로 전혀 나가지 못한 채 사흘 밤낮을 (내 짐작이었지만) 지냈다. 그 기간 동안 어거스터스도 전혀 보지 못했다. 그러나 그 때문에 걱정이 되지는 않았다. 배가 금방이라도 떠날 준비를 하고 있었고, 그렇게 부산스러운 가운데 나를 찾아올 기회를 찾기가 쉽지 않았을 것이라는 사실을 충분히 짐작할 수 있었기 때문이었다. 마침내 통풍창이 열리고 닫히는 소리가 들렸고, 곧이어 그가 낮은 목소리로 별일 없느냐고, 뭐 필요한 것은 없느냐고 물었다. "전혀." 내가 대답했다. "이만하면 편하고도 남아. 그런데 언제 출항하지?" "반시간 안에 나가게 될 거야." 그가 대답했다. "그것을 알려주려고, 그리고 내가 없어서 불안해할까봐 온 거네. 당분간 이리 내려올 기회가 별로 없을 거야. 한 사나흘쯤. 위에서는 모든 일이 잘 진행되고 있어. 내가 올라가서 통풍창을 닫고 난 뒤에, 못을 박은 곳까지 채찍끈을 따라서 기어가봐. 그곳에 내 시계가 있을 테니까. 이리로 빛이 들어오지 않으니까 시간을 알기가 어렵잖나. 그러니 시계가 자네에게 도움이 될 거야. 자네가 이곳에 갇힌 뒤로 시간이 얼마나 흘렀는지도 모르고 있겠군. 겨우 사흘이 지났어. 오늘은 20일이야. 내가 직접 시계를 가지고 올 수도 있지만, 사람들이 나를 찾을까봐 걱정이 되어서 말야." 그는 그 말을 남기고 다시 올라갔다.

그가 떠난 지 약 한시간 후에 배가 움직이는 것이 분명하게 느껴졌고, 나는 마침내 항해가 본격적으로 시작되었다는 사실을 자축했다. 나는 그 생각에 만족하며 최대한 마음을 편하게 먹고 그때 내가 있던 곳보다는 더 넓겠지만 더 편하기는 힘들 방으로 옮길 때까지 일의 진행을 기다리자고 스스로 다짐했다. 우선 손목시계를 가져와야 했다. 나는 심지가 타도록 놓아둔 뒤 채찍끈을 따라 수많은 꼬불꼬불한 골목을 돌아 어둠속을 더듬으며 나아갔다. 가다보니 내가 이전 장소에서 1~2피트밖에 떨어지지 않은 곳으로 가기 위해 아주 멀리 돌아왔다는 사실이 가끔 느껴졌다. 그리고 마침내 못이 있는 곳에 도착해서 시계를 찾아가지고 안전하게 내 방으로 되돌아왔다. 나는 이제 내 친구가 완벽하게 준비해놓은 책들 중에서 루이스와 클라크가 콜럼비아의 입구까지 갔던 탐험[1]을 기록한

1 1803년 미국의 루이지애나 구입 직후 당시 대통령 토머스 제퍼슨은 해당 지역으로 탐험대를 파견했다. 이는 최초의 미국 서부 탐험으로, 1804년부터 1806년까

책을 골랐다. 그 책을 읽으며 즐겁게 몇시간을 보낸 뒤 졸음이 와서 조심스럽게 불을 끄고 곧 깊은 잠에 들었다.

잠에서 깨어나던 순간에는 기이하고도 혼란스러운 느낌이 들었고 내가 그때 처해 있던 상황의 모든 다양한 정황이 기억날 때까지 시간이 조금 걸렸다. 그러나 점차 모든 것이 다 기억나기는 했다. 시계를 보려고 불을 켰는데, 시계가 죽어 있었다. 그래서 내가 얼마나 오랫동안 잠을 잤는지 알 길이 없었다. 팔다리가 무척 저렸고 궤짝들 사이에 서서 몸을 풀 수밖에 없었다. 이윽고 거의 게걸스러울 정도로 식욕이 동하면서 잠자리에 들기 전에 무척 맛있게 먹었던 차가운 양고기가 생각났다. 그런데 찾아보니 그것이 완전히 썩어 있었으니 내가 얼마나 놀랐겠는가! 정말 황당했다. 그 사실과 내가 깨어났을 때 느꼈던 혼란 상태를 연결해보니 내가 무척 오랫동안 잠을 잔 것이 틀림없었기 때문이다. 선창이 폐쇄된 곳이라는 사실이 그것과 상관이 있을 듯했고, 결국 그 결과가 무척이나 심각할 수도 있다는 생각이 들었다. 머리가 지끈지끈 아팠다. 숨을 쉬는 것조차 힘들었다. 그리고 요컨대 나는 엄청난 크기의 우울감에 짓눌리고 있었다. 하지만 나는 통풍창을 열거나 다른 방법을 동원하는 식으로 소란을 피울 수는 없었다. 그래서 시계의 태엽을 감고 가능한 한 편하게 마음을 먹기로 했다.

그에 이은 지루한 24시간 동안 아무도 나를 구하러 나타나지 않았고, 나는 어거스터스가 너무 무심하다고 원망하는 마음이 드는

지 메리웨더 루이스와 윌리엄 클라크가 탐험대를 이끌었다.

것을 억제할 수 없었다. 내가 큰 걱정을 할 수밖에 없었던 이유는 물동이의 물이 반 파인트가량밖에 남아 있지 않았기 때문이었다. 그런데 양고기가 상한 것을 알고 나서 볼로냐 소시지를 실컷 먹었기 때문에 목이 무척 말랐다. 그래서 마음이 매우 불안해졌고 더이상 책에도 흥미를 느낄 수 없었다. 나는 또한 무척 졸렸지만 꽉 막힌 선창의 공기 중에 석탄을 땔 때 발생하는 유해한 성분이 스며 있을까봐 잠이 든다는 생각만으로도 가슴이 떨렸다. 그러는 동안 배가 가는 느낌으로 미루어 우리가 먼바다로 나왔다는 사실을 알 수 있었다. 그리고 아주 멀리서인 듯 둔탁한 웅웅 소리가 들려오는 것으로 보아 밖에서 대단한 광풍이 불고 있다는 확신이 들었다. 나는 도대체 어거스터스가 왜 안 나타나는지 그 이유를 상상할 수 없었다. 배는 분명히 내가 정체를 드러내도 될 만큼 멀리 나와 있었다. 그에게 무슨 사고가 났을 수도 있었다. 그러나 정말이지 그가 갑자기 죽거나 바닷속으로 떨어진 것이 아니라면 어떻게 그렇게 오랫동안 나를 숨겨놓는 것인지 설명할 길이 없었다. 그리고 그런 생각이 드는데 잠자코 있기란 힘들었다. 배가 맞바람을 만났기 때문에 아직도 낸터켓 근처에 있을 가능성도 전혀 없지는 않았다. 하지만 그런 생각은 곧 접지 않을 수 없었다. 그런 상황이라면 배가 자주 방향을 바꾸었을 텐데, 배가 계속 좌현 쪽으로 쏠리고 있었기 때문에 우현 쪽에 한결같은 바람을 받고 있는 것이 틀림없다고 확신할 수 있었기 때문이다. 더욱이 우리가 아직도 낸터켓 근처에 있다면 왜 어거스터스가 나를 방문해서 내게 상황을 설명해주지 않았을 것인가? 이렇게 내가 처한 외롭고 쓸쓸한 곤경에 대해서 궁리해보다가 나는 일단 24시간을 더 기다려보기로 결심했다. 24시간이 지나도 어거스터스가 오지 않는다면 그냥 통풍구로 가서 그와 이야기를 하든지, 아니면 적어도 그 사이의 구멍으로 신선한 공기라도 조금 쐬고 그의 방으로부터 물이라도 조금 공급받을 작정이었다. 그러나 이런 생각을 하다가, 잠들지 않으려고 그렇게 열심히 노력했음에도 나는 깊은 잠, 혹은 혼수상태에 빠졌다. 내 꿈들은 너무나 끔찍한 것이었다. 가능한 모든 대재앙과 끔찍한 일들이 내게 일어났다. 무엇보다도 나는 너무도 흉측하고 잔혹하게 생긴 악마들의 손에 의해 커다란 베개 사이에 끼어 숨이 막혀 죽었다. 엄청나게 큰 뱀들이 나를 칭칭 감았고 무시무시하게 번뜩이는 눈으로 내 얼굴을 빤히 들여다보았다. 그런 뒤에는 너무나도 외롭고 무시무시한 사막이 눈앞에 한없이 펼쳐졌다. 엄청나게 키가 큰, 잎사귀가 다 떨어진 잿빛 나무들이 눈길 닿는 모든 곳에 끝없이 이어졌다. 나무뿌리들은 넓게 펴진 늪에 감춰져 있었고 늪 안에 고인 황량한 물은 진한 칠흑빛이었다. 그리고 인간적인 생명력이 부여된 듯 기이하게 생긴 나무들이 해골 같은 팔을 앞뒤로 흔들면서 격심한 고통과 절망을 표현하는 날카로운 비명 소리와 함께 고요한 물을 향해 자비를 호소하며 울부짖고 있었다. 장면이 바뀌었다. 그리고 나는 벌거벗은 채 홀로 싸하라의 타는 듯한 모래벌판에 서 있었다. 내 발치에는 열대지방의 사나운 사자가 웅크리고 있었다. 갑자기 사자가 눈을 사납게 뜨더니 나를 바라보았다. 그러고는 갑자기 튀어오르더니 무시무시한 이빨을 드러냈다. 다음 순간에는 그놈의 시뻘건 목구멍에서 창공에 울리는 천둥 같은 포효 소리가 터져나왔고 나는 그 자리에서 땅바닥으로 쓰러졌다. 공포에 질려서 마비되고 질식할 듯한 상태에서 마침내 반쯤 정신이 들었다. 그렇다면 내 꿈이 전부 꿈은 아니었다. 이제 나는 적어도 감각은 소유하고 있었다. 커다란 진짜 괴물의 앞발이 내 가슴을 무겁게 짓누르고 있었다. 그것의 뜨거운 숨결이 귀에서 느껴졌고 그것의 하얗고 끔찍한 송곳니들이 어둠속에서 번뜩대고 있었다.

그 순간 내가 손발을 움직이거나 한 음절이라도 말하는 데 천명의 목숨이 달려 있었다고 해도 나는 움직이거나 말할 수 없었다. 정체 모를 야수는 내가 완벽하게 무력한 상태로 누워서 그의 발아래 죽어가고 있다고 믿고 있는 동안 당장 폭력을 행사하지는 않고 원래의 자세를 유지하고만 있었다. 나는 내 심신의 능력이 나를 떠나고 있다고, 즉 내가 죽고 있으며, 순전히 공포 때문에 죽어가고 있다고 느꼈다. 머리는 어지러웠고, 구토증 때문에 죽을 것만 같았으며 눈앞에 아무것도 보이지 않았다. 내 위에서 나를 노려보던 눈동자마저도 점차 희미하게 느껴졌다. 나는 마침내 죽을 힘을 다해 희미한 목소리로 하느님을 부르며 죽음을 받아들였다. 내 목소리로 인해 그 짐승 속에 숨어 있던 모든 노한 감정이 다 일깨워진 듯했다. 그 짐승은 내 몸 위로 자신의 몸을 길게 내던졌다. 그러나 다음 순간 그놈이 너무나 열렬하게 내 얼굴과 손을 핥기 시작했고, 무척이나 요란하게 애정과 기쁨을 표현하고 있다는 사실을 깨닫고 얼마나 놀랐던지! 나는 너무나 놀란 나머지 어리둥절했다. 하지만 내 뉴펀드랜드산 애견 타이거의 독특한 신음 소리와 내게 익숙한 그 특유의 비비는 방식을 잊지는 않았다. 바로 타이거였다. 갑자기 피가 내 관자놀이로 솟구치는 듯한 느낌이 들었다. 안도감과 함께 정신이 들면서 현기증이 왔다. 나는 누워 있던 매트리스에서 벌떡 일어났고 내 충실한 추종자이자 친구인 타이거의 목을 껴안고 내 가슴속에 오랫동안 억압되어 있던, 격렬한 눈물의 홍수를 풀어놓고 마구 울었다.

매트리스에서 일어난 나의 상태는 그전과 마찬가지로 무척 막연하고 혼란스러운 것이었다. 오랫동안 어떤 생각도 연결시키기가 거의 불가능했지만 점차 서서히 사고력이 돌아왔고 다시 내가 처한 상황의 몇가지 면에 대해 기억이 나기 시작했다. 나는 타이거가 그곳에 있다는 사실을 설명해보려고 했지만 헛수고였다. 그리고 타이거의 존재에 대해서 수천가지 추측을 바쁘게 하다가 그저 그가 내 우울한 고독을 나누고 나를 어루만져주며 내게 위안을 주고 있다는 사실에 행복해하는 데 만족할 수밖에 없었다. 대부분의 사람이 자신의 개를 사랑하지만 타이거에 대한 내 애정은 보통 사람들이 개에게 갖는 애정보다 훨씬 각별한 것이었다. 그리고 타이거보다 그런 애정의 대상이 될 자격이 더 있는 동물도 없었을 것이다. 타이거는 7년이라는 세월 동안이나 나와 떨어질 수 없는 친구였고, 수많은 사례를 통해서 우리가 개라는 동물을 높이 평가하는 이유인 모든 숭고한 자질을 보여준 바 있다. 나는 타이거가 아직 강아지였을 때 타이거의 목에 밧줄을 묶어서 바다로 끌고 가던 낸터켓의 한 심술궂은 어린 악한의 손에서 그를 구해준 적이 있었다. 그런데 약 3년 후에는 어른이 된 타이거가 거리에서 강도의 곤봉으로부터 나를 구해줌으로써 그 일에 대해 보답했었다.

이어서 나는 시계를 찾아 들고 귀에 대보았는데 시계는 이번에도 죽어 있었다. 그러나 이번에는 이미 내가 앞서처럼 무척 긴 시간 동안 잤다고 확신하고 있었기 때문에 그다지 놀라지는 않았다. 얼마나 오래 잤는지는 물론 알 수 없었다. 나는 열에 들뜬 상태였고 참을 수 없을 정도로 목이 말랐다. 나는 얼마 남지 않은 물을 찾아 방 안을 더듬거렸다. 랜턴의 심지가 소켓까지 다 타버렸고 성냥갑도 잘 찾아지지 않아서 어두웠기 때문이다. 물동이를 찾기는 했지만 텅 비어 있었다. 타이거가 남은 양고기를 다 먹어버리고 살점이 완전히 사라진 뼈다귀를 상자의 입구 쪽에 놓아둔 것처럼 물도 다 마셔버렸음에 틀림없었다. 상한 고기는 못 먹게 되었어도 별 상관이 없었지만 물을 생각하니 가슴이 철렁했다. 나는 극도로 쇠약해져 있었고, 조금이라도 움직이거나 힘을 쓰면 학질이라도 걸린 사람처럼 몸이 덜덜 떨렸다. 나를 더 힘들게 하려고 그러는지 때마침 배도 엄청나게 사나운 기세로 요동을 쳤고, 방 위에 있던 기름통이 당장이라도 쓰러져 유일한 출입구를 막을 듯했다. 또한 나는 멀미 때문에 끔찍하게 괴로웠다. 이런 상황을 고려하다가 나는 위험을 무릅쓰고라도 통풍구 쪽으로 가서 그렇게 하는 것조차 불가능해지기 전에 당장 도움을 청해야겠다고 결심했다. 이렇게 결심을 하고 나서 나는 다시 한번 성냥갑과 심지를 찾아 더듬댔다. 성냥갑은 조금 더듬대니 찾아졌지만 심지가 (놓아둔 장소를 대충 기억하고 있었음에도) 기대와는 달리 찾아지지 않아서 나는 당분간 그것을 찾는 일을 포기하고 타이거에게는 가만히 있으라고 이르고 즉시 통풍구를 향해 가기 시작했다.

이렇게 가다보니 내가 얼마나 쇠약해졌는지가 명백했다. 기어가는 것조차 너무나 힘들었고 팔다리가 자주 갑자기 몸 아래로 툭 떨어져버리곤 했다. 그렇게 되면 바닥에 엎드려서 몇분 동안 거의 기절한 채 있곤 했다. 하지만 계속 천천히 조금씩 안간힘을 써서 전진했고, 그러는 동안에도 목재들이 빽빽하게 얼키설키 쌓인 곳에서 기절해버릴까봐 매 순간 두려웠다. 그럴 경우 나를 기다리고 있는 것은 죽음뿐이었기 때문이다. 마침내 있는 힘을 다 짜내서 밀고 나갔는데 갑자기 쇠로 감싼 궤짝의 날카로운 모서리에 이마를 세게 부딪혔다. 이 사고만으로는 단지 몇초간만 정신이 어찔했다. 그러나 딱하게도 그 순간 배가 갑자기 사납게 요동을 치는 바람에 그 궤짝이 내 길을 완전히 가로막게 되었다. 그리고 주위에 있던 상자들과 배의 가구들 사이에 그 궤짝이 꽉 끼어버려서 내가 온 힘을 다해 밀어도 한치도 움직이지 않았다. 그러므로 나는 온 힘이 다 빠져나간 상태임에도 계속해서 채찍끈을 따라가는 것을 포기하고 새로운 길을 찾든지, 아니면 장애물 위를 통해서 가던 길을 계속 가든지 갈림길에 서게 되었다. 전자의 선택에는 너무나 많은 장애와 위험이 뒤따랐고, 생각만으로도 몸서리가 쳐졌다. 심신이 약해진 현재 상태에서 그렇게 하다가는 길을 완전히 잃고 선창의 음울하고 역겨운 미로 속에서 비참한 최후를 맞을 것이 분명했다. 따라서 나는 망설이지 않고 내게 남겨진 모든 힘과 의지와 노력을 다 동원해시 궤짝 위로 기어올라가기로 결정했다.

그렇게 할 목적으로 궤짝 앞에 서자 나는 그것이 내가 두려워하며 상상했던 것보다도 훨씬 더 심각한 과제라는 사실을 알 수 있었다. 좁은 통로의 양쪽에는 다양한 모양의 무거운 목재들이 완벽한 벽을 이루고 있었으며, 내가 약간이라도 실수하면 모두 내 몸 위로 무너져내릴 것처럼 보였다. 만일 그런 사고가 나지 않는다 하더라도 결과적으로 통로가 막혀버려서 지금 전진이 불가능하듯 우회도 불가능해질 것 같았다. 궤짝 자체는 길고 커다란 상자로 디디고 올라갈 곳이 없었다. 하지만 가능한 모든 수단을 동원해서 꼭대기까지 올라가려고, 밟을 곳을 찾아서 내 몸을 위로 끌어올려보려고 노력했다. 내가 꼭대기까지 올라간다 하더라도 내 기력으로는 거기서 내려간다는 과제를 수행할 능력이 전혀 없었다. 그래서 어느 모로 보나 내가 못 올라간 것이 차라리 잘된 일이었다. 그 궤짝을 땅에서 들어올리려는 필사적인 노력 끝에 나는 마침내 내 곁에서 무언가가 강력하게 떨리고 있다는 사실을 느낌으로 알 수 있었다. 나는 널빤지의 가장자리에 손을 마구 밀어넣었는데 무척 큰 판자 하나가 헐거운 상태라는 것을 발견했다. 다행히 내가 몸에 지니고 있던 주머니칼을 가지고 한참 씨름을 한 끝에 그 판자를 완전히 제거하는 데 성공했다. 그리고 그 구멍을 통해 가다가 너무나 다행히도 반대편에는 아무런 판자도 없다는 사실을 깨달았다. 다시 말해서 내가 상자의 바닥을 뚫고 그리로 갔는데 뚜껑은 원래 없는 상자였던 것이다. 이제 나는 큰 어려움 없이 끈을 따라가다가 마침내 못이 있는 곳에 도달했다. 가슴이 쿵쾅거렸지만 똑바로 서서 통풍구의 뚜껑을 살짝 밀었다. 그런데 기대와는 달리 바로 열리지 않았다. 그래서 어거스터스가 아닌 다른 사람이 그 방에 있을까봐 걱정이 되기는 했지만 조금 더 단호한 손길로 뚜껑을 밀었다. 그러나 놀랍게도 그 문은 꼼짝도 하지 않았다. 저번에 그것을 여는 데 아무런 힘도 필요하지 않았다는 사실을 잘 기억하고 있었기 때문에 나는 다소 불안해졌다. 나는 그 문을 더 세게 밀었지만 여전히 꼼짝도 하지 않았다. 이제 온 힘을 다해서 밀었지만 여전히 전혀 움직이는 기색이 없었다. 분노와 격노와 절망에서 우러나온 힘을 모두 동원해 밀었지만 그래도, 내 최대한의 힘에도 문은 저항하고 있었다. 그렇게 전혀 꼼짝도 하지 않는 것으로 보아 그사이에 그 구멍이 발각되어 못질로 봉쇄되었거나, 아니면 엄청나게 무거운 물건, 밀어서 제거한다는 생각이 무용한 어떤 물건이 그 위에 놓인 것이 분명했다.

그때 내가 느낀 것은 극단적인 공포와 당혹감이었다. 내가 그렇게 생매장된 현실적인 이유가 무엇인지 짐작해보려고 했으나 전혀 감이 잡히지 않았다. 일관성 있는 사고가 되지 않았고, 따라서 마룻바닥에 주저앉아서 음울하기 그지 없는 상상력에 아무런 저항 없이 스스로를 내맡겼다. 그러자 갈증과 기아와 질식과 생매장으로 인한 끔찍한 죽음이 곧 나를 찾아올 것이라는 생각이 마구 밀어닥쳤다. 그러다가 잠시 후 마침내 침착성을 조금이나마 되찾을 수 있어서, 나는 자리에서 일어나 손가락으로 통로 사이의 연결부나 금간 부분을 더듬어 찾아냈다. 그것들을 찾은 뒤에는 특별실로부터 그 틈을 통해 조금이라도 빛이 들어오는지 자세히 관찰했다. 그러나 어떤 빛도 보이지 않았다. 그래서 나는 칼날을 틈 사이로 넣어서 밀어보았는데, 그것은 결국 딱딱한 물체에 부딪혔다. 칼로 긁어보니 그것이 단단한 쇳덩어리라는 사실을 알 수 있었고, 더듬을 때

독특한 곡선의 느낌이 있어서 나는 그것이 쇠사슬이라고 결론을 내렸다. 이제 내게 남은 유일한 방법은 일단 원래 있던 방 속으로 되돌아가서 내 슬픈 운명을 체념과 함께 받아들이든지, 아니면 마음을 진정시키고 탈출 방법을 생각해내려고 노력하든지 둘 중 하나였다. 나는 즉시 되돌아가기 시작해서 수많은 난관을 뚫고 방으로 돌아가는 데 성공했다. 완전히 기진맥진해서 매트리스에 눕자 타이거가 내 곁에 길게 누워 나를 어루만져주었는데, 마치 나를 위로하며 강인하게 이 난관을 이겨내라고 말하는 듯했다.

그러다가 마침내 나는 타이거의 태도에서 보이는 특별한 면에 주목하게 되었다. 내 얼굴과 손을 몇분 동안 핥던 타이거가 갑자기 그 동작을 그치고 낮은 신음 소리를 냈기 때문이다. 내 손을 타이거를 향해 내미니 매번 그가 등을 대고 누워서 발을 들어올리고 있다는 사실을 알아챘다. 이런 행동이 계속 반복되어서 좀 이상하다는 느낌이 들었지만 이유를 설명할 방법은 없었다. 타이거가 좀 답답해하고 있는 것 같아서 나는 그가 어디를 다쳤나보다 생각하며 그의 발을 손에 쥐고 하나하나 만져보았다. 하지만 상처 같은 것은 없었다. 그래서 허기가 지나보다 하고 커다란 햄조각을 주었더니, 그것을 게걸스럽게 받아먹었지만 다 먹고 나서도 앞서의 기이한 행동을 되풀이했다. 이제 나는 그도 나처럼 갈증 때문에 고통스러워하고 있다고, 그것이야말로 내 의문에 대한 진짜 대답이라고 결론을 내리려다가 내가 아직까지 그의 발만 검사했을 뿐, 몸이나 머리에 상처가 있을지도 모른다는 데 생각이 미쳤다. 그래서 그의 머리를 조심스럽게 만져보았지만 아무런 상처도 없었다. 하지만 그의 등을 어루만지다가 그의 털이 완전히 곤두서 있다는 사실을 깨달았다. 그래서 그 털을 손가락으로 만지다가 끈을 발견했고 그것을 더듬다가 그의 몸 전체가 끈으로 묶여 있다는 사실을 알게 되었다. 더 자세히 보니 타이거의 왼쪽 어깨 바로 아래에 끈으로 묶여 있던 조그만 편지지 같은 종이쪽지가 손에 만져졌다.

3장

그 종이가 어거스터스가 내게 쓴 편지이며 알 수 없는 이유로 나를 지하 골방에서 구해줄 수 없는 상황이 되어 사태의 진상을 알리기 위해 이런 방법을 고안했을 것이라는 생각이 금방 들었다. 어서 읽고 싶어 조바심으로 두근대며 나는 다시 성냥과 심지를 찾기 시작했다. 내가 잠들기 직전 그것들을 조심스럽게 잘 보관해두었다는 사실이 희미하게 기억났다. 그리고 실제로 조금 전 통풍창을 향해 갔다 오기 전에 그 정확한 장소를 기억하기도 했었다. 그러나 지금은 아무리 기억을 더듬어도 잘 생각이 나지 않아서 꼬박 한시간이나 노력했지만 별무소용이었다. 그것보다 더 초조하고 긴장된 상태는 더 없었을 것이다. 마침내 머리를 바닥짐 쪽으로 둔 채 방입구 바로 바깥에서 손을 더듬대다가 일반선실 방향에서 희미한 빛이 어른거리는 것을 발견했다. 나는 무척 놀라서 그쪽으로 가보려고 시도했다. 그것이 내 위치에서 단지 몇 피트밖에 떨어져 있지 않은 듯해서였다. 하지만 내가 그런 의도로 움직이기 시작함과 거의 동시에 그 어른거리던 빛이 사라졌다. 그래서 방 주변을 더듬대다가 원래의 방 속 제 위치로 돌아간 뒤에야 다시 그것이 보였다. 이제 나는 머리를 조심스럽게 앞뒤로 움직이면서 무척 조심스럽게 천천히 나아갔고 처음 가려던 것과 반대 방향으로 가야만 그 빛을 계속 바라보며 그 방향으로 갈 수 있다는 사실을 깨달았다. 이윽고 (수많은 좁고 꼬불꼬불한 통로를 간신히 통과한 뒤에) 그 빛 바로 앞에 도착했는데, 그것이 옆으로 누워 있던 빈 배럴 속에 들어 있던 소량의 성냥 부스러기에서 나오는 것임을 알게 되었다. 그러면서 내 성냥들이 어떻게 그곳에 있게 되었을까 궁금해하고 있던 참인데 개가 씹은 것이 분명한 두세 조각의 밀랍 심지가 손에 닿았다. 나는 즉시 개가 내 양초를 모조리 먹어버린 것이 틀림없다고 결론을 내렸고, 이제 어거스터스가 보낸 편지를 읽을 수 있는 방법이 완전히 사라졌구나 하는 절망적인 기분이 되었다. 아주 조금 남은 밀랍은 방 안에 있던 다른 쓰레기들과 범벅이 되어 있어서 불을 켜는 데 쓰기가 불가능해 보였기 때문에 그것들에 대해서는 신경도 쓰지 않았다. 인은 한두 알갱이가 남아 있었는데 그것들을 가능한 한 주워모아서 타이거가 기다리고 있던 내 방으로 장애물을 뚫고 겨우겨우 돌아갔다.

그다음에 내가 할 수 있는 일이 무엇일지 나는 알지 못했다. 선창은 칠흑같이 어두워서 얼굴에 아무리 바짝 손을 들이대더라도 그 손조차 보이지 않았다. 하얀 종잇장조차 거의 보이지 않았고, 정면으로 보면 전혀 보이지 않았다. 내 망막의 바깥쪽을 돌림으로써, 즉 종이를 곁눈으로 보아야만 조금이나마 그것의 존재를 감지할 수 있었다. 내 감옥의 어둠이 그 정도였다. 그러니 내 친구가 보낸 편지로 인해 — 그것이 진짜로 그가 보낸 편지라 하더라도 — 그러지 않아도 약해지고 동요된 내 정신만 아무 소득 없이 더욱 불안해졌고 나에게는 더 큰 어려움만 올 것 같은 기분이었다. 나는 빛을 확보해보려고 온갖 터무니없는 방법을 머릿속에서 궁리해보았다. 아편을 하고 혼란스러운 잠을 자는 사람이 비슷한 목적을 위해서 생각해낼 법한 방법들 말이다. 추론 능력과 상상력이 교대로 나타남에 따라 그런 고안들 하나하나가 다 그 꿈을 꾸는 사람에게 교대로 가장 합리적인 것처럼, 그리고 가장 터무니없는 것처럼 느껴지는 그런 상태 말이다. 그러다가 마침내 내가 왜 진작 그런 생각을 못 했지, 하고 여겨 마땅한 합리적인 생각이 하나 떠올랐다. 그래서 나는 책 한권을 엎어놓고 그 위에 종이를 올려놓았다. 그리고 내가 배럴에서 가지고 온 성냥 조각들을 모두 모아서 종이 위에 올려 놓았다. 그런 뒤 손바닥으로 그 모두를 재빨리, 그리고 꾸준히 문질렀다. 분명한 빛이 즉시 종이의 표면 전체로 번졌다. 만일 그 면에 글씨가 적혀 있었다면 나는 분명히 아무런 어려움도 없이 그것을 읽었을 것이다. 그러나 그 면에는 글자가 하나도 씌어 있지 않았다. 우울하고 불만족스러운 여백만이 있을 뿐이었다. 빛은 몇초 후에 사그라졌고, 그와 함께 내 심장도 마음속에서 오그라붙었다.

조금 전에 이 시점에 이르기까지 상당한 시간 동안 내 지력이 거의 백치에 가까운 수준에 있었다고 몇차례 언급했었다. 물론 완벽하게 말짱한 순간들도 조금 있기는 했다. 그리고 가끔씩은 지력이 활발하게 활동하기도 했다. 그러나 그런 순간은 많지 않았다. 내가 분명히 여러날 동안 고래잡이배의 꽉 막힌 선창에 고인, 거의 유해하다고 할 만한 공기를 호흡하고 있었고, 그중 오랜 시간을 물도 별로 공급받지 못하는 상태에서 지냈다는 사실을 기억할 필요가 있다. 열너댓시간 동안은 물을 한방울도 마시지 못했다. 그리고 그 시간 동안 잠도 자지 못했다. 건빵을 제외한다면, 무척 특이한 종류의 소금이 내 주요 음식원이었고, 양고기를 잃고 난 뒤에는 그것이 실로 유일한 음식이었다. 그리고 건빵은 내게 아무런 소용도 없었다. 붓고 마른 내 목구멍으로 삼키기에는 너무나 마르고 딱딱했기 때문이다. 나는 이제 고열이 났고 온몸이 심하게 아팠다. 이 점이 조금 전에 성냥을 가지고 한 모험 이후 우울하게 몇시간을 보낸 후에야 내가 아직까지 그 종이의 한면만 검토했을 뿐이라는 사실이 생각난 이유를 설명해줄 것이다. 내가 저지른 그 말도 안 되는 실수에 대해 갑자기 생각났을 때 얼마나 화가 났는지를 (나는 그때 내가 느낀 감정이 무엇보다도 분노였다고 믿는다) 기술하려고는 시도하지 않겠다. 내 자신의 어리석음과 성급함 때문만 아니었다면 그 실수는 별것 아닌 것으로 끝날 수도 있었다. 하지만 나는 그 종이가 백지라는 사실에 화가 나서 어린아이처럼 그것을 찢어서 아무 데나 내던져버렸었다. 그것들이 어느 구석에 떨어져버렸는지 전혀 알 수 없었다.

타이거의 영민함이 나를 이 최악의 딜레마에서 구제해주었다.

오랜 수색 끝에 나는 그 편지의 작은 조각 하나를 찾아서 그것을 타이거의 코에 대주고 편지의 나머지 조각도 내게 가져다주어야 한다는 사실을 알려주려고 노력했다. 놀랍게도 (타이거와 같은 종이 지닌 유명한 능력을 내가 가르친 바는 전혀 없으니까 말이다) 타이거는 즉시 내 의도를 알아차린 듯했고 잠시 동안 주변을 다니며 쑤셔보더니 그 편지의 비교적 큰 조각을 찾아다주었다. 그것을 가져다준 뒤 잠시 멈춰 서서 내 손에 자신의 코를 부벼대는 양이 잘했다는 칭찬을 기다리는 듯했다. 나는 그 녀석의 머리를 가볍게 어루만져주었고, 그러자 타이거가 즉시 다시 수색에 나섰다. 그 녀석이 돌아올 때까지는 몇분이 흘렀다. 하지만 이번에는 무척 큰 종잇조각을 입에 물고 있었는데, 그것이 남은 조각의 전부인 듯했다. 내가 그것을 단 세조각으로 찢었던 모양이었다. 다행히도 남은 성냥 조각을 찾는 데에는 큰 어려움이 없었다. 아직도 희미한 빛을 발하는 것들이 조금 있었기 때문이었다. 여태까지의 어려움들 덕분에 나는 조심스러워야 한다는 것을 배웠고, 그래서 이제 어떻게 해야 하는지에 대해서 조금 시간을 두고 심사숙고했다. 우선 내가 보지 않은 쪽에 글자가 쓰여 있을 가능성이 무척 많다는 생각이 들었다. 그렇지만 어느 쪽인지? 그 종잇조각들을 맞췄지만 그 면에서는 실마리를 찾을 수 없었다. 물론 그 글자들이 (글자가 있다면) 둘 중의 한면에서만 발견될 것이고, 그 면을 본다면 글자들을 씌어진 그대로 읽을 수 있을 것이라는 사실이 확보되긴 했지만. 지금 내가 하는 시도가 실패로 돌아간다면 남아 있는 성냥이 세번째 시도를 하기에는 충분하지 않았기 때문에 과연 어느 면에 글자가 씌어져 있느냐를 추론하는 것은 무척 중요한 문제였다. 나는 조금 전에 한 것처럼 책의 뒷면에 종이를 놓고 머릿속으로 여러가지 가능성을 생각해보며 앉아 있었다. 마침내 글자가 씌인 쪽은 표면이 조금 덜 평평할 수도 있으며, 민감한 촉각을 발휘하면 만에 하나 그것을 알아낼 수도 있지 않을까 하는 생각이 들었다. 나는 실험을 해보기로 결심하고 무척 조심스럽게 위를 향한 면을 손가락으로 만져보았다. 하지만 아무것도 느껴지지 않았다. 그래서 나는 종이를 뒤집어서 다시 책 위에 올려놓았다. 이제 나는 조심스럽게 집게손가락으로 종이를 더듬었는데 그러는 동안 무척이나 희미하지만 분명한 빛을 느낄 수 있었다. 나는 이것이 틀림없이 내가 좀 전에 시도했을 때 그 종이 위에 문질렀던 성냥 가루가 미미하게나마 남아 있기 때문이라는 사실을 깨달았다. 그렇다면 만일 글자가 진짜로 씌어 있다면 다른 면, 지금 바닥을 향하고 있는 그 면에 씌어 있을 것이었다. 나는 다시 그 종이를 뒤집어서 몇시간 전에 했던 것과 똑같은 작업에 들어갔다. 성냥을 문지르고 나자 이전처럼 밝은 빛이 뒤따랐는데, 이번에는 큰 글자로, 그리고 붉은색으로 보이는 잉크로 씌인 그 편지의 몇줄이 분명히 보였다. 비록 밝기는 했어도 빛은 순간적이었다. 하지만 내가 그렇게 심한 흥분 상태만 아니었다면 내 앞에 있던 세개의 문장을 다 읽을 시간은 충분했을 것이었다. 문장이 세개인 것은 알 수 있었다. 하지만 그것을 모조리 한꺼번에 읽으려고 조바심을 치다가 다음과 같은 마지막 열개의 어구만을 읽을 수 있었다. '피…… 네가 꼼짝 않고 누워 있는 것에 너의 생명이 달려 있어.'

내가 그 편지의 전문을 확인할 수 있었다면, 내 친구가 전달하려고 시도했던 경고의 말의 온전한 의미를 확인할 수 있었다면, 그렇게 일부분만 읽었기 때문에 내 마음속에 불러일으켜진, 그 끔찍하면서도 정의할 수 없는 공포심의 10분의 1도 생기지 않았을 것이 틀림없다. 그것이 아무리 형언할 길 없는 재앙에 관한 이야기였다 하더라도 말이다. 그 '피'라는 단어, 그 어떤 단어보다도 언제나 신비와 고통과 공포로 차 있는 그 단어에 얼마나 날카로운 의미가 가득 차 있는 것처럼 느껴졌는지! 내 감옥의 깊은 어둠 한가운데에서 그 희미한 음절이 (그것을 수식하는 모든 단어나 그 의미를 분명히 해줄 어떤 말들과도 분리된 상태였지만) 얼마나 오싹하고 무겁게 내 영혼의 가장 깊은 곳으로 침입해 들어왔는지!

어거스터스가 내가 계속 숨어 있기를 바랄 이유가 충분했던 것이 분명해서 나는 그것이 도대체 무엇일지 천가지 만가지 추측을 해보았다. 그러나 그 신비를 만족할 만하게 풀어주는 대답을 생각해낼 수 없었다. 내가 통풍창까지 갔다가 돌아온 바로 뒤, 그리고 타이거가 보인 특이한 행동이 내 주의를 끌기 전까지 나는 무슨 수를 써서라도 배에 탄 사람들이 내 목소리를 들을 수 있게 해야겠다고, 혹은 만일 내가 그렇게 하는 데 성공하지 못한다면 최하갑판으로라도 가야겠다고 결심했었다. 조금 전까지도 내가 이 둘 중 하나는 달성할 수 있을 것이라고 웬만큼 확신을 했기에 그 상황의 어려움을 견뎌낼 용기를 (확신이 없었다면 낼 수 없었을 용기를) 낼 수 있었다. 그러나 내가 읽을 수 있었던 그 몇 마디 말 때문에 나는 이제 그 마지막 수단마저 박탈당했다. 나는 이제 처음으로 내 운명이 얼마나 비참한 것인지를 완벽하게 느낄 수 있었다. 그래서 나는 절망에 찬 발작 상태에서 매트리스를 향해 몸을 다시 한번 던졌고, 하루 밤낮쯤을 일종의 마비 상태 속에 누워 있었다. 이성과 회상은 가끔씩만 되돌아왔다.

마침내 나는 다시 한번 자리에서 일어났다. 그리고 나를 둘러싸고 있는 끔찍한 상황에 대해서 부지런히 머리를 굴려보았다. 내가 물을 마시지 않고 24시간을 더 생존한다는 것은 거의 불가능한 상황이었고, 그 이상의 생존은 절대로 불가능했다. 이 감옥 생활의 처음에는 어거스터스가 준비해놓은 마실 것들을 마음껏 마셨다. 그러나 내 갈증은 전혀 식지 않고 열만 올랐다. 나에게는 이제 액체가 4분의 1파인트 정도만 남아 있었는데, 그것은 마시기만 해도 위가 요동을 치는 강한 복숭아술 종류였다. 소시지는 완전히 다 먹고 없었다. 햄도 다 먹고 아주 작은 껍질 조각만이 남아 있었다. 그리고 비스킷은 타이거가 거의 다 먹어치워서 아주 작은 조각 하나만 남아 있었다. 설상가상으로 두통은 시시각각으로 악화되었고, 그와 함께 처음 잠에 빠져들었던 이래 지속되고 있는 일종의 환각 때문에 고통스러웠다. 최근 몇시간 동안은 숨을 쉬는 것조차 너무 힘들었고, 이제는 숨을 한번 쉴 때마다 너무나 고통스러운 경련이 가슴속에서 느껴졌다. 그러나 그외에도 한가지, 무척 다른 종류의 곤란함이 있었다. 사실 다른 무엇보다도 그 상황의 공포 때문에 너무나 힘에 부치는데도, 그 곤란 때문에 나는 매트리스에서 몸을 일으켰다. 그것은 나의 개 타이거의 행동거지였다.

내가 타이거의 행태에 나타난 변화를 처음 의식한 것은 종이에 마지막으로 성냥을 문지르던 동안이었다. 그 녀석이 약간 으르렁대는 소리를 내며 성냥을 문지르는 나에게 다가와 내 손에 자신의 코를 댔다. 그러나 나는 그때 그런 정황에 주의를 기울이기에는 너무 흥분한 상태였다. 곧이어 내가 매트리스에 몸을 던졌고 일종의 마비 상태에 빠져들었다는 사실을 기억할 것이다. 그런데 조금 후에 내 귓전에서 특이한 쉿쉿 소리가 들렸다. 그리고 그 소리의 진원지가 흥분한 상태에서 눈을 부릅뜨고 어둠을 노려보며 숨을 헐떡거리고 씨근덕거리고 있는 타이거라는 것이 분명했다. 나는 다시 마비 상태에 빠졌다가 다시 유사한 경로를 거쳐서 깨어났다. 이런 과정이 서너차례 반복되고 나서 마침내 나는 타이거의 모습에 큰 공포심을 느끼며 완전히 정신을 차렸다. 그는 이제 방의 문 곁에 바짝 다가앉아서 다소 낮은 소리이기는 했지만 무시무시한 소리로 으르렁대고 있었고 발작이라도 인 듯 이를 갈고 있었다. 나는 물이 부족해서라든지 선창의 공기가 갑갑해서라든지, 하여간 상황의 어떤 요인 때문에 그가 완전히 미쳐버린 것이 틀림없다고 생각했다. 그런데 그런 경우에 내가 무슨 일을 할 수 있을지 몰라서 당황스러웠다. 타이거를 죽인다는 생각은 절대 할 수 없었지만 나 자신의 안전을 위해서라면 그렇게 하지 않을 도리가 없을 것 같았다. 나는 그 녀석이 너무나 치명적인 적의의 표정을 눈에 담고 나를 바라보고 있다는 사실을 명백히 알 수 있었다. 당장이라도 덤벼들 것처럼 보였다. 마침내 나는 그 끔찍한 상황을 더는 견딜 수 없어서 어떤 위험을 무릅쓰더라도 방을 빠져나가야겠다고, 만일 그 녀석의 적의 때문에 불가피한 상황에 처한다면 타이거를 처치할 수밖에 없겠다고 결심했다. 방에서 빠져나가기 위해서는 타이거의 몸을 정면으로 넘어가야 했는데, 그 녀석은 벌써 내 의도를 알아차린 듯 몸을 일으켜세웠으니, 그 사실은 그의 눈의 위치가 변한 것에서 알 수 있었다. 그리고 흰 송곳니를 온통 드러내 쉽게 눈에 띄었다. 나는 햄 껍질 남은 것과 술이 담긴 병을 집어서 어거스터스가 나를 위해 마련해놓은 커다란 고기 써는 칼과 함께 몸에 지니고 외투를 몸 주변에 최대한 단단히 여미고 방의 입구 쪽으로 다가갔다. 내가 그렇게 하자마자 타이거는 으르렁 소리를 크게 내며 내 목을 향해 용수철처럼 뛰어올랐다. 그 녀석은 자신의 몸무게를 모두 실은 채 내 오른쪽 어깨를 가격했다. 그 노한 동물이 내 몸 전체를 덮쳤고 나는 왼쪽으로 꽈당 넘어졌다. 무릎이 꿇리면서 머리가 담요 속에 묻혔기 때문에 제2의 사나운 공격으로부터 보호받을 수 있었다. 그 2차 공격 동안 내 목을 감싸고 있던 모직 담요 위를 날카로운 이빨이 찌르는 것이 느껴지기는 했지만 다행히도 여러 겹의 담요를 뚫지는 못했다. 이제 나는 개의 몸 아래 깔린 신세가 되었고 몇분 후면 완전히 그의 포로가 되어서 꼼짝도 하지 못할 것이었다. 하지만 나는 필사적으로 기운을 내서 몸을 일으켜세워 타이거를 내 몸으로부터 세차게 밀쳐낸 뒤 담요들을 매트리스로부터 당겨 끌어냈다. 이 담요들을 이제 타이거의 몸 위로 던졌는데, 그가 거기서 벗어나기 전에 방 밖으로 나가서 타이거가 나를 쫓아오지 못하도록 문을 닫았다. 하지만 이렇게 싸우는 동안 햄 껍질이 떨어져버려서 이제 내게는 술 4분의 1파인트 외에는 남은 것이 없었다. 그 생각이 머릿속에 떠오르자 순간적으로 유사한 상황의 응석받이 어린아이가 했을 법한 편벽된 발작에 사로잡혔다. 그래서 술병을 치켜들고 마지막 한방울까지 다 마시고 나서 땅바닥에 내동댕이쳐버렸다.

술병이 부서지는 소리의 반향이 막 사라지자마자 누군가 삼등선실 쪽에서 낮지만 열렬한 목소리로 내 이름을 부르는 소리가 들렸다. 전혀 기대하지 않던 일이 일어나니 마음이 너무나 벅차서 대답을 하고 싶었지만 목소리가 나오지 않았다. 내 발화 능력이 완전히 사라진 것이 아닌가, 내 친구가 나를 죽은 것으로 간주하고 나에게 오려는 시도도 하지 않고 돌아가는 것이 아닌가, 극심한 공포와 고통에 시달리며 나는 방의 문 근처 궤짝 사이에서 소리를 내기 위해 헐떡이면서, 필사적인 노력 끝에 일어섰다. 천개의 세상이 단 한 음절에 달려 있다고 해도 나는 그것을 발음하지 못했을 것이다. 이제 내가 있던 곳 전방 어딘가에 있던 목재들 사이에서 약간의 움직임이 느껴졌다. 이어서 그 소리는 점점 줄어들었고, 더욱더 작아지고, 더욱더 작아졌다. 그 순간의 내 느낌을 영원히 잊을 수 있을까? 그가 — 내 친구가 — 그에게서 내가 당연한 권리로 그렇게 많은 것을 기대하고 있었는데, 그런 내 단짝이 떠나고 있었다. 그가 가고 있었다. 나를 버려두고 완전히 떠나버렸다! 내 친구가 내가 비참하게 죽도록, 너무도 끔찍하고 혐오스러운 지하감옥에서 죽어가도록 놔두고 그냥 가려는 참인데, 단 한 마디, 단 한 음절이 나를 구할 수 있는 상황인데, 바로 그 한 음절이 내 입에서 나오지 않았다! 내가 그때 느끼던 고통스러운 느낌은 죽음의 고통의 만배도 더 되는 것이었다. 머릿속이 빙글빙글 돌았고, 속이 너무나 메스꺼워지면서 나는 방의 한쪽 끝으로 넘어졌다.

내가 넘어지는 순간 고기 자르는 칼이 내 바지의 허리띠로부터 풀어지면서 마룻장에 떨어져 덜커덩 소리를 내며 부딪혔다. 이 세상에서 가장 풍부한 선율도 내 귀에 그렇게 달콤하게 들린 적은 없었을 것이다! 나는 극도로 긴장해서 그 소음이 어거스터스에게 낳은 효과를 확인하기 위해 귀를 기울였다. 나의 이름을 부를 사람은 어거스터스 말고는 없었으니까. 잠시 동안 사방이 고요했다. 마침내 다시 낮은 소리로, 그리고 망설임이 가득한 목소리로 "아서!"라고 부르는 소리가 들려왔다. 그리고 이제 희망이 되살아나자 즉시 내 언어 능력이 되살아났다. 그래서 나는 이제 있는 힘을 다해서 목청껏 "어거스터스! 오, 어거스터스!"라고 고함을 질렀다. "쉿! 제발 조용히 하게!" 그가 흥분되고 떨리는 목소리로 대답했다. "곧 그리로 갈 테니까. 최대한 빨리 선창을 헤치고 가겠네." 그가 목재들 사이로 움직이는 소리가 오랫동안 내게 들려왔고, 내게는 그 매 순간이 일생처럼 느껴졌다. 마침내 그의 손이 내 어깨에 닿는 것이 느껴졌고, 동시에 그가 물 한병을 내 입술에 대어주었다. 무덤의 아가리에서 갑자기 구출된 사람들이나, 나처럼 우울한 감옥 속 최악의 상황에서 갈증 때문에 견딜 수 없는 고통을 겪은 사람만이 그 긴 한모금의 물, 모든 육체적 사치 중에서도 가장 값진 그것이 내게 가져다준 형언할 수 없는 행복감에 대해서 짐작이라도 할 수 있을 것이다.

내가 어느정도 갈증을 만족시킨 뒤에 어거스터스는 자신의 옷주머니에서 차가운 감자 서너개를 꺼냈고, 나는 그것들을 게걸들린 듯 받아먹었다. 그는 어두운 램프에 불을 켜서 가지고 왔는데, 나는 그 빛에 대해서도 음식과 물만큼이나 행복하고 감사했다. 그러나 나는 무엇보다도 그가 그렇게 오랫동안 나타나지 않은 이유가 참으로 궁금했다. 이윽고 그가 내가 감금되어 있는 동안 무슨 일이 일어났었는지 이야기하기 시작했다.

4장

내가 짐작했던 대로 그 배는 어거스터스가 나를 위해서 손목시계를 남겨주고 나서 한시간가량 후에 출항했다. 독자들은 내가 그 시점에 이미 사흘 동안이나 선창에 있었다는 사실을 기억할 것이다. 그리고 그 기간 동안 배 안이 지속적으로 부산스러웠고 특히 객실과 특등실 쪽에서 많은 사람들이 오갔기 때문에 그는 통풍창의 비밀을 들키는 것을 무릅쓰지 않고서는 나를 방문할 기회를 찾을 수 없었다. 마침내 그가 내려왔을 때는 내가 아주 잘 지내고 있다고 말했기 때문에 그는 그다음 이틀 동안 별로 내 걱정을 하지는 않았다. 하지만 그래도 내려올 기회를 엿보고 있던 그가 기회를 포착한 것은 나흘이 지난 후였다. 그동안 그는 몇번이나 부친에게 우리의 모험에 대해 자백해서 나를 즉시 밖으로 나오게 해주려고 결심했었다. 하지만 배가 아직도 낸터켓으로 돌아갈 수 있는 거리에 있었고 바너드 선장의 몇 마디 말로 미루어보건대 내가 탔다는 사실을 알면 즉시 귀항할 수도 있을 것 같았다. 더욱이 어거스터스는 그 문제를 곰곰이 생각해본 끝에 아직은 내가 당장 밖으로 나와야 할 만큼 절박한 상황은 아니라고, 그리고 그런 상황이라면 내가 통풍창을 통해서 주저 없이 자기에게 이야기했을 것이라고 생각했다. 그러므로 모든 정황을 고려하건대 자신이 다른 사람들의 주목을 끌지 않고 나를 찾아올 기회를 포착할 때까지 조금 더 현상태를 유지하는 것이 좋겠다고 결론을 내렸다. 내가 앞서도 말했던 것처럼 그 기회는 그가 내게 시계를 가져다준 뒤 나흘째가 되고 내가 처음 선창에 숨은 지 이레째가 되는 날에야 왔다. 그날 그는 물이나 음식을 가지고 오지 않았는데, 그것은 일단 내 주의를 끌어서 내가 방을 나와 통풍창까지 오게 한 다음 특별실로 올라가 물이나 음식을 줄 생각이었기 때문이다. 그가 그런 의도로 선창에 내려왔을 때 나는 자고 있었다. 내가 큰 소리로 코를 골고 있었던 것이다. 그 문제에 대해 가능한 추론을 다 동원해보건대 그것은 내가 손목시계를 가지고 통풍창에서 돌아온 직후 잠에 빠졌을 때가 아닌가 싶었다. 그러니까 내가 최소한 삼일 밤낮도 넘게 잠에 빠져 있었던 셈이다. 최근에 나는 경험을 통해서, 그리고 다른 사람들이 장담하는 그들의 경험을 통해서도, 낡은 생선 기름에서 생성된 악취가 좁고 밀폐된 공간에서 가지는 강한 최면 효과에 대해서 알게 되었다. 그리고 내가 감금되어 있던 선창의 상태와 그 배가 고래잡이배로 오랫동안 사용되었다는 사실을 고려해볼 때, 내가 잠이 든 뒤에 위에 언급했던 특정한 때를 제외하면 전혀 깨지 않고 잤다는 사실이 신기한 것이 아니라 내가 중간중간 깨어났다는 사실이 오히려 더 신기한 일이다.

어거스터스는 처음에는 통풍창을 닫지 않고 낮은 목소리로 나를 불렀다. 그러나 나는 아무런 대답도 하지 않았다. 그런 뒤 그는 통풍창을 닫고 더 큰 목소리로 나의 이름을 불렀고, 나중에는 목청껏 나를 불렀다. 하지만 나는 여전히 코만 골고 있었다. 그래서 이제 그는 어떻게 하는 것이 좋을지 판단하기 어렵게 되었다. 그가 목재들을 헤치고 내가 있던 방까지 오는 데에는 시간이 좀 걸릴 테고, 그러는 동안 그가 사라졌다는 사실이 틈만 나면 그에게 항해에 관한 서류들을 복사시키고 정리하게 하는 등 심부름을 시키던 바너드 선장의 눈에 띌 가능성이 있었다. 따라서 그는 다시 올라가서 나를 찾아올 새로운 기회를 엿보기로 결정했다. 내가 평화롭게 자고 있는 것 같았기 때문에, 그리고 내가 갇혀 있기 때문에 불편한 점이 있으리라고는 생각하지 않았기 때문에 그리 심각하지 않게 그런 결정을 내린 것이다. 그가 이렇게 결심을 하고 있던 차에 무언가 특이한 소리가 객실 쪽이 분명한 방향에서 들려왔다. 그는 최대한 재빠르게 통풍창 위로 올라가 문을 닫고 자신의 특별실 문을 열어젖혔다. 그가 문턱에 발을 올려놓자마자 총이 그의 얼굴 앞에서 번쩍했다. 동시에 그는 캡스턴 막대로 가격당하면서 정신을 잃은 채 쓰러졌다.

강한 손길이 그를 객실 바닥으로 찍어누르며 그의 목을 조이고 있었다. 그럼에도 불구하고 그는 주변에서 벌어지고 있는 일을 관찰할 수 있었다. 아버지는 손발이 묶인 채 승강용 계단 위에 고개를 아래로 향하게 눕혀져 있었으며 이마에 난 깊은 상처에서 피가 계속 흘러내리고 있었다. 그는 한마디 말도 하지 않았고 죽음이 멀지 않아 보였다. 일등항해사가 악령 같은 조소의 표정을 띤 채 그를 굽어보며 그의 주머니를 샅샅이 뒤져서 커다란 지갑과 정밀시계를 꺼냈다. 선원 중 일곱명이 (그중에는 요리사인 흑인도 하나 끼어 있었다) 무기를 찾기 위해 좌현 쪽의 특별실을 뒤져서 곧 머스킷 총과 탄약으로 무장했다. 객실에는 어거스터스와 바너드 선장 외에도 총 아홉명이 있었는데, 그 일곱명은 배에 타고 있던 선원들 중에서 가장 질이 나쁜 악당들이었다. 그 악당들은 이제 내 친구의 팔을 뒤로 묶어서 갑판으로 끌고 갔다. 그들은 곧장 상갑판 쪽으로 갔는데, 그리로 통하는 문이 열린 채 있었고 두명의 폭도가 도끼를 들고 그 옆에 서 있었으며 승강구 쪽으로 두명이 더 서 있었다. 일등항해사는 큰 소리로 외쳤다. “저 아래서 나는 소리가 들리나? 어서 일어서라고, 한 사람씩. 자, 저것 봐. 그리고 불평하지 말라고.” 다른 사람이 나타나기까지 몇분이 흘렀는데, 마침내 신참자로 배를 탔던 영국 남자가 불쌍하게 울면서 올라왔다. 그는 항해사를 향해 너무나도 비굴한 태도로 목숨만 살려달라고 빌고 있었다. 그가 들은 유일한 대답은 도끼로 이마를 가격당한 일이었다. 그 불쌍한 사람은 신음 소리조차 내지 못한 채 갑판 위로 쓰러졌고, 흑인 요리사는 그를 아기처럼 팔에 들고 잘 조준해서 바닷물에 던져버렸다. 그 가격의 소리와 몸이 바다에 빠지는 소리를 들은 뒤라 이제 아래층에 있던 사람들은 위협을 통해서도 약속을 통해서도 갑판 위로 올려보내질 수가 없었다. 그래서 마침내 불을 피워서 연기로 그들을 끌어내자는 제안이 나왔다. 그런 뒤 대소동이 벌어져서 잠시 동안은 배를 악당들의 손에서 탈환하는 것도 가능할 것처럼 보였다. 그러나 폭도들은 마침내 그들의 적 중 여섯명 이상이 일어서기 전에 감쪽같이 상갑판으로 통하는 문을 닫아버렸다. 그 여섯명은 숫자에서도 밀리고 무기도 없었기 때문에 잠깐 싸우다 곧 굴복하고 말았다. 항해사는 그들에게 닥칠 결과를 알렸다. 갑판 아래 있던 사람들을 끌어내기 위해서 그랬다는 것은 의심의 여지가 없었다. 갑판 위에서 하는 말이 그들에게 들리는 것이 분명했으니까. 결과는 그가 악마적인 악당짓을 하고 있었다는 사실 못지않게 머리를 잘 썼다는 사실도 증명했다. 상갑판에 있던 모든 선원들이 곧 굴복할 뜻을 비쳤고 하나씩 둘씩 올라와서 처음의 여섯명과 함께 포박된 채 눕혀졌다. 선상반란에 관여하지 않은 선원은 다 해서 스물일곱이었다.

이어서 너무나 끔찍한 살상이 뒤따랐다. 포박된 선원들은 통로로 끌려갔다. 그곳에서는 요리사가 도끼를 들고 서 있다가 다른 반란자들이 희생자를 한명 한명 배의 옆면으로 밀치면 그들의 머리에 도끼를 박았다. 그런 식으로 스물두명이 죽었다. 그리고 어거스터스는 매 순간 다음이 자신의 차례라고 예상하며 이제 죽은 목숨이라고 생각했다. 그러나 악당들은 이제 지쳤거나 자신들의 살육에 대해서 일종의 혐오감을 느낀 모양이었다. 왜냐하면 그때 항해사가 갑판 아래에서 럼주를 가지고 오도록 지시했고, 그 살육자들은 해가 질 때까지 모두 술에 취해서 떠들썩하게 잔치를 벌였기 때문이다. 그래서 이미 살해된 다른 선원들과 함께 갑판으로 동댕이쳐졌던 내 친구와 나머지 네명의 포로는 일시적 휴식을 누릴 수 있었다. 그 악당들은 그런 뒤 생존자들의 운명에 대해서 논쟁을 벌였다. 생존자들은 그들로부터 네발자국 정도밖에 떨어져 있지 않았기 때문에 그들이 하는 말 한마디 한마디를 다 알아들을 수 있었다. 반란자들의 일부는 술을 먹고 나서 마음이 좀 누그러진 듯했다. 왜냐하면 몇몇 사람들이 포로들이 반란에 가담해서 이득을 나눠 갖는 것을 전제로 그들을 풀어주자고 주장했기 때문이다. 하지만 흑인 요리사는 (그는 모든 면에서 완벽한 악마였는데 항해사보다 더 영향력이 있는 것은 아니라 해도 그와 대등한 정도는 되는 것처럼 보였다) 그런 제안에는 전혀 귀를 기울이지 않고 통로에서 하던 작업을 재개하기 위해서 자리에서 계속 일어났다. 다행히도 그는 너무 술에 취해서 그 악당들 중 덜 잔인한 축이 쉽게 그를 저지할 수 있었다. 그들 중에 중간관리자인 더크 피터스라는 이가 있었는데, 그는 미주리 강의 시원 근처인 블랙힐즈의 요새에 살고 있는 웁사로카족 인디언 여자의 아들이었다. 그의 아버지는 모피상이었던 것으로 알려져 있다. 만일 아니라면, 적어도 루이스 강가 인디언들의 교역장에 어떤 식으로든 연결되어 있는 사람이었다. 피터스 자신은 내가 본 중에서 가장 순수하게 사나워 보이는 인물 중의 하나였다. 그는 키가 작아서 4피트 8인치[2]를 넘지 않았다. 그러나 팔다리는 가장 헤라클레스와 비슷한 모양을 하고 있었다. 특히 손은

2 약 140센티미터.

워낙 두껍고 커서 인간의 것이라고 보기 힘들 정도였다. 팔은 다리와 마찬가지로 매우 특이한 모양으로 안으로 굽었고 전혀 유연성이 없어 보였다. 머리 역시 기이하게 생겼으니, 엄청나게 큰 크기에 완전한 대머리를 하고 있었으며 (대부분의 흑인들의 머리처럼) 정수리에 금이 가 있었다. 나이와는 무관한 그 대머리를 감추기 위해서 그는 평소에 털처럼 생긴 것이면 무엇으로 만들었든 아무 가발이라도 썼는데 때로는 스페인 개나 미국 회색곰의 가죽을 쓰기도 했다. 그때 그는 그런 곰 가죽 중의 하나를 쓰고 있었으며, 그 때문에 웁사로카족 특유의 타고난 사나움이 더 두드러져 보였다. 입은 거의 양쪽 귀에 닿을 정도로 찢어져 있었고 입술은 가늘고 체격의 다른 부분과 마찬가지로 처음부터 유연성을 결여한 것처럼 보였다. 그래서 그가 어떤 감정을 느끼고 있든 그의 지배적인 표정에는 전혀 변화가 일어나지 않았다. 이는 유난히 길고 튀어나와 있었는데 그것이 어떤 경우에도 입술에 가려지지는 않았다는 사실을 고려하면 그 지배적인 표정을 상상할 수 있을 것이다. 그 사람을 예사롭게 보고 나면 그가 당장이라도 배꼽을 잡고 웃을 것처럼 생각될 수도 있다. 하지만 다시 한번 보고 나면, 만일 그 표정이 즐거움을 표현한다면 거기 표현된 즐거움은 악마의 것이리라고 인정하며 몸서리를 칠 만했다. 이 특이한 존재에 대해서 낸터켓의 선원들 사이에 많은 일화가 떠돌아다녔다. 그 일화들은 그가 흥분하면 괴력을 발휘한다는 사실과 관련된 것들이었으며, 또 그의 정신 건강에 대해 회의하게 만드는 것들도 있었다. 하지만 그램퍼스호에서의 선상반란에서 다른 폭도들이 그를 대하는 지배적인 감정은 다른 무엇보다도 조롱이었던 듯했다. 내가 더크 피터스에 대해서 이렇게 특별하게 묘사한 것은 그가 사나워 보이기는 했지만 어거스터스를 살려주는 데 핵심적인 역할을 했고, 그가 앞으로의 이야기 중에 더 자주 언급될 것이기 때문이다. 그리고 말이 나온 김에 말해두지만 이 이야기의 뒷부분은 인간 경험의 범위를 완전히 벗어나는 사건들을 포함하게 될 것이고, 그렇기 때문에 인간의 신뢰의 한계도 널리 벗어날 것이다. 그래서 나는 독자들이 내가 앞으로 할 이야기를 신뢰할 것이라고 별로 기대하지 않고 있다. 하지만 나는 내가 하는 진술 중에서 가장 중요하고 가장 환상적인 것들 중 일부는 시간이 흐름에 따라, 그리고 과학이 발달함에 따라 신뢰성을 획득하게 될 것이라고 믿는다.

그들은 결정을 내리지 못해서 설왕설래하다가, 그리고 두세차례 심하게 다툰 끝에 마침내 포로들 모두를 가장 작은 고래잡이 보트 하나에 태워서 떠내려보내기로 결정했다. 이 결정에서 어거스터스는 예외였으니, 피터스가 농담하듯이 어거스터스를 자신의 비서로 두고 싶다고 고집을 피웠기 때문이었다. 항해사는 바너드 선장이 아직도 살아 있는지 보려고 객실로 내려갔다. 독자들도 기억하겠지만 폭도들이 바너드 선장을 아래층에 놔둔 채 갑판으로 올라갔었기 때문이다. 이윽고 항해사와 선장 두 사람이 나타났는데 선장은 얼굴이 죽음처럼 창백했지만 상처의 효과로부터는 조금 회복된 상태였다. 그는 거의 들리지 않는 목소리로 자신을 파도에 떠내려보내지 말아달라고, 그리고 그들 모두 원위치로 돌아가라고 사정을 하면서, 자신이 그들이 원하는 곳 어디서든 그들을 내려주겠고 그들을 처벌시킬 조치를 취하지 않겠다고 약속했다. 차라리 바람에게 말하는 편이 나았을 것이다. 악당들 중 두 사람이 그의 팔을 잡고 그를 배의 옆으로 옮겨서, 항해사가 아래 내려가 있던 동안 준비된 보트 속으로 그를 던져넣었다. 갑판 위에 뉘여 있던 네 사람에게는 묶은 것을 풀어주면서 따라오라고 명령했고, 그들은 저항하지 않고 복종했다. 어거스터스는 아버지에게 작별인사를 할 수 있도록 허락해달라는 보잘것없는 소원을 만족시키기 위해서 발버둥치고 애원했지만 여전히 고통스러운 자세 그대로 남겨져 있었다. 한줌의 건빵과 한통의 물이 그들에게 건네졌다. 하지만 돛대도 돛도 노도 나침반도 주어지지 않았다. 폭도들은 몇분 동안 그 보트를 고물 쪽에 달고 가면서 다시 의논을 했고, 마침내 묶은 줄을 잘라서 그 보트를 파도에 떠내려보냈다. 그즈음에는 이미 밤이 되어 있었고, 달도 별도 보이지 않았다. 그리고 바람은 많지 않았지만 짧고 추한 파도가 넘실거리고 있었다. 보트는 즉시 시야를 벗어났고, 그 보트에 타고 있던 불운한 이들의 운명은 거의 절망적이었다. 그러나 이 사건이 일어난 지점은 북위 35도 30분, 서경 61도 20분이었는데, 그것은 버뮤다 제도로부터 그렇게 멀지 않은 곳이었다. 그러므로 어거스터스는 그 보트가 그 섬에 성공적으로 도착하든지, 아니면 해안에서 멀지 않은 곳에 있던 다른 배를 만날 만큼 가까이 가든지 할 수도 있다는 생각으로 위안을 삼으려고 애썼다.

이제 배 위의 모든 돛이 펼쳐졌고, 배는 계속해서 원래의 남서쪽 진로를 향하고 있었다. 폭도들이 해적질에 대한 계획에 집착하고 있었기 때문이었다. 그들의 말로 미루어 그들은 까보베르데 제도나 푸에르토리코에서 오는 특정한 배를 가로챌 계획인 듯했다. 그 사이 그들은 어거스터스의 끈을 풀어주고 그가 갑판 승강구 앞쪽을 자유롭게 다니도록 허락해준 뒤 그에게 별 주의를 기울이지 않았다. 더크 피터스는 꽤 친절하게 대해주었고, 한번은 요리사의 잔인함으로부터 그를 구해주기도 했다. 하지만 그 폭도들이 계속 술에 취해 있는데다 그들이 계속 잘해주거나 신경을 안 쓸 것이라는 보장이 없었기 때문에 어거스터스는 여전히 너무나 불안한 상태였다. 하지만 그는 그런 처지에 빠진 자신을 가장 불안하게 한 것은 나에 대한 염려였다고 말했다. 그리고 실제로 나에게는 그의 우정의 진실성을 의심할 만한 이유가 있었던 적이 전혀 없었다. 그는 내가 배를 타고 있다는 비밀을 폭도들에게 알려주는 것이 낫지 않을지 생각하며 한번 이상 그래야겠다고 결심했었다. 그러나 자신이 목격한 살상이 기억나기도 했고, 자신이 곧 나를 구해줄 수 있을지도 모른다는 희망도 버리지 않고 있었기 때문에 참고 말하지 않았다. 그리고 끊임없이 나를 구해줄 기회를 엿보고 있었다. 하지만 그가 호시탐탐 기회를 엿보았음에도 기회라고 할 만한 순간은 보트를 떠내려보낸 지 사흘 뒤에야 왔다. 사흘째 되는 날 밤 마침내 동쪽으로부터 강한 바람이 불어왔고, 선원들이 모두 돛을 내리기 위해서 동원되었기 때문이었다. 그에 뒤따르는 혼돈의 시간 중에 그는 사람들의 눈길을 피해 특별실로 들어갔다. 하지만 그곳에 들어간 그는 그 방이 다양한 해상 물자와 배의 가구를 넣어두는 창고로 변했고, 통풍창 바로 위에다가는 승강용 사다리 아래에 서랍을 놓기 위해 그곳에 보관되어 있던 무척 긴 낡은 쇠사슬을 옮겨다 놓은 것을 목격했다. 그 순간 그가 얼마나 슬프고 경악스러웠을지! 그 쇠사슬을 옮기다가 발각되지 않기란 불가능했다. 그래서 그는 가능한 한 재빠르게 갑판으로 되돌아갔다. 그가 올라가니 선원 하나가 그의 목을 움켜 잡고 객실에서 무슨 짓을 했느냐고 따져 물으며 그를 좌현 쪽의 방파제 위로 던져버리려고 했다. 그때 더크 피터스가 개입해서 다시 한번 그의 생명을 구해주었다. 어거스터스에게는 이제 수갑이 채워졌고 (배 위에는 수갑이 몇벌 실려 있었다) 그의 발은 끈으로 한데 묶였다. 그는 다시 삼등선실로 끌려가서 상갑판 덮개문 옆 낮은 침대 위로 던져졌다. 그는 '배가 더이상 배가 아니게 될 때까지' 다시는 갑판 위에 발을 붙여서는 안 된다는 경고를 받았다. 그것은 요리사의 표현이었는데, 그를 침대에 던진 사람도 그였다. 그 말의 뜻이 정확히 무엇이었는지는 알 수 없다. 하지만 그 모든 사건이 곧 설명할 이야기처럼 궁극적으로 나를 구조할 수단이 되어주었다.

5장

요리사가 상갑판을 떠난 뒤 몇분 동안 어거스터스는 절망감으로 자포자기한 심정이었고 살아서 그 침대를 빠져나갈 가능성에 대한 희망을 전혀 품지 못하고 있었다. 그는 이제 누구든 가장 먼저 그 방으로 내려오는 사람에게 나에 대해 이야기하기로 결심했다. 내가 선창에서 갈증으로 죽어가도록 내버려두는 것보다는 폭도들의 손에 내 운명을 맡기는 편이 더 낫겠다고 판단했기 때문이었다. 내가 선창에 몸을 숨긴 지 벌써 열흘이 지났는데 내가 가지고 있던 물은 나흘을 지내기에도 충분하지 않은 양이었다. 그는 이 문제를 생각하고 있다가 갑자기 선창을 통해 나와 대화를 하는 것이 가능할지도 모르겠다는 생각이 들었다. 다른 상황에서라면 그는 그 행동의 어려움과 위험성 때문에 그것을 시도도 하지 않았을 것이다. 그러나 그때는 스스로의 목숨도 부지할 가망성이 거의 없는 판이라 밑져야 본전이라는 생각이 들었다. 그래서 전심전력으로 그 과제에 매달렸다.

그의 첫번째 고려 사항은 수갑이었다. 처음에는 그것을 제거할 방법을 생각해낼 수 없었다. 그리고 자신이 처음부터 그렇게 속수무책이라는 사실에 대해서 와락 겁이 났다. 하지만 수갑을 자세히 살펴본 후 단지 손을 꽉 쥐기만 해도 큰 힘을 들이거나 불편을 감수하지 않고 손을 빼낼 수 있다는 사실을 깨달았다. 그 수갑이 뼈가 아직 작아서 힘을 조금만 주면 쉽게 움츠러드는 젊은이의 손을 결박하는 데 별 효과가 없었던 것이다. 이어 그는 발을 묶고 있던 밧줄을 풀고 누가 내려올 경우에 쉽게 다시 낄 수 있도록 놓아두었다. 그러고 나서 침대에 연결된 덮개문을 조사해보았다. 그 문은 부드러운 1인치 두께의 소나무 판자로 만들어져 있었는데, 자신이 그 문을 통과하는 데 큰 어려움이 없다는 사실을 깨달았다. 그때 상갑판 통로 쪽에서 목소리가 들려왔으며, 곧이어 더크 피터스가 내려왔을 때 그는 가까스로 오른손을 수갑에 넣고 (왼손은 아직 수갑을 풀지 않은 상태였다) 발목 주변에 밧줄을 풀매듭으로 묶을 수 있었다. 더크 피터스의 뒤를 바로 따라 타이거가 왔는데 즉시 침대로 뛰어올라가서 누웠다. 내가 타이거를 애지중지하는 것을 아는 어거스터스가 내가 그 녀석을 데리고 여행하게 되면 기뻐할 것이라고 생각하고 데리고 왔던 것이었다. 그는 나를 선창에 데려다놓은 후 즉시 우리 집으로 가서 타이거를 데리고 왔지만 나를 위해서 시계를 남겨줄 때 그 사실을 깜빡 잊고 언급하지 않았다. 선상반란

후에는 더크 피터스와 함께 나타날 때까지 타이거를 보지 못했었다. 그래서 항해사의 무리 중에서 특히 질이 나쁜 악당놈들의 손에 타이거가 배 밖으로 던져졌을 것이라고 짐작하고 포기하고 있었다. 나중에 보니 타이거가 고래잡이 보트 아래 구멍으로 기어들어갔다가 몸을 돌릴 공간이 없어서 빠져나오지 못하고 있었던 것 같았다. 마침내 피터스가 그 녀석을 꺼내서 내 친구가 높이 평가하는 좋은 성정을 가진 인종답게 이제 그 녀석을 상갑판에 있는 어거스터스에게 동무 삼아 데려다주었던 것이었다. 그리고 소금에 절여 말린 쇠고기와 감자, 물 한 깡통도 가져다주었다. 그는 다음날 먹을 것을 더 가져다주겠다고 약속한 뒤 갑판으로 올라갔다.

그가 떠난 뒤 어거스터스는 수갑에서 양손을 빼내고 발도 풀었다. 그런 뒤 자신이 누워 있던 매트리스의 머리 부분을 구부린 다음 자신이 몸에 지니고 있던 펜나이프로 (그 악당들이 그의 몸을 수색할 생각도 하지 않았으므로) 침대 아래 바닥에서 가장 가까운 곳의 칸막이 판자 중 하나를 열심히 자르기 시작했다. 그가 그곳을 자르기로 결정한 이유는 갑자기 방해를 받더라도 매트리스의 머리 부분을 제자리에 놓음으로써 자신이 하던 일을 감출 수 있을 것이라고 판단했기 때문이다. 그러나 그날의 나머지 시간 동안에는 아무런 방해도 받지 않았고, 밤이 되었을 때는 나무판자에 완벽한 첫 번째 금을 낼 수 있었다. 여기서 선원 중 어느 누구도 상갑판에서는 자지 않았고, 그들은 선상반란 이후 모두 함께 객실에서 지내면서 술을 마시며 바너드 선장의 음식을 가지고 향연을 즐겼고, 배의 항해에 절대적으로 필요한 일 이외에는 어떤 일에도 주의를 기울이지 않았다는 사실을 언급할 필요가 있겠다. 이 상황은 나와 어거스터스에게는 다행스러운 것이었다. 왜냐하면 그렇지 않았더라면 그가 나에게 오는 일은 불가능했을 것이었기 때문이다. 사태가 그런 만큼 그는 자신있게 자신의 계획을 실행에 옮겼다. 하지만 그가 나무판자의 두번째 금(처음 자른 곳에서 1피트 정도 위쪽)을 다 잘랐을 때는 새벽이 다 되어 있었다. 그리하여 마침내 그를 주된 최하갑판으로 쉽게 통과시켜줄 구멍이 났다. 일단 최하갑판에 도착한 그는 하층 주요 승강구까지 별 문제 없이 갔다. 상갑판만큼이나 높이 쌓여서 그의 몸이 통과할 공간도 거의 남겨놓지 않은 기름통 더미 위를 기어서 넘어가야 하긴 했지만 말이다. 출입구에 도착했을 때 그는 타이거도 통들 사이로 몸을 밀어넣어가며 자신을 따라 내려왔다는 사실을 깨달았다. 하지만 해가 뜨기 전에 내게 도달하는 것은 불가능해 보였다. 하층 선창에 빽빽이 쌓인 적재물을 뚫고 지나가는 것이 큰 난관이었기 때문이다. 그래서 그는 일단 돌아가서 다음날 밤까지 기다리기로 마음먹었다. 이런 계획을 세운 뒤 다시 올 때 조금이라도 덜 지체되도록 승강구 부분을 느슨하게 만들었다. 그가 그 작업을 마치자마자 타이거가 그 작업 덕분에 생긴 작은 입구 쪽으로 뛰어가서 잠시 냄새를 맡더니 긴 신음 소리를 내면서 발로 빨리 덮개를 제거하고 싶다는 시늉을 하며 긁어댔다. 그 행동으로 미루어 그 녀석이 내가 선창에 있음을 알고 있다는 데 의심의 여지가 없었다. 그래서 어거스터스는 타이거를 내려보내면 타이거가 나를 찾아갈 수 있을 것이라고 생각했다. 그리고 그때로서는 내가 밖으로 나오려고 시도하지 않는 편이 특히 더 바람직했고, 또 자신도 다음날 뜻대로 나를 찾아올 수 있다는 보장이 없었기 때문에 타이거를 통해 내게 편지를 보내는 것이 좋겠다고 판단했다. 그 이후의 사건 전개는 그에게 그런 생각이 떠오른 일이 참으로 행운이었다는 사실을 증명해주었다. 왜냐하면 그 편지를 받지 않았더라면 내가 틀림없이 아무리 절망적이라 하더라도 어떻게든 선원들에게 구조를 요청하려는 계획을 세웠을 것이고, 그랬더라면 우리 두 사람의 목숨 모두가 희생되었을 가능성이 농후했기 때문이다.

편지를 쓰기로 결론을 내리자 이제 편지를 쓸 도구를 구하는 것이 문제였다. 곧 낡은 이쑤시개가 펜이 되었다. 갑판들 사이가 칠흑같이 깜깜했기 때문에 촉각만을 이용해서 그것을 찾아냈다. 종이는 편지지의 뒷면, 즉 위조한 로스 씨의 편지 사본에서 구했다. 이것은 원래 썼던 초안이었는데 필적이 충분히 닮지 않아서 다행히도 어거스터스가 자신의 외투 주머니에 넣어두고 새로 쓴 편지를 보냈던 것이었다. 너무나 다행스럽게도 그 원본의 편지지를 지금 찾아낸 것이다. 이제 잉크만 구하면 되었다. 그래서 그는 주머니칼로 손톱 바로 아래 손가락의 안쪽을 찌름으로써 즉시 잉크의 대용물을 확보했다. 그 부근의 상처가 보통 그렇듯 피가 콸콸 쏟아졌기 때문이었다. 이제 그런 재료로 어둠속에서 쓸 수 있을 만큼의 내용을 담은 편지가 씌어졌다. 그는 선상반란이 벌어졌다는 사실을 간단히 적고, 바너드 선장이 파도에 실려 갔으며, 내가 먹고 마실 것에 관한 한 곧 도움을 기대할 수 있지만 모습을 나타낼 생각은 하지 말아야 한다고 썼다. 그리고 다음과 같은 문장으로 끝냈다. '이

것을 피로 썼어 — 네가 꼼짝 않고 누워 있는 것에 너의 생명이 달려 있어.'

이 종이쪽지를 타이거의 몸에 매단 다음 그 녀석을 승강구로 내려보내고 어거스터스 자신은 상갑판 쪽으로 서둘러 돌아갔는데, 그사이에 선원들이 왔다 간 흔적은 보이지 않았다. 그 칸막이의 구멍을 가리기 위해 그는 바로 그 위에 자신의 칼을 꽂은 뒤, 거기다 자신이 침대에서 발견한 두꺼운 모직으로 만든 더블코트를 걸어놓았다. 그런 뒤 수갑을 다시 채우고 발목에 밧줄을 둘렀다.

이렇게 하자마자 더크 피터스가 무척 술에 취해서 내려왔다. 그의 기분은 아주 좋았고, 그는 어거스터스가 그날 먹을 것도 가지고 왔다. 그것은 한타[打]의 커다란 구운 아일랜드 감자와 물 한 주전자였다. 그는 침대 곁 서랍장 위에 잠시 앉아서 항해사에 대해 편한 태도로 이야기를 하고 배의 일반적인 상황에 대해서도 이야기했다. 그가 무척이나 쾌활해서 거의 기괴해 보일 정도였다. 한번은 그의 처신이 하도 기묘해서 무척 겁이 나기도 했다. 하지만 그는 다음날 훌륭한 정찬을 그의 수인에게 가져다주겠다고 중얼대며 마침내 갑판으로 올라갔다. 낮 동안 두명의 선원(작살잡이들)이 요리사와 함께 내려왔는데, 그 세 사람이 다 코가 비뚤어지도록 취해 있었다. 피터스처럼 그들도 자신들의 계획에 대해서 이야기하기를 주저하지 않았다. 그들은 궁극적 계획에 대해서 서로 의견이 많이 갈리는 듯했다. 몇시간 안에 마주치게 될 것으로 기대하고 있는, 까보베르데 제도로부터 오는 배를 습격한다는 점을 제외하면 어떤 문제에 대해서도 합의를 못 하고 있는 듯했다. 확실치는 않았지만 노획물을 노리고 선상반란을 저지른 것은 아닌 듯싶었다. 일등항해사가 바너드 선장에 대해 개인적인 감정이 있어서 반란을 주도한 것 같았다. 그사이에 폭동을 일으킨 선원들 중에 두 주요 분파가 형성된 것처럼 보였으니, 하나는 항해사가 두목이고, 다른 하나는 요리사가 두목이었다. 전자는 그들이 처음 마주치는 적당한 배를 노획해서 서인도제도 중 적당한 곳에 가서 그것을 해적선으로 만들고 싶어했다. 하지만 세력이 더 강하며 더크 피터스가 그 구성원인 후자는 남태평양으로 가는 원래의 항로를 그대로 유지하기를 원했다. 거기서 고래잡이를 하든지 아니면 상황에 따라 적당히 행동하면 될 것이었다. 그 지역에 자주 가본 적이 있는 피터스의 주장이 폭도들 가운데 제법 비중 있게 받아들여지고 있는 것이 분명했다. 그들이 막연하게 형성된 이익과 쾌락의 개념 사이에서 마음을 못 정하고 있는 것은 사실이었지만 말이다. 더크 피터스는 태평양에 있는 수많은 섬들 가운데서 발견될 신기하고 즐거운 세상, 거기서 누릴 수 있는 완벽한 안전과 모든 제약에서의 해방에 대해서, 그리고 더욱 특별한 것으로 기후의 쾌적함과 편하게 사는 것을 보장해주는 풍부한 재료들과 여성들의 관능미 등에 대해서 길게 늘어놓았다. 하지만 아직 아무것도 확정된 것은 없었다. 그러나 혼혈의 관리자가 그려 보여준 그림이 선원들의 열정적인 상상력을 강력하게 사로잡고 있는 것은 사실이었다. 결국 그의 주장이 실행에 옮겨질 가능성도 꽤 있었다.

세 사람은 한시간가량 후에 떠났고, 아무도 하루 종일 상갑판에 올 일은 없었다. 어거스터스는 밤이 깊어질 무렵까지 가만히 누워 있었다. 그런 뒤 손을 수갑에서 빼내고 밧줄을 풀었고 이제 할 일을 준비했다. 침대 중의 하나에서 병 하나를 발견해 피터스가 놓고 간 주전자에서 물을 따르고 동시에 차가운 감자로 주머니를 채웠다. 작은 수지 양초 조각이 들어 있는 랜턴 하나를 발견해서 뛸 듯이 기뻤다. 성냥갑은 그가 지니고 있었으므로 언제라도 그 랜턴의 불을 켤 수 있었다. 무척 어두워졌을 때 그는 침대의 이불 따위를 이용해서 마치 사람이 그 아래 있는 것처럼 꾸며놓고 덮개문의 구멍을 통해 그 방을 빠져나왔다. 그리고 그 통로를 감추기 위해서 그는 이전처럼 칼을 꽂고 모직 코트를 걸어놓았다. 그 일은 그리 어렵지 않았으니, 모직 코트를 건 다음 나무판자를 다시 제자리에 끼워놓았기 때문이다. 그는 이제 최하갑판의 주요 부분에 도착했고 지난번처럼 상갑판과 기름통들 사이를 뚫고 주 승강구를 향했다. 그곳에 도착한 뒤에는 양초에 불을 켜고 선창을 꽉 채우고 있는 물건들을 헤치며 더듬더듬 전진했다. 조금 가다가 고약한 악취와 텁텁한 공기를 마주쳤고 그 사실 때문에 무척 놀랐다. 내가 그렇게 오랜 시간 동안 그렇게 나쁜 공기를 마셨으니 살아 있을 것 같지 않다는 생각이 들었던 것이다. 내 이름을 반복해서 불렀는데 아무런 대답도 들리지 않았다. 그래서 자신의 염려가 사실인 듯했다. 배가 사납게 요동을 치고 있었고 그에 따른 소음이 굉장해서 숨을 쉬거나 코를 고는 등의 낮은 소리가 나는지 귀를 기울이는 것은 소용이 없었다. 그는 랜턴의 문을 열고 기회가 될 때마다 최대한 높이 그것을 들어올렸다. 내가 살아 있다면 그 빛을 보고 구원이 가까워지고 있다는 사실을 알게 해주기 위해서였다. 하지만 나에게서는 여전히 아무 대답도 들려오지 않았다. 그래서 내가 죽었을 것이라는 짐작이 점점 더 확실한 사실로 굳어지는 듯했다. 그럼에도 그는 가능한 한 방까지 직접 가서 적어도 자신의 짐작이 맞는지 확인이라도 해야겠다고 결심했다. 너무나 딱한 걱정에 사로잡힌 채 조금 더 전진한 그는 마침내 통로가 완전히 막혔다는 사실을, 자신이 원래 만들어놓은 길로는 더이상 갈 수 없다는 것을 깨달았다. 이제 그는 절망감에 사로잡힌 채 북받치는 감정을 이기지 못하고 목재들 사이에 몸을 내던진 채 어린아이처럼 울었다. 그런데 바로 그 순간 내가 병을 던지는 바람에 쨍그랑 소리가 들려온 것이었다. 그 사고는 천우신조였다. 별것 아닌 듯한 그 사고에 내 운명의 실이 매달려 있었던 것이다. 그러나 내가 그 사실을 깨닫기까지는 여러해가 걸렸다. 어거스터스가 자신의 약함과 우유부단함에 대해 당연히 수치심을 느끼고 그 자리에서 당장 내게 그 사실을 고백하지 않고 나중에 좀더 친하고 허물이 없어졌을 때 얘기해주었기 때문이다. 어쨌든 그는 그때 장애물을 넘는 것이 불가능하기 때문에 더 전진할 수 없다는 사실을 깨닫고 나에게 오려는 계획을 포기하고 즉시 상갑판으로 돌아가기로 결심했었다. 이 점에 대해 그를 비난하기 전에 우리는 그의 앞에 가로놓여 있던 너무나도 힘든 상황을 고려해야 한다. 그 시점에는 이미 밤이 재빠르게 물러가고 있었다. 그리고 그가 선수루에 없다는 사실이 발각될 위험이 있었다. 만일 동이 트기 전에 침대로 돌아가는 데 실패한다면 발각되는 것은 기정사실이었다. 그의 초는 바닥까지 다 타내려가서 불이 꺼지기 직전이었고 어둠속에서 승강구까지 되돌아가는 것은 무척 어려운 일이었다. 또한 내가 죽었다고 믿을 이유도 충분하고도 남았다. 만일 내가 이미 죽었다면 그가 내가 있던 방에 도착한다고 해서 득이 될 일도 없는데 쓸데없이 위험을 무릅쓰는 꼴이 될 것이었다. 그는 반복해서 내 이름을 불렀고 나는 아무런 대답도 하지 않았다. 그 시점의 나는 이제 그가 내게 가져다주었던 동이에 든 물 외에 다른 물이 더 없는 상태에서 11일 밤낮을 보낸 뒤였다. 곧 그곳에서 나갈 것이라고 생각했기 때문에 그 물을 아껴가며 먹었을 리도 없었다. 선창의 공기 또한 비교적 통기가 되던 삼등선실에서 온 그에게는 절대적으로 유해하게 느껴졌으며 방 속에서 지내다가 나온 나의 경우보다 훨씬 더 견디기 어려운 것이었을 터였다. 승강구는 그 이전 몇달 이래 계속 열려 있었을 테니 말이다. 이런 고려에다가 내 친구가 바로 얼마 전에 목격한 피비린내 나는 살육과 공포의 장면을 더해보라. 그리고 그가 감금과 박탈과 죽음을 가까스로 피했다는 사실, 그리고 그가 얼마나 불안하고 불투명하게 간신히 목숨을 부지하고 있었는지도 생각해보라. 그것들은 어떤 정신력도 굴복시킬 만한 것이었으니 독자들도 나처럼 그가 우정도 신의도 저버린 것에 화가 나기보다도 서글픈 것이 당연할 것 같다.

어거스터스는 병이 부딪히는 소리를 분명히 듣기는 했다. 하지만 그것이 선창에서 나는 소리인지 아닌지는 확실치 않았다. 그래도 그 소리 덕분에 계속 전진할 수 있었다. 그는 적재된 물건들을 이용해서 최하갑판까지 기어올라갔다가 배의 요동이 조금 누그러진 순간에 그가 낼 수 있는 가장 큰 목소리로 내 이름을 불렀다. 그 순간만큼은 배의 선원들이 듣거나 말거나 신경이 쓰이지 않았다.

그 순간 내가 그의 목소리를 듣기는 했지만 너무나 격렬하게 흥분한 나머지 목소리가 나오지 않아서 대답을 못 하고 있었다는 사실을 독자들도 기억하고 있을 것이다. 그래서 그는 이제 자신이 예상한 최악의 상황이 일어났다는 것을 확신하고 일각이라도 지체하지 않고 바로 선수루로 되돌아가려고 내려갔다. 그런데 그가 서두르다가 작은 상자들 몇개가 내동댕이쳐졌고 내게 그 소리가 들려왔던 것도 독자들은 기억할 것이다. 그는 이미 상당한 거리를 되돌아갔지만 내 칼이 떨어지는 소리가 들려와서 다시 주저하게 되었다. 그리고 방금 왔던 길을 되짚어가서 다시 한번 쌓인 짐들 위로 올라가 조용한 틈을 타 전처럼 큰 소리로 내 이름을 불렀다. 이번에는 내 목소리가 그에게 대답을 보냈다. 그는 내가 아직도 살아 있다는 사실이 너무 기쁜 나머지 이제 어떤 어려움과 위험을 무릅쓰더라도 내게 도착해야겠다고 결심했다. 그리고 그의 진로를 막고 있던 목재의 미로로부터 최대한 빠른 속도로 빠져나와서 마침내 조금 가능성이 있어 보이는 입구를 찾았고, 지속적으로 애를 쓴 끝에 결국 완전히 기진맥진한 상태이긴 했지만 내가 있던 방까지 도착한 것이었다.

6장

우리가 그 상자 근처에 있는 동안 어거스터스가 내게 해준 이야기는 지금 서술한 내용의 골자였다. 더 자세한 내막은 나중에 들을 수 있었다. 그는 선원들이 자신을 찾을까봐 두려웠고, 나는 내가 갇혀 있던 참을 수 없던 그 장소를 떠나고 싶어서 정신이 없었다. 우리는 즉시 덮개문의 구멍까지 가기로, 그가 정찰을 하는 동안 내가 그 근처에 남아 있기로 결정했다. 타이거를 그냥 방 안에 놓아둔다는 것은 어거스터스나 내게 다 참을 수 없는 생각이었지만, 그러지 않을 방도에 대해서는 궁리가 필요했다. 타이거는 이제 완전히 조용해진 것 같았고, 방 가까이 귀를 대어도 그의 숨소리가 들려오지 않았다. 나는 타이거가 죽었다고 확신하고 방의 뚜껑을 열기로 결심했다. 열고 보니 그 녀석이 깊은 혼수상태로 길게 뻗어 있긴 했으나 아직 목숨은 붙어 있었다. 한시가 급한 상황이긴 했지만 벌써 두번이나 내 생명을 구하는 데 도움을 준 그 짐승을 살리기 위해 어떤 시도라도 해보지 않고 그냥 버리고 갈 수는 없었다. 그래서 우리는 비록 너무 힘도 들고 지쳐 있기도 했지만 힘 닿는 데까지 타이거를 끌고 갔다. 우리가 가던 길의 일부에서는 어거스터스가 그 커다란 녀석을 팔에 안고 우리 앞길을 가로막고 있던 장애물을 기어서 넘어가야 했다. 워낙 기진맥진해 있던 나는 그럴 엄두도 낼 수 없는 상태였다. 마침내 우리는 벽의 구멍에 도달하는 데 성공했고 어거스터스가 먼저 그것을 통과해 넘어갔고 그다음에 타이거를 그리로 밀어넣었다. 모든 것은 무사했고, 우리는 우리가 방금 피한 엄청난 위험으로부터 우리를 구해주신 하느님께 진심으로 감사드리는 일을 잊지 않았다. 당분간은 내가 그 구멍 근처에 있으면서 매일 비교적 깨끗한 공기를 마시고, 내 친구가 매일 자신의 음식 일부를 그리로 넣어주기로 결정했다.

이 범선의 화물 적재와 관련해 내가 이야기한 부분에 대해서 보통의 적절한 적재 방식을 본 적이 있는 독자들은 좀 애매하다고 느낄 수도 있기 때문에 이 자리에서 조금 설명을 해야 할 것 같다. 그램퍼스호에서 행해진 이 중요한 과업을 바너드 선장이 제대로 돌보지 못한 것은 그의 수치라고 말하지 않을 수 없다. 그는 임무의 위험성이 당연히 요구하는 주의 깊고 경험 많은 선장은 못 되었다. 올바른 적재는 성의 없이는 행해질 수 없었다. 그리고 내 제한된 경험의 범위 안에서 보더라도 많은 무척 험한 사고가 바로 이 문제에 대한 무성의나 무지에서 비롯된 것이다. 연안 항해를 하는 배들은 화물을 싣거나 내리는 일을 자주 부산스럽게 서두르다가 화물 적재에 제대로 주의를 기울이지 못함으로써 사고를 당하는 경우가 가장 많다. 가장 중요한 일은 배가 극단적으로 사납게 요동을 치더라도 화물이나 바닥짐이 절대 움직이지 않도록 고박시키는 일이다. 그러기 위해서 싣는 화물의 크기뿐 아니라 그것의 성격, 그리고 화물칸을 꽉 채울 것인지 부분적으로만 채울 것인지에 대해서 세심한 주의를 기울여야 한다. 대부분의 화물의 적재는 나사를 이용해 이루어진다. 담배나 밀가루 짐의 경우, 전체 짐이 선창에 매우 단단히 나사로 고정되어 하역 시에 그것들을 담은 통을 끌러보면 내용물이 완전히 납작해져 있어서 원래의 모양으로 되돌리는 데만도 시간이 꽤 걸릴 지경이 된다. 그러나 이렇게 나사로 고정시키는 것은 보통 선창에 공간을 더 확보할 목적으로 이루어진다. 왜냐하면 밀가루나 담배 같은 물건이 가득 적재가 되면 그것들이 움직일 위험은 없기 때문이다. 적어도 그것들이 움직여서 불편해질 일은 없는 것이다. 실제로 그렇게 나사로 고정시키는 것이 화물이 움직이는 데 따르는 위험과 전혀 무관하게 이루어져서 너무도 한심한 결과를 가져오는 경우도 있었다. 예를 들어서 면화 같은 경우 어떤 조건에서는 그렇게 나사로 고정되어 있다가 팽창하는 바람에 배가 폭발한 경우도 있다고 들었다. 담배의 경우도 정상적인 발효의 과정을 겪을 경우 통의 둥근 모양 때문에 생긴 간격이 아니었더라면 같은 결과를 가져올 수도 있다는 데 의문의 여지가 없다.

화물이 움직임으로써 위험이 생기므로 그런 불운한 사건을 막기 위해서 항상 조심해야 할 경우는 화물을 부분적으로 실을 때이다. 무척 사나운 강풍을 마주쳐본 경험이 있는 사람들만, 혹은 더 정확히 말하면, 강풍 후에 갑자기 조용해진 배가 흔들거리는 것을 경험한 사람들만이 배가 쏠릴 때의 엄청난 기세와 그에 따라 느슨하게 있던 모든 것들이 끔찍하게 쏟아지는 현상에 대해서 알 수 있다. 그럴 경우, 즉 화물을 부분적으로 적재할 때 조심해야 할 필요성은 자명하다. 특히 작은 삼각돛을 펼친 배가 이물을 바람 불어오는 쪽으로 두고 정선할 때 이물 쪽을 제대로 만들지 않은 배는 보堡의 끝을 축으로 해서 휘청거리는 일이 많다. 적재만 제대로 되어 있으면 이런 일이 대략 15분에서 20분 정도 일어나더라도 심각한 결과를 초래하지는 않는다. 하지만 만일 적재가 제대로 되어 있지 않았다면 처음 이렇게 심하게 요동을 칠 때 화물 전부가 수면을 향한 배의 측면으로 와르르 쏟아지면서 배가 평형을 되찾지 못하고 몇초 만에 물이 차면서 침몰할 수밖에 없다. 하지만 짐만 제대로 고박되어 있다면 평형을 되찾기는 쉬운 일이다. 바다 한가운데서 만나는 심한 강풍 속에서 허우적대는 배의 절반은 화물이나 바닥짐이 움직여서 그렇다고 해도 과언이 아니다.

어떤 종류의 화물이든 선창이 가득 차지 않게 싣게 되면 먼저 그것을 가장 압축적으로 적재한 뒤에 짐 전체 위를 가로질러 튼튼한 판자들을 한겹 덮어야 한다. 그리고 이런 판자들 위로 튼튼한 임시 기둥들을 위의 목재에 닿도록 세워서 모든 것이 제자리에 잘 있도록 고정시켜야 한다. 곡물이나 그 비슷한 물건들로 채워진 화물의 경우에는 추가적인 조치가 더 필요하다. 선창을 가득 채워서 항구를 출발한 배가 목적지에 도착할 때는 4분의 3 정도로 줄어 있을 것이며, 이는 수탁인이 되와 말로 하나하나 잰 곡물이 부풀어서 맡겨진 무게를 훨씬 초과할 경우에도 마찬가지이다. 이것은 항해 중에 일어나는 침전 때문에 생기는 일로서 날씨가 거칠면 거칠수록 더욱 분명하게 그런 일이 일어난다. 곡물이 배에 느슨하게 실리면, 그것을 판자와 기둥으로 단단히 고정하더라도 긴 항해 중에는 최악의 재난을 가져올 만큼 심하게 움직일 수도 있다. 이것을 막기 위해서는 항구를 떠나기 전에 짐을 최대한 침전시키기 위해서 여러 가지 방법을 동원해야 한다. 그 방법 중에는 곡물 속에 쐐기를 박는 것도 있다. 그 모든 조처가 취해지고 특별히 신경을 써서 판자를 고정시킨 뒤에도 자신의 일에 대해서 조금이라도 아는 선원이라면 곡물을 실은 배를 타고서, 특히나 꽉 채우지 않은 곡물을 실은 채 폭풍을 만난다면 안전이 완전히 보장되어 있다고 느낄 수는 없을 것이다. 그러나 항구에서 항구로 여행하는 수백척의 배들, 특히나 유럽의 항구를 출발한 많은 배들은 가장 위험한 종류의 화물조차도 꽉 채우지 않은 채 아무런 신중한 조처도 취하지 않고 매일같이 운항하고 있다. 그러니 지금보다 더 많은 사고가 나지 않는 것이 실로 놀라운 일이다. 1825년에 버지니아 주의 리치먼드 항을 출발해서 옥수수 화물을 싣고 마데이라로 가던 스쿠너 반딧불이호의 선장인 조엘 라이스의 경우가 바로 그런 부주의의 한심한 예였던 것으로 알고 있다. 그 선장은 자신의 바닥짐을 보통 짐처럼 고박시키는 것 이상으로 신경 쓰지 않는 습관이 있었지만, 그럼에도 별 심각한 사고 없이 몇차례의 항해를 할 수 있었다. 전에는 한번도 곡물을 화물로 싣고 항해를 한 적이 없었는데, 문제의 항해 중에는 옥수수를 대충 실어서 배 바닥을 반 정도만 채우고 갔다. 항해의 초기에는 가벼운 순풍만을 받고 갔다. 하지만 마데이라를 출발한 지 하루도 지나지 않아 북북동쪽에서 강한 폭풍이 몰아쳤고, 그는 배의 이물을 바람이 불어오는 쪽으로 두고 해상에서 정선을 해야 했다. 그는 스쿠너를 2단으로 축범한 앞돛대의 돛에만 의지해서 맞바람을 받게 했는데, 그때는 배에 물 한방울도 들어오지 않은 채 다른 배 못지않게 잘 나아갔다. 밤이 되어 폭풍이 어느정도 잦아들었는데, 배가 전보다는 조금 더 흔들거렸지만 꽤 잘 나아가다가 갑자기 강하게 요동을 치더니 보의 끝을 축으로 우현으로 기울었다. 그때 옥수수가 통째로 움직이는 소리가 들렸고, 그 움직임으로 인한 충격 때문에 주 승강구가 활짝 열렸다. 배는 곧장 침몰했다. 이 사고는 마데이라를 떠나던 작은 외돛배에서 고함 소리가 들릴 정도의 거리에서 일어났기 때문에 그 배가 스쿠너의 선원 중 한 명을 구조했는데, 그 선원이 유일한 생존자가 되었다. 그 작은 외돛배는 당연히 제대로 관리된 작은 배답게 아무 문제 없이 안전하게 그 폭풍우를 빠져나왔다.

그램퍼스호의 적재는 너무나 서투르게 이루어져 있었다. 기름통과 배의 가구를 아무렇게나 마구 섞어놓은 그것을 적재라는 이름으로 부를 수나 있다면 말이다. 나는 이미 선창에 실은 물건들의 상태에 대해서 언급했었다. 최하갑판 위에는 기름통과 상갑판 사이에 (내가 앞서 말한 것처럼) 내 몸이 있을 만한 공간이 있었다. 주 승강구 주변에도 공간이 뚫려 있었다. 그리고 적재 장소 안에도 커다란 공간이 몇군데 있었다. 어거스터스가 덮개문에 뚫은 구멍 근처에는 커다란 통 하나를 놓기에 충분할 만큼의 자리가 있었다. 그래서 나는 당분간 그 공간에서 편하게 지낼 수 있도록 자리를 잡았다.

어거스터스가 자신의 침대로 안전하게 돌아가서 수갑과 로프를 다시 찼을 때는 밝은 대낮이었다. 실제로 우리는 발각을 간신히 면한 것이었다. 왜냐하면 그가 모든 것을 정상으로 되돌려놓자마자 항해사가 더크 피터스와 요리사를 거느리고 그곳에 나타났기 때문이었다. 그들은 까보베르데로부터 오는 배에 대해서 조금 이야기를 했는데 그것의 출현을 이제나저제나 기다리고 있는 것처럼 보였다. 그러다가 요리사가 어거스터스가 누운 침대로 와서 머리쪽 가까이에 앉았다. 내가 숨어 있던 곳에서는 그들이 보였고 그들이 하는 말도 다 들렸다. 자른 판자를 아직 제자리에 놓기 전이어서 나는 그 검둥이가 당장이라도 그 구멍을 가리기 위해 걸어놓은 모직코트 쪽으로 몸을 기대서 모든 것이 발각되고 물론 우리 목숨도 그대로 끝장날지 모른다고 겁내며 가슴을 졸이고 있었다. 하지만 우리의 행운이 우세했다. 그래서 비록 배가 흔들릴 때마다 자주 그의 몸이 그 코트에 닿기는 했지만 거기 제대로 기대서 내가 발각되는 일은 일어나지 않았다. 우리는 코트의 끝을 조심스럽게 차단벽에 붙여서 코트가 흔들거리더라도 구멍이 보이지는 않도록 해놓았었다. 그러는 동안 내내 타이거는 침대 발치에 앉아 있었는데 정신을 웬만큼 차린 것으로 보였다. 가끔씩 그가 눈을 뜨고 숨을 길게 들이쉬는 모습이 보였으니까 말이다.

몇분 후에는 항해사와 요리사가 위로 올라가고 더크 피터스만 남았다. 그는 그들이 가자마자 항해사가 방금 있던 곳으로 옮겨 앉아서 어거스터스와 무척 사근사근한 태도로 이야기하기 시작했다. 그리고 이제 우리는 다른 두 사람이 거기 있는 동안 그가 보였던 술 취한 듯한 태도의 상당 부분이 가장에 지나지 않았다는 사실을 알게 되었다. 그는 내 친구의 질문에 모두 아주 솔직하게 대답해주었다. 어거스터스에게 그의 아버지가 배 밖으로 내동댕이쳐졌을 때 적어도 다섯개의 돛이 자기 눈에 보였기 때문에 그가 틀림없이 구조되었을 것이라고 말했다. 그리고 다른 위로조의 말도 했는데, 나는 그것을 보고 기쁘기도 했고, 또 그만큼 놀라기도 했다. 실제로 나는 우리가 피터스의 도움을 통해서 그 배를 다시 장악할 수 있을지도 모른다는 희망을 품기 시작했고, 기회가 생기자마자 어거스터스에게 그 희망에 대해서 언급했다. 어거스터스도 그것이 가능할지도 모른다고 생각하기는 했지만 그 혼혈인의 처신이 너무나 자의적인 변덕 때문인 것처럼 보이니 극도로 조심해야 한다고 말했다. 사실 어떤 순간의 그가 더 제정신인 것인지를 판단하기는 어려웠다. 피터스는 한시간 정도 더 있다가 갑판으로 올라갔고 정오까지 다시 내려오지 않았는데, 정오에는 어거스터스에게 쇠고기와 푸딩을 잔뜩 가져다주었다. 우리끼리만 남겨졌을 때 나는 그 방으로 들어가 그 음식들을 실컷 먹었다. 어느 누구도 낮 동안 선수루 쪽으로 내려오지 않았고 밤에는 어거스터스의 침대에서 거의 동이 틀 무렵까지 달콤한 숙면을 취할 수 있었다. 동틀 무렵에 갑판에서 소리가 들려와 어거스터스가 나를 깨웠고, 나는 최대한 신속하게 은신처로 돌아갔다. 해가 중천에 떴을 때 우리는 타이거가 기운을 상당히 회복했다는 사실을 알 수 있었다. 자신에게 준 소량의 물을 기운차게 마셨고 광견병 증세도 전혀 보이지 않았기 때문이다. 그리고 낮 동안에는 전과 똑같은 왕성한 기운과 식욕을 모두 회복했다. 그의 기이한 행동은 선창의 공기가 내뿜던 유독성 때문에 발생했던 것임에 의심의 여지가 없었고 광견병과는 전혀 무관한 것이었다. 나는 힘은 들었지만 그를 방에서 꺼내서 데리고 오기를 정말 잘했다고 생각했다. 그날은 6월 30일이었고, 그램퍼스호가 낸터켓항을 출범한지 13일째 되는 날이었다.

7월 2일에 항해사가 내려왔는데, 평소처럼 술에 취해 있었고 기분이 무척 좋아 보였다. 그는 어거스터스의 침대로 와서 어거스터스의 등을 탁 치면서 풀어주면 착하게 굴겠느냐고, 그리고 다시는 객실로 가지 않겠다고 약속을 할 수 있겠느냐고 물었다. 내 친구는 물론 그렇다고 대답을 했고, 그 악한은 코트 주머니에서 럼주 병을 꺼내 어거스터스에게 건네서 럼주를 조금 마시게 해준 뒤 그를 풀어주었다. 이제 두 사람은 갑판으로 갔고 나는 약 세시간 동안 어거스터스를 보지 못했다. 어거스터스는 자신이 주돛 앞쪽으로는 배 위의 어디든 가도 좋다는 허락을 받았고 평소처럼 선수루에서 자라는 명령을 받았다는 희소식을 가지고 돌아왔다. 그는 또한 좋은 식사를 내게 가져다주었고 물도 많이 가지고 왔다. 배는 여전히 까보베르데에서 오는 배를 향해 순항하고 있었으며 이제 바로 그 배의 것이라고 여겨지는 돛이 보이고 있었다. 그뒤 8일 동안의 일들에는 별로 중요한 것이 없으며 내 이야기의 주된 사건과는 무관하지만 완전히 누락하고 싶지는 않으므로 여기 일기 형식으로 삽입한다.

7월 3일. 어거스터스는 내게 담요를 세장 주었고 나는 그것으로 은신처에 편안한 침대를 만들었다. 낮 동안에는 내 친구 외에 아무도 내려오지 않았다. 타이거는 침대 위 어거스터스가 낸 구멍 바로 곁에 자리를 잡고 아직도 병의 후유증이 완전히 가시지 않은 듯 깊은 잠을 잤다. 밤에는 돛을 내리기 전에 바람 한줄기가 배를 강타해서 전복될 뻔했다. 그러나 즉시 바람이 잦아들었기 때문에 앞돛대의 가운데 돛대에 달린 돛이 갈라진 것 외에는 피해가 없었다. 더크 피터스는 그날 종일 어거스터스에게 무척 친절하게 대해주었고 태평양과 그곳에 있는 자신이 방문한 섬들에 대해서 길게 이야기해주었다. 그는 어거스터스에게 반란자들과 함께 그곳들로 일종의 탐험 겸 오락의 항행을 할 의사가 없느냐고 물었다. 그리고 선원들이 점차 항해사의 편이 되고 있다고 말했다. 어거스터스는 그 질문에 대해서 더 나은 대안도 없는데다 해적질보다는 그 어떤 것도 나을 듯해서 기꺼이 그런 모험에 합류하고 싶다고 대답했다. 그것이 최선이라고 판단했기 때문이다.

7월 4일. 모습이 보이던 배는 리버풀에서 온 작은 배로 판명되었는데 습격을 하지 않은 채 그냥 통과시켰다. 어거스터스는 대부분의 시간을 갑판 위에서 보냈는데, 반란자들의 의도에 관해서 알 수 있는 것은 모두 알아내기 위해서였다. 그들은 자기들끼리도 자주 주먹다짐을 했고 그러던 중 작살잡이 중 한명인 짐 보너가 배 밖으로 던져졌다. 항해사의 편이 세력을 장악해가고 있었다. 짐 보너는 요리사의 편에 속했고, 피터스도 마찬가지였다.

7월 5일. 동이 틀 무렵 서쪽에서 강한 바람이 불어와서 정오경에는 돌풍으로 변했으며, 따라서 배는 보조돛과 앞돛 외에는 펴지 못했다. 앞돛을 내리는 동안 평선원 중의 한명으로 요리사의 편이었던 심즈가 워낙 술에 만취한 상태로 일을 하다가 배 밖으로 떨어져서 익사했다. 아무도 그를 구하려고 시도하지 않았다. 배 안에 있던 사람들의 숫자는 이제 열세명으로 줄었다. 즉, 어거스터스와 나를 제외하면 더크 피터스, 흑인 요리사 세이모어, ── 존스, ── 그릴리, 하트먼 로저스, 윌리엄 앨런이 요리사의 편이었고, 내가 이름을 알 기회가 없었던 항해사, 압살롬 힉스, ── 윌슨, 존 헌트, 리처드 파커가 항해사의 편이었다.

7월 6일. 하루 종일 강풍이 계속되었고, 비를 동반한 강한 스콜도 있었다. 배는 이음매를 통해서 상당히 침수되었고, 펌프 하나가 계속 돌아갔으며 어거스터스도 자기 차례를 감당해야 했다. 해 질 녘에 커다란 배가 우리 바로 곁을 지나갔는데, 서로 부르는 소리가 들릴 만큼 가까워질 때까지 모습이 보이지 않았었다. 이 배가 바로 반란자들이 습격하려고 벼르던 배였다. 항해사가 그 배를 향해서 고함을 질렀지만 대답은 돌풍 속에 잠겨버렸다. 11시에 파도가 선체의 중앙부를 덮쳤고, 그 바람에 좌현의 상당 부분이 떨어져나가는 등 약간의 피해를 입었다. 아침이 되어갈 때 날씨가 조금 나아졌고 해가 뜰 무렵엔 바람이 거의 없었다.

7월 7일. 큰 파도가 계속 밀려왔고, 배의 무게가 가벼웠기 때문에 극도로 흔들거렸다. 선창에 쌓인 많은 물건들이 흩어지는 소리가 내 은신처까지 분명하게 들렸다. 나는 멀미로 상당히 고통을 받았다. 피터스는 그날 어거스터스와 긴 대화를 나눴고, 그의 편이었던 두 사람, 즉 그릴리와 앨런이 해적이 되기로 결심하고 항해사편으로 넘어갔다고 말했다. 그는 어거스터스에게 여러가지 질문을 했는데, 그때는 어거스터스가 그 질문의 뜻을 잘 이해하지 못했다. 그날 저녁 한동안 배가 심하게 샜는데 보수할 방법이 거의 없었다. 배에 과부하가 걸려 있는 상태에서 이음매를 통해 물이 들어오고 있었기 때문이다. 돛 하나에 밧줄을 묶고 이물 아래로 내려서 침수를 조금 잡을 수 있었다.

7월 8일. 동이 틀 무렵 동쪽에서 가벼운 바람이 불어왔는데 항해사가 해적질을 하기 위해 서인도제도 쪽으로 가려고 배를 남서쪽으로 돌렸다. 피터스나 요리사도 반대하지 않았다. 적어도 어거스터스가 듣는 자리에서 항의를 하지는 않았다. 까보베르데에서 오는 배를 공격하겠다는 계획은 완전히 포기되었다. 이제 침수는 45분마다 펌프 하나를 작동시킴으로써 쉽게 잡혔다. 돛은 이물 아래로부터 당겨졌다. 낮 동안 두개의 작은 종범선에 받침나무를 댔다.

7월 9일. 맑음. 모든 선원들이 보루의 수선에 매달렸다. 피터스는 다시 어거스터스와 긴 대화를 나눴고, 그때까지보다 더 솔직하게 속마음을 터놓았다. 그는 자신은 무슨 일이 있어도 항해사의 편에 가담하지 않을 것이라고 말했고, 심지어는 항해사에게서 배를 빼앗아야겠다는 생각까지도 암시했다. 그는 그럴 경우 어거스터스가 자신을 돕는다고 믿어도 되겠느냐고 물었고, 어거스터스는 망설이지 않고 그렇다고 대답했다. 피터스는 자신 편의 다른 사람들을 떠보겠다고 말하고는 돌아갔다. 그날 남은 시간 동안에 어거스터스가 그와 단둘이 이야기할 기회는 더 없었다.

7장

7월 10일. 리우데자네이루에서 노퍽으로 향하던 배와 기적 소리를 교환했다. 안개가 자욱하고 동쪽에서 희미한 빛이 비쳐왔다. 오늘 그로그 주 한잔을 마신 뒤 여덟번째로 경련을 일으킨 하트먼 로저스가 죽었다. 이 사람은 요리사의 편이었고, 피터스가 주로 의지하던 사람이었다. 피터스는 어거스터스에게 항해사가 로저스를 독살시킨 것이라고, 자신도 조심하지 않으면 곧 자기 차례가 될 것이라고 말했다. 이제 피터스의 편에는 그 자신 외에 존스와 요리사만이 있을 뿐이고 반대편에는 다섯 사람이 있었다. 그는 존스와 항해사로부터 지휘권을 빼앗는 문제에 대해 상의했지만, 존스의 지지를 받지 못했고, 따라서 그 문제를 더 추진하지도 요리사에게 말을 꺼내보지도 못했었다. 그가 그렇게 신중하게 처신한 것은 잘한 일이었다. 왜냐하면 오후에 요리사가 자신도 항해사의 편에 서겠다고 선언하고 정식으로 그쪽으로 넘어갔기 때문이다. 존스는 피터스와 다툴 일이 생기자 자신이 그가 했던 선동의 계획을 항해사에게 알릴 것이라고 암시했다. 이제 분명히 때를 놓쳐서는 안 되었고, 피터스는 어거스터스가 돕는다면 위험을 무릅쓰고라도 배의 탈취를 시도하겠다는 결심을 표명했다. 어거스터스는 즉시 그 목적을 위해서라면 자신은 무슨 일이라도 할 용의가 있다고 다짐하면서 이것이 호기라고 판단하고 내가 배에 타고 있다는 사실을 그에게 알렸다. 그 소식을 듣고 그 혼혈인은 놀라기보다 기뻐했다. 그가 존스를 신뢰할 수 없어서 이미 항해사의 편으로 넘어간 것으로 간주하고 있었기 때문이었다. 그 두 사람은 즉시 내려왔고, 어거스터스가 내 이름을 부르는 소리가 들렸으며, 피터스와 내가 곧 서로 인사를 나누게 되었다. 우리는 존스를 끼우지 않고 기회가 나는 즉시 배의 탈환을 시도하기로 동의했다. 우리의 시도가 성공하면 배를 가장 가까운 항구에 정박시켜서 명도하기로 했다. 피터스는 자신 편의 사람들이 다 떠났기 때문에 태평양에 가려는 계획을 포기했다. 그런 여행을 선원 없이 할 수는 없었기 때문이었다. 그리고 그는 재판을 받을 때 자신의 행동을 광기의 탓으로 돌리면 (그는 엄숙하게 자신이 폭동에 가담한 것은 실제로 광기 때문이라고 주장했다) 무죄방면될 수 있을 것이라고 생각했다. 만일 유죄 선고를 받더라도 어거스터스와 나의 증언을 통해서 사면이 가능할 것이라고 예상했다. 이윽고 모든 선원은 돛을 내리라는 외침 소리가 들려와서 우리의 의논은 중단되었고, 피터스와 어거스터스는 갑판으로 뛰어올라갔다.

선원들은 평소처럼 거의 모두 술에 취해 있었다. 그리고 돛이 제대로 내려지기 전에 격렬한 스콜 때문에 보의 끝을 축으로 배가 기울었다. 그러나 그것을 피하면서 파도를 상당히 많이 뒤집어쓴 채 똑바로 섰다. 상황이 안정되자마자 스콜이 다시 덮쳐왔고, 이어서 또 덮쳐왔으나 피해를 입지는 않았다. 온갖 방향에서 엄청난 광풍이 몰려오는 듯했으며, 실제로 곧 북쪽으로부터, 이어서 서쪽으로부터 굉장한 기세로 광풍이 덮쳐왔다. 모든 것을 가능한 한 느슨하게 풀어놓고 앞돛을 짧게 단 채 배를 정선시키고 있었다. 밤이 다가오자 바람은 더욱 격렬해졌고 바다는 엄청나게 거칠어졌다. 그때 피터스와 어거스터스가 선수루 쪽으로 들어와서 우리는 의논을 계속했다.

우리는 지금이야말로 계획을 실행에 옮길 호기라는 데 동의했다. 그런 순간에 그런 시도를 하리라고 전혀 예상하고 있지 않을 테니까 말이다. 배가 편안하게 정지해 있으니 날씨가 좋아질 때까지 배를 조종할 필요가 없을 것이었고, 만일 우리가 성공한다면 날씨가 좋아진 뒤에 우리는 그쪽 편 사람들 중에서 하나, 혹은 둘까지도 풀어주어서 우리를 도와 항구로 들어갈 수 있도록 명령할 수 있을 것이었다. 주된 어려움은 양측 세력 사이에 존재하는 큰 불균형이었다. 우리 편은 단지 세명뿐이었고, 객실에 있는 사람은 아홉 명이었다. 배 안의 무기들도 피터스가 자신의 몸에 몰래 지닌 작은 권총 두자루와 항상 바지 허리춤에 차고 다니던 커다란 선원용 칼을 제외하면 모두 그들의 수중에 있었다. 또한 예컨대 도끼나 캡스턴 막대 같은 것들이 원래의 자리에 없다는 사실 등으로 미루어 항해사가 적어도 피터스를 의심하고 있으며 그를 제거할 기회가 오면 놓치지 않으려 할 것 같다는 염려가 들기 시작했다. 실제로 우리가 하려고 결심하고 있던 일을 서두르면 서두를수록 좋다는 사실이 명백했다. 하지만 확률이 우리에게 너무나 불리했기 때문에 우리는 그 일을 무척 조심스럽게 진행시켜야만 했다.

피터스는 자신이 갑판으로 가서 파수(앨런)와 대화를 하다가 기회가 되면 그를 바다로 던져버리는 것이 간단하고 조용해서 좋겠다고 말했다. 그리고 어거스터스와 나는 그 이후 갑판으로 올라가 어떤 무기라도 되는 대로 구해서 적들과 마주치기 전에 서둘러 갑판 승강구를 확보해야 한다고 했다. 나는 그 계획에 반대했다. 항해사가 자신의 미신적인 편견과 무관한 모든 문제에 대해 노련한 인간이라 그렇게 쉽게 함정에 걸려들지 않을 것이라고 보았기 때문이다. 갑판에 파수가 있다는 사실이야말로 그가 경계를 하고 있다는 증거였다. 규율이 무척 엄격하게 유지되는 배가 아니라면 사나운 바람 때문에 정지 상태에 있는 배에 보초를 세우는 것이 흔한 일은 아니었다. 내가 주로, 혹은 전적으로, 바다에 전혀 가본 적이 없는 독자들을 위해서 이 글을 쓰는 만큼 그런 환경에 처한 배의 정확한 상태에 대해서 이 자리에서 조금 이야기하는 것이 좋겠다. '정선한다' 혹은 항해사들이 쓰는 말로 '거의 정박한다'라는 것은 다양한 목적을 위해 다양한 방식으로 행해지는 조치이다. 그것은 날씨가 온화할 경우 단지 다른 배가 지나가게 하기 위해서, 혹은 유사한 다른 목적에 따라 배를 정지시키기 위해서 자주 사용되는 방법이다. 만일 배의 돛이 모두 올려져 있을 때 정선을 한다면 그때는 정지 상태에서 바람이 돛을 젖혀줄 수 있도록 보통 돛의 일부를 풀어주기 마련이다. 그러나 그때의 경우는 강풍 속에서 정선을 하고 있는 중이었다. 강풍이 불 때는, 바람을 앞쪽에 두고 돛을 세워놓으면 배가 전복될 위험이 있을 정도로 강할 때 정선을 한다. 그리고 때로는 바람은 적당하지만 배를 전진시키기에 풍랑이 너무 심할 경우에도 정선한다. 만일 물살이 무척 센 바다에서 배가 바람을 받으며 질주한다면 고물 쪽으로 물이 넘어오기 때문에, 그리고 때로는 배가 앞으로 심하게 강하하기 때문에 큰 피해가 날 수 있다. 그래서 이것은 꼭 필요할 경우가 아니면 사용되지 않는 방법이다. 배가 샌다면 풍랑이 심할 경우에도 바람을 맞도록 하는 경우가 종종 있다. 왜냐하면 정선을 하게 되면 배를 격하게 제어하기 때문에 질주할 때와는 달리 이음매가 크게 벌어질 수 있기 때문이다. 또한 돌풍이 워낙 강해서 바람을 맞도록 하면 돛이 갈가리 찢어질 위험이 있거나, 아니면 늑재肋材가 원래 잘못 만들어져 있는 등의 이유로 이 주된 목적이 달성될 수 없기 때문에 배를 계속 질주시킬 수밖에 없는 경우도 종종 있다.

돌풍 속의 배는 배의 구조에 따라 정선 방식이 다르다. 어떤 것들은 앞돛대를 세워놓은 상태에서 가장 정선이 잘되며 내가 알기로는 이것이 가장 흔하게 사용되는 방법이다. 커다란 가로돛을 단 배들에는 바로 이런 목적을 위해서 악천후용 스테이슬이라고 불리는 삼각돛이 구비되어 있다. 그러나 때때로 삼각돛만을 사용하기도 하고, 때로는 삼각돛과 앞돛, 혹은 2단으로 축범된 앞돛, 그리고 뒷돛대의 돛도 꽤 자주 이용되는 편이다. 앞돛대의 가운데 돛도 다른 어느 돛보다 더 자주 정선의 목적에 사용되는 것을 볼 수 있다. 그램퍼스호는 보통 앞돛을 감은 상태에서 정선을 했다.

배를 정선시키려면 돛이 고물 쪽으로 납작하게 뉘어질 때, 즉 배를 대각선으로 가로지를 때 그 돛을 부풀릴 만큼만 바람 쪽으로 돌려야 한다. 이렇게 한 후에는 이물이 바람이 오는 방향에서 몇도 안쪽을 향하게 되고 바람 쪽의 이물은 물론 파도의 충격을 받게 된다. 이런 상황에서 잘 만들어진 배는 물을 한방울도 배 안으로 들이지 않으면서, 그리고 선원들이 더이상 주의를 기울일 필요도 없이 무척 강한 돌풍을 헤쳐나갈 수 있다. 조타 장치는 보통 묶여 있지만 그것은 (풀려 있으면 소음을 낸다는 이유를 제외하면) 전혀 불필요한 일이다. 배가 정지하고 있을 때 키는 배에 아무런 영향도 미치지 않기 때문이다. 실제로 조타 장치는 단단히 고정되어 있는 것보다는 느슨하게 놓아두는 편이 훨씬 낫다. 왜냐하면 조타 장치가 움직일 공간이 없으면 거친 파도 때문에 키가 떨어져나갈 수도 있기 때문이다. 잘 만들어진 배라면 돛이 버텨주는 한 제자리를 지킬 것이고 생명과 이성으로 가득 찬 존재처럼 모든 바다를 헤쳐나갈 수 있다. 그러나 만일 광풍으로 돛이 갈기갈기 찢어진다면 (보통의 상황에서는 강한 허리케인이 있어야 생길 수 있는 일이다) 상황은 위급하다. 배는 뱃전 쪽을 바다로 향하고 가다가 바람 때문에 넘어지게 되고, 그다음에는 완전히 바다의 자비에 내맡겨진다. 이런 경우 유일한 해결책은 배를 재빨리 바람 앞에 놓아서 다른 돛을 세울 때까지 배를 질주시키는 것이다. 돛이 없어도 정선을 하는 배도 있지만 그런 배는 아예 바다에 맡겨지지 않는 편이 좋은 것들이다.

하지만 이야기가 옆길으로 샜으니 다시 본래의 이야기로 돌아가자. 광풍이 불어서 정선하는 동안 항해사가 갑판에서 망을 보는 것은 전혀 관습적이지 않은 일이다. 그런데 현재 항해사가 망을 보고 있고, 더욱이 도끼와 캡스턴 막대가 사라지고 없다는 사실로 미루어볼 때 피터스가 제안한 방식의 기습이 성공하기에는 선원들이 너무 잘 대비되어 있다는 것이 분명했다. 그러나 행동은 필요했고 가능한 한 지체해서는 안 되었다. 왜냐하면 일단 그들이 피터스를 의심하기 시작했다면 기회만 있으면 그를 처치하려고 들 것이었고, 광풍이 몰아칠 때보다 더 좋은 기회는 없을 것이었기 때문이다.

어거스터스는 만일 피터스가 내빈실 통풍문 위에 놓인 쇠사슬을 어떤 구실로든 제거할 수만 있다면 우리가 선창을 통해서 그들을 기습할 수 있을지도 모른다고 말했다. 그러나 우리는 그 제안에 대해 조금 생각해보고 나서 배의 요동이 너무 심하기 때문에 그런 시도는 무리라고 판단했다.

운이 좋으려니까 마침내 내게 항해사의 공포심과 죄의식을 이용하는 게 어떠냐는 생각이 떠올랐다. 독자들은 선원들 중 하나인 하트먼 로저스가 이틀 전 술과 물을 조금 마신 뒤 경련과 발작을 일으켜서 그날 아침 죽었다는 사실을 기억할 것이다. 피터스는 이 사람이 항해사에게 독살을 당한 것 같다고, 우리에게 설명할 수는 없지만 논쟁의 여지가 없는, 그렇게 믿을 만한 이유가 있다고 했다. 우리에게 설명하기를 거절하는 이 변덕스러운 성격은 그의 특이한 성격의 다른 면과도 일맥상통하는 데가 있었다. 하지만 그가 항해사를 의심하는 근거가 우리의 것보다 더 나은 것이든 아니든 우리가 그의 의심에 동의하는 것은 어렵지 않은 일이었고, 따라서 우리는 그것을 사실로 전제하고 행동하기로 결심했다.

로저스가 격렬한 발작과 함께 죽은 것은 오전 11시경이었다. 그리고 사후 몇분 후 내가 목격한 그 시체는 내가 기억하는 한 가장 끔찍하고 혐오스러운 모습이었다. 복부는 익사해서 여러주 동안 물속에 잠겨 있던 사람의 그것처럼 엄청나게 부풀어 있었다. 손도 같은 상태였고 얼굴은 단독丹毒에 의해 생기는 것 같은 두세개의 시뻘건 얼룩을 제외하면 완전히 쭈글쭈글해졌으며 백짓장처럼 새하얬다. 얼룩 중 하나는 얼굴을 대각선으로 가로질러 마치 빨간 벨벳 띠처럼 눈 하나를 완전히 가리고 있었다. 이렇게 끔찍한 상태에 있던 시체가 배 밖으로 내던져지기 위해서 정오에 선실에서 갑판으로 옮겨져왔다. 그런데 항해사가 그 모습을 얼핏 보고 (그로서는 처음 보는 것이었다) 자신의 범죄에 대한 참회 때문이든 너무나 끔찍한 그 모습에 겁이 나서 그랬든 선원들에게 그 시체를 해먹으로 싸서 꿰매라고 명령하며 보통의 수장 의식을 허락했다. 이렇게 명령을 내린 뒤 그는 더이상 자신에게 희생당한 사람의 모습을 보고 싶지 않은 듯 선실로 내려갔다. 그의 명령에 복종하기 위한 준비가 이루어지고 있는 동안 미친 듯한 광풍이 불어왔고 그 바람에 당분간 계획의 실행이 연기되었다. 혼자 내버려둔 시체는 갑판 좌현의 배수구로 떠밀려가서, 지금 얘기하고 있던 그 시점까지 계속 그곳에 놓인 채 미친 듯 요동치는 배와 함께 허우적대고 있었다.

우리는 계획을 세운 뒤 최대한 빠르게 실행에 옮기기 시작했다. 피터스가 갑판으로 갔더니 예상대로 선수루에 다른 목적이 아닌 바로 그에 대한 감시를 위해 배치되었던 것으로 보이는 앨런이 즉시 그를 향해 다가왔다. 하지만 그 악당의 운명은 재빠르고 조용하게 처리되었다. 왜냐하면 피터스가 그에게 말을 걸듯 예사로운 태도로 다가가서 그의 목을 움켜잡고 그가 아얏 소리도 낼 틈을 주지 않은 채 그를 보루 너머로 던져버렸기 때문이다. 그가 그뒤 곧장 우리를 불러서 우리는 갑판으로 올라갔다. 우리가 가장 먼저 한 일은 무기를 찾아 무장하는 일이었고, 그 일은 무척 조심스럽게 이루어져야 했다. 무엇을 꽉 붙잡지 않고서는 갑판에 단 한 순간도 서 있을 수 없었고, 배가 곤두박질칠 때마다 배 위로 광란의 파도가 덮쳤기 때문이었다. 또한 항해사가 언제 펌프를 작동시키기 위해 갑판에 올라올지 모르는 상태였기 때문에 작전의 수행에 신속한 움직임은 필수였다. 배에 물이 무척 빠른 속도로 차고 있는 것이 분명했으니까 말이다. 어느정도 시간을 들여서 수색을 한 끝에 우리는 두개의 펌프 손잡이 외에는 우리 목적에 맞을 만한 도구를 찾지 못했다. 펌프 손잡이 중의 하나는 어거스터스가, 나머지 하나는 내가 차지한 후 우리는 셔츠를 벗겨낸 시체를 바닷속으로 던져 넣었다. 그러고 나서 우리는 어거스터스를 보초로 갑판에 남겨두고 배 밑으로 내려갔다. 어거스터스는 앨런이 있던 곳에 자리를 잡고 갑판 승강구 쪽으로 등을 돌리고 서 있었다. 항해사의 무리 중 누가 올라오더라도 그가 자기들이 세워두었던 보초라고 생각하도록 하기 위해서였다.

아래로 내려가자마자 나는 로저스의 시체로 가장하기 위한 분장을 시작했다. 시체에서 벗겨낸 셔츠가 큰 도움이 되었다. 왜냐하면 그 셔츠의 형태와 모양이 특이해서 알아보기 쉬웠기 때문이다. 그것은 고인이 다른 옷 위에 덧입었던 일종의 겉옷으로 파란색 메리야스에 흰 줄이 굵게 가로로 쳐져 있는 것이었다. 이 옷을 입고 나서 나는 끔찍하게 부풀어오른 시체의 모습을 흉내 내기 위해서 가짜 배를 만드는 작업에 착수했다. 곧 침대보를 배 부분에 조금 집어넣는 것으로 비슷한 효과를 낼 수 있었다. 그런 뒤 한쌍의 흰색 양모 장갑을 끼고 그것들 속에 손에 잡히는 대로 아무 걸레 조각이나 넣음으로써 같은 효과를 냈다. 그런 다음 피터스는 먼저 내 얼굴에 흰색 분필을 잘 문지르고 나서 자신의 손가락에 상처를 내서 그 피로 얼룩을 그려넣었다. 눈을 가로지른 얼룩도 잊지 않았는데, 그 모습이 무척이나 무시무시했다.

8장

나는 선실에 걸린 부서진 거울과 일종의 전장용 랜턴의 희미한 빛에 의지해서 내 모습을 보았다. 그 모습이 이유도 없이 너무나 무서웠고 그 모습이 알려주고 있는 현실도 너무나 끔찍해서 온몸이 덜덜 떨렸다. 맡은 역할을 해낼 용기를 내기가 거의 불가능할 정도였다. 하지만 상황은 내가 과감하게 행동할 것을 요구했고, 나는 피터스와 함께 갑판으로 되돌아갔다.

갑판 위는 안전했고, 우리는 갑판 난간에 꼭 붙어서 선실로 들어가는 갑판 승강구 쪽으로 기어갔다. 승강구는 반쯤만 닫혀 있었다. 갑자기 밖에서 밀려 닫히지 않도록 계단 꼭대기에 장작더미를 놓아두었던 것이다. 경첩 쪽의 틈을 통해서 선실의 내부가 모조리 쉽게 들여다보였다. 기습 계획을 세우지 않은 것은 무척 다행한 일이었다. 그들이 삼엄하게 경계하고 있는 것이 분명했기 때문이다. 단 한 사람만이 잠들어 있었고, 그마저도 머스켓 총을 옆에 놓고 승강구 사다리의 발치에 바짝 붙어 누워 있었다. 나머지는 침대에서 들어내 마룻바닥에 던져놓은 매트리스 몇개에 앉아서 진지하게 대화를 나누고 있었다. 두개의 빈 술통과 여기저기 널린 주석 술잔으로 미루어 그들이 술에 취한 것은 분명했지만 평소만큼 만취해 있는 것은 아니었다. 모두가 칼을 지니고 있었고 한두명은 권총도 가지고 있었으며 여러자루의 머스켓 총이 가까운 침대 위에 놓여 있었다.

우리는 행동방침을 정하기 전에 우선 그들의 대화에 귀를 기울였다. 로저스의 유령을 가장해 공격할 때 그들을 무력하게 만들어야겠다는 것 외에는 확정된 계획이 아무것도 없었으니까 말이다. 그들은 해적질에 대한 계획을 논의하고 있었는데, 우리가 들을 수 있는 내용은 그들이 쌍돛배인 호넷호의 선원들을 규합한 뒤, 가능하다면 그 배를 나포해 더 큰 규모의 다른 짓을 준비하자는 것이었다. 우리 둘 다 그 더 큰 규모의 다른 짓이 구체적으로 무엇을 말하는지는 짐작할 수 없었다.

그들 중 하나가 피터스에 대해서 이야기하고 항해사가 대답을 했는데 목소리가 낮아 알아듣기 힘들었다. 그리고 좀더 큰 목소리로 덧붙이기를 “그가 왜 선장의 자식놈을 선수루에 놔두고 그렇게 잘해주는지 모르겠군. 그 둘 다 빨리 바닷속에 빠뜨려버릴수록 좋아”라고 했다. 아무도 그 말에 대꾸하는 사람은 없었지만 거기 모인 사람들 모두가, 그리고 특히 존스가 그 제안에 동의하고 있다는 것을 알 수 있었다. 그 시점에 나는 극도로 불안하고 초조한 상태에 있었는데, 어거스터스도 피터스도 행동방침을 정하지 못하는 것을 보고 더욱 그랬던 것 같다. 그러나 나는 생명을 팔 때는 팔더라도 가능하면 가장 비싼 값에 팔아야겠다고, 그리고 어떤 공포심에도 굴복하지 않겠다고 굳게 결심했다.

바람 때문에 삭구 장치에서 으르렁대는 소리가 나는데다가 바닷물이 갑판으로 넘실거리면서 엄청난 소음을 냈기 때문에 잠깐씩 잠잠해질 때를 제외하고는 그들의 말소리를 알아들을 수 없었다. 잠깐 조용해진 순간에 우리에게 분명히 들린 말의 전부는 항해사가 선원들 중의 한명에게 "가서 그 망할 놈의 선원 새끼들더러 선실로 오라고 해, 우리가 감시하게. 거기서 비밀리에 무슨 꿍꿍이를 꾸밀지 알게 뭐냐"라는 명령이었다. 하지만 천만다행히도 그 순간 배가 다시 워낙 격렬하게 요동을 해서 그 명령은 바로 실행에 옮겨지지 못했다. 요리사가 매트리스에서 일어나 막 우리에게 오려고 하던 참인데, 내 짐작에 돛대를 다 휩쓸어버릴 만큼 엄청난 진동이 일었다. 그래서 그가 내빈실 문들 중 하나에 곤두박질쳤고, 동시에 문이 열리면서 엄청난 혼란이 뒤따랐다. 다행히도 우리는 아무도 내동댕이쳐지지 않아서 선수루로 황급히 후퇴했으며 서둘러 행동계획을 수립했는데, 그때 심부름꾼이 나타났다. 아니 그가 갑판 위로 올라오지는 않고 갑판 승강구로 머리를 내밀었다. 그렇게 머리만 내민 상태에서는 앨런의 부재를 알 수 없었고 따라서 그는 앨런이 있던 곳을 향해서 항해사의 명령을 되풀이했다. 피터스는 앨런의 목소리를 가장하며 "알았네, 알았어"라고 외쳤고, 요리사는 전혀 아무 낌새도 채지 못한 채 곧장 다시 선실로 내려갔다.

내 두 동지들은 조금 후 대담하게 고물 쪽으로 가서 선실로 내려갔다. 내려가면서 피터스는 문을 원래 상태대로 반만 닫았다. 항해사는 친밀한 태도를 가장하며 그들을 맞이했고 어거스터스에게 그가 그즈음 그렇게 착하게 굴었으니 선실에 자리를 주겠다고 앞으로는 그들과 한패라고 말했다. 그런 뒤 술잔을 럼주로 반쯤 채워서 건네며 마시라고 했다. 나는 문이 닫히자마자 친구들의 뒤를 따라 선실 앞 좀 전에 있던 자리로 돌아가서 관찰을 지속했기 때문에 그 모든 것을 지켜보고 들을 수 있었다. 나는 펌프의 손잡이 두개를 가지고 가서 그중의 하나를 갑판 승강구 근처 필요하면 바로 손이 닿을 수 있는 곳에 놓아두었다.

이제 나는 선실 안에서 일어나는 일을 모두 잘 관찰할 수 있는 곳에 진득히 앉아 피터스가 내게 신호를 보내면 반란자들 앞에 나타나는 과제를 잘 수행할 수 있도록 침착하게 마음을 가다듬고 있었다. 이윽고 그는 화제를 폭동 중에 저질러진 피비린내 나는 살육 쪽으로 돌렸고 점차 선원들 사이에 무척이나 보편적인 수천가지 미신 쪽으로 대화를 유도했다. 나는 그들의 대화를 모두 알아들을 수는 없었지만 그들의 표정을 통해 대화가 불러일으킨 효과를 알아볼 수는 있었다. 항해사도 기분이 무척 언짢은 것이 틀림없었고, 이윽고 그들 중의 누군가가 로저의 시체가 너무나 끔찍한 모습인 것을 언급하는 순간 그는 기절 직전인 것처럼 보였다. 피터스는 이제 그에게 그 시체가 갑판 배수구에서 허우적대고 있는 광경이 너무 끔찍하니 배 밖으로 던져버리는 것이 낫지 않겠느냐고 물었다.

그 말을 듣고 그 악한은 숨이 완전히 막혀서 헉헉댔고 머리를 천천히 패거리들 쪽으로 돌렸다. 그들더러 어서 올라가서 그렇게 해달라고 말하는 것 같았다. 그러나 움직이는 사람이 아무도 없었다. 모두 극도로 신경이 날카로워져 있는 것이 분명했다. 그 순간 피터스가 내게 신호를 보내왔다. 나는 즉시 승강구의 문을 활짝 열고 아무 말도 없이 계단을 내려가서 거기 모인 패거리들 가운데 우뚝 섰다.

이 갑작스러운 출현이 가져온 강렬한 효과는 여러 정황을 고려하건대 전혀 놀라운 것은 아니었다. 보통 이와 비슷한 장면이 벌어졌을 때 그것을 보고 있는 사람들의 마음속에는 눈앞의 광경이 현실인지 아닌지 약간의 의심이 있게 마련이다. 자신이 속임수의 희생자이며 환영이 진짜로 그림자의 세계에서 온 손님은 아니라는 실낱같은 희망이라도 있는 것이 정상이다. 그런 광경이 벌어졌을 때 사람들의 마음속 깊은 곳에 그런 회의의 일부라도 있는 것이 보통이라고 해도 과언은 아니다. 가장 그럴 듯한 경우라도, 그리고 가장 큰 공포심이 드는 경우라도 그 공포심은 그 환영이 실제**일지도 모른다**는 일종의 기대심에서 비롯된 것이지 그것이 실제 현실이라는 확고한 믿음에서 비롯된 것은 아니다. 하지만 그날 그 경우에는 로저스의 유령이 그의 끔찍한 시체가 실제로 되살아난 것이거나, 적어도 그 시체의 영적 이미지라는 믿음에 대한 의심은 반란자들의 마음 안에 전혀 없었다. 그 점이 처음부터 명약관화했다. 우선 폭풍우로 다른 배의 접근이 전혀 불가능한 고립 상태였기 때문에 속임수를 쓸 만한 사람의 범위가 워낙 좁고 분명한 영역에 국한

되어 있었다. 그래서 그런 일이 있다면 자신들이 모를 수는 없다고 생각했음에 틀림없었다. 이미 어떤 배와도 잠깐 지나치며 대화하는 것 이상의 접촉 없이 24일을 바다에서 보낸 후였다. 그들이 배에 있다고 생각할 이유가 조금이라도 있는 사람은 보초인 앨런을 제외하면 모두 선실에 모여 있기도 했다. 더욱이 앨런의 거인 같은 체구(그는 6피트 6인치[3]의 장신이다)는 워낙 눈에 익은 것이라서 자신들의 눈앞에 나타난 유령이 그일 수도 있다는 생각은 단 한 순간도 떠오르지 않았을 것이다. 그런 고려들에다 무시무시한 폭풍우, 그리고 피터스가 유도한 대화의 성격, 그리고 그날 아침 그들이 본 시체의 실제로 끔찍한 형상이 그 사람들의 상상력에 각인시킨 깊은 인상, 내가 한 훌륭한 가장, 그리고 앞뒤로 마구 흔들리면서 내 몸에 불명확하고 단속적인 빛을 비추고 있던 선실 랜턴의 빛을 더해보라. 그러면 우리가 기대했던 것보다 더 효과적으로 그들을 속일 수 있었다는 사실에 대해서 놀랄 이유는 없을 것이다. 항해사는 매트리스에서 벌떡 일어나더니 외마디 소리 한마디를 못하고 선실 마룻바닥에 벌러덩 넘어져 죽어버렸다. 그리고 그 순간 배가 심하게 요동을 치자 통나무처럼 바람 불어가는 쪽으로 내동댕이쳐졌다. 남은 일곱명 중에서 잠깐 동안 어느정도라도 침착을 유지한 사람은 세명뿐이었다. 다른 네명은 잠시 동안 마룻바닥에 뿌리라도 박힌 듯 앉아 있었는데, 그렇게 처참한 공포와 절망의 모습은 일찍이 본 적이 없었다. 우리에게 예외적으로 저항한 사람

3 약 198센티미터.

들은 요리사와 존 헌트, 그리고 리처드 파커뿐이었다. 그러나 그들도 어쩔 줄 모르며 저항하는 시늉만 했다. 그들 중 앞의 두 사람은 즉시 피터스의 총에 맞았고, 나는 가지고 갔던 펌프 손잡이로 파커의 머리를 쳐서 쓰러뜨렸다. 그러는 동안 어거스터스가 마룻바닥에 놓여 있던 머스켓 총 하나를 집어들고 또 한명의 반란자(윌슨)의 가슴에 관통상을 입혔다. 이제 세명만이 남아 있었다. 그러나 이제 그들은 무감각 상태에서 깨어나 속았다는 사실을 깨닫기 시작하는 듯했다. 그래서인지 무척 단호하고 사납게 싸웠다. 그리고 피터스의 엄청난 근력이 아니었더라면 궁극적으로 우리를 제압했을 수도 있었을 것이다. 남은 세 사람은 존스와 그릴리, 그리고 압살롬 힉스였다. 존스는 어거스터스를 마룻바닥으로 동댕이쳤고 오른팔을 몇군데 찔렀으며, 우리가 결코 기대한 바 없는 친구가 나타나 시기적절한 도움을 주지 않았더라면 곧 그를 끝장낼 수도 있었다. (피터스나 나는 우리에게 덤빈 적을 즉시 물리칠 수가 없었기 때문이다.) 그 친구는 바로 타이거였다. 어거스터스가 절체절명의 위기에 빠진 순간에 타이거가 낮게 으르렁대는 소리와 함께 선실로 뛰어들었고, 존스에게 덤벼들어 즉시 그를 마룻바닥에 메꽂았다. 그러나 내 친구는 부상이 너무 심해서 이제 우리를 도와줄 수 있는 상태가 아니었으며, 나는 변장을 위해 옷 속에 잡다한 것들을 집어넣었기 때문에 큰 도움이 되지 않았다. 타이거는 존스의 목을 계속 물고 있었다. 한편 피터스는 남은 두 사람을 어렵지 않게 상대했다. 실내가 그렇게 좁지만 않았더라면, 그리고 배가 그렇게 심하게 요동치지만 않았더라면 그 두 사람을 훨씬 더 빨리 물리칠 수도 있었을 것이다. 이윽고 그는 주변에 있던 무거운 의자 몇개를 집어들고, 나를 향해서 머스켓 총을 쏘고 있던 그릴리의 머리를 박살냈다. 곧이어 배가 한번 요동을 칠 때 힉스와 부딪힌 피터스는 그의 목을 틀어쥐고 단순히 악력만으로 순식간에 졸라버렸다. 그리하여 지금 내가 설명하는 데 걸린 시간보다 훨씬 더 짧은 시간 안에 배는 우리 차지가 되었다.

우리의 적들 중에서 유일한 생존자는 리처드 파커였다. 공격이 시작되던 순간 내가 펌프의 손잡이로 가격해 그를 쓰러뜨렸던 사실을 독자들은 기억할 것이다. 그는 산산조각이 난 내빈실 문 곁에 죽은 듯 누워 있었다. 그러나 피터스의 손길이 닿자 입을 열어 자비를 베풀어달라고 빌었다. 머리가 조금 찢어지고 가격 때문에 정신을 잃었을 뿐 다른 면으로는 부상을 입지 않았던 것이다. 이제 자리에서 일어났고 우리는 당분간 그의 손을 몸 뒤로 묶어놓기로 했다. 타이거가 여전히 존스를 내려다보며 으르렁대고 있었다. 살펴보니 존스는 타이거의 날카로운 이빨이 목에 낸 깊은 상처에서 피를 콸콸 쏟으며 죽어 있었다.

이제 새벽 1시경이었는데 바람은 여전히 강하게 불고 있었다. 배는 평소보다 훨씬 더 힘들게 전진하고 있는 것이 분명했고, 무슨 방법으로든 배를 안정시키기 위한 조처를 취하는 것이 절대적으로 필요한 상황이었다. 배가 바람 불어가는 쪽으로 기울 때마다 바닷물이 들어왔고, 내가 승강구의 통로를 열어놓은 채 선실로 내려갔기 때문에 그 물의 일부는 우리가 싸우는 동안 선실로도 들어왔다. 좌현 쪽의 난간 전체가 물살에 휩쓸려갔으며 선내 조리실도 소형 보트와 함께 고물에서 떨어져나가고 없었다. 주돛대가 삐끄덕거리고 있었고 그 움직이는 모양으로 봐서 당장이라도 떨어져나갈 듯했다. 이 돛대의 끝은 뒷선창에 선적할 공간을 더 많이 확보하기 위해서 상하갑판 사이 돛대받침에 끼워진 채 세워져 있었는데(이것은 무식한 조선공들이 더러 사용하는 무척 경멸할 만한 방법이다) 그래서 돛대가 금방이라도 받침에서 떨어져나갈 위기 상황이었다. 그러나 우리가 겪고 있던 모든 곤란 중에서도 으뜸은 물의 깊이를 재어보고 7피트나 된다는 것을 깨달은 일이다.

우리는 선원들의 시체를 선실에 그냥 놓아두고 즉시 펌프에 매달렸다. 물론 파커를 풀어서 우리를 돕도록 했다. 어거스터스의 다친 팔은 우리가 최선을 다해서 묶어놓았고, 그 또한 최선을 다했지만, 그가 할 수 있는 최선은 미미했다. 그러나 우리가 펌프 하나를 계속 움직이는 것으로 할 수 있는 최선은 물이 더 차는 것을 막는 것뿐이었다. 다 해서 네명뿐이었기 때문에 이것은 무척 심한 노동이었다. 하지만 우리는 계속 기운을 내고 노력해야 했다. 그리고 동이 트기를 고대했다. 날이 밝으면 돛대를 잘라내서 배를 가볍게 하겠다는 희망을 가지고 있었던 것이다.

우리는 그런 방식으로 끔찍한 걱정과 피로의 밤을 보냈고, 마침내 동이 텄지만 폭풍우는 조금도 늦춰지지 않았으며 그럴 기미도 전혀 보이지 않았다. 이제 우리는 시체를 갑판으로 끌어내 바닷물 속으로 던졌다. 그리고 다음으로는 주돛대를 제거했다. 우리가 필요한 준비를 마치고 삭구 장치 곁에 서 있는 동안 피터스는 (선실에서 찾은 도끼로) 주돛대를 잘랐다. 배가 바람 불어가는 쪽을 향해 엄청나게 요동을 칠 때 악천후용 밧줄을 잘라내라는 지시를 내렸고 그 일이 완료된 뒤에 나무와 삭구 장치 전체가 바닷물 속으로 빠져서 배에 아무런 피해도 입히지 않고 제거되었다. 이제 배의 요동은 덜했지만 그래도 상황은 극도로 불안한 편이었고, 아무리 노력해도 펌프 두개의 도움 없이는 침수를 줄일 수 없었다. 어거스터스의 기여는 정말 미미했다. 설상가상으로 엄청난 파도가 바람 부는 방향으로 배를 때려서 배가 바람과 조금 어긋나게 되었는데, 배가 다시 균형을 잡기도 전에 파도가 다시 배를 덮치는 바람에 배가 완전히 보의 끝 쪽으로 내동댕이쳐졌다. 이제 바닥짐은 모조리 바람 불어오는 쪽으로 쏠리게 되었고 (선창의 짐들은 이미 얼마 전부터 완전히 제멋대로 굴러다니고 있었다) 몇분 동안 우리는 배의 전복이 불가피하겠다고 생각했다. 그러나 곧이어 불완전하게나마 중심이 잡혔다. 하지만 바닥짐이 아직도 좌현 쪽에 쏠려 있었기 때문에 배가 심하게 기울어져 있어서 펌프질은 생각조차 무의미했다. 그리고 이미 진력을 다한 끝이라 손이 완전히 벗어져 끔찍한 모습으로 피가 나서 더이상 펌프질을 계속하는 것도 불가능했다.

파커는 그러지 말라고 충고했지만 우리는 이제 앞돛대를 자르기로 결정했다. 배가 워낙 기울어 있는 상태라 그것을 잘라내는 데 힘이 많이 들었다. 그 돛대가 배 밖으로 떨어지며 기움돛대를 물속으로 끌고 들어가서 우리에게는 이제 선체만 남게 되었다.

그때까지만 해도 우리는 대형 보트가 배를 덮치던 큰 파도로부터 아무런 피해도 입지 않았다는 사실에 기뻐할 수 있었다. 그러나 자축할 시간은 길지 않았다. 선수의 돛대와, 그것과 함께 배의 균형을 잡던 앞돛대도 사라져버렸기 때문에 이제는 파도가 칠 때마다 물이 들어왔다. 갑판은 단 5분만에 샅샅이 물살에 휩쓸렸다. 대형 보트와 우현의 난간이 떨어져나갔으며 심지어는 권양기마저 산산조각이 났다. 참으로 더할 나위 없이 한심한 상황이었다.

정오에는 폭풍우가 조금 잔잔해질 기미가 보이는 듯도 했지만 안타깝게도 그런 기대는 무너졌다. 왜냐하면 단 몇분간 잠잠해지나 했더니 다시 전보다 두배로 더 요란한 폭풍이 몰아쳤기 때문이다. 오후 4시경에는 광풍이 어찌나 사납게 몰아치던지 그 앞에 서 있는 것조차도 전혀 불가능했다. 밤이 다가오는 동안 나는 아침까지 배가 부서지지 않고 버텨주리라는 희망의 그림자도 붙잡지 못하고 있었다.

자정께에는 물이 무척 깊게 들어차 최하갑판까지 잠겼다. 키는 곧이어 떨어져나갔고, 그것을 떼어간 파도가 배의 뒷부분을 물 위로 들어올렸다가 얼마나 세게 수면에 내리꽂았는지 육지로 들어갈 때만큼의 반동이 일었다. 우리는 모두 키가 마지막까지 버텨줄 것이라고 생각하고 있었다. 왜냐하면 그것이 전무후무할 만큼 단단히 부착되어 있었기 때문이었다. 주재목을 따라서 강력한 쇠로 된 갈고리가 이어져내려갔고, 다른 갈고리들도 선미재船尾材를 따라서 같은 방식으로 이어져 있었다. 이런 갈고리를 통해서 무척 두꺼운 연철 막대기가 이어졌다. 키는 그런 방식으로 선미재까지 연결되어 있었고 막대기에 매달려 자유롭게 흔들리고 있었다. 그것을 떼어낸 파도의 힘이 얼마나 엄청났는지는 선미재의 안쪽에 단단히 고정되어 그것 전체를 꿰뚫고 있던 갈고리들이 통나무 토막 하나

하나에서 모조리 빠져나왔다는 사실로 짐작할 수 있을 것이다.

이런 충격적인 폭력을 겪은 후에 숨도 돌리기 전에 내가 일찍이 경험한 어느 파도보다도 강한 엄청난 파도가 곧장 우리 위로 덮쳐왔다. 그 파도는 갑판 승강구를 쓸며 내려가 출입구를 열고 배의 모든 구석구석을 물로 채웠다.

9장

다행히 우리 네 사람은 밤이 되기 직전에 우리 몸을 조각난 권양기에 밧줄로 묶어매고 갑판 위에 최대한 납작하게 누워 있었다. 이런 간단한 조치 덕분에 죽음을 면한 것이다. 그럼에도 우리 몸 위로 덮쳐온 파도의 엄청난 위력에 정신이 다소 아찔해진 것은 사실이었다. 그리고 그 파도가 우리의 몸 위를 떠났을 때는 완전히 기진맥진한 상태였다. 다시 숨을 쉴 수 있게 되자마자 나는 동료들의 이름을 큰 소리로 불렀다. 어거스터스만이 "다 끝났어. 하느님께서 우리의 영혼에 자비를 베풀어주시기를"이라고 대답했다. 조금 후에는 다른 두 사람도 말을 할 수 있게 되었고 우리에게 용기를 가지라고, 아직 희망은 있다고 타일렀다. 실린 화물의 성격상 배가 침몰하는 것이 불가능하고 아침이 되면 폭풍우가 잦아들 수도 있다는 것이었다. 나는 그런 말들 덕분에 새로운 희망을 느꼈다. 이상하게 들릴 수도 있지만 빈 기름통을 화물로 실은 배가 침몰할 수는 없을 것이 분명했는데도 나는 여지껏 너무나 정신이 없어서 거기에 전혀 생각이 미치지 않았던 것이다. 생각해보니 내가 상당한 시간 동안 가장 긴박하게 다뤄야 했던 위험은 침수였다. 희망이 내 안에서 꿈틀거리게 되자 나는 권양기의 남은 부분에 나를 묶어두고 있던 밧줄을 더 꽉꽉 조이는 데 주어진 기회를 전부 활용했다. 그러고 보니 내 동료들도 같은 조치를 취하느라고 바빴다. 밤은 칠흑같이 어두웠고 우리를 둘러싸고 있던 끔찍한 고함의 소음과 혼돈을 묘사하려고 시도하는 것은 아무런 소용도 없다. 우리의 갑판은 바다와 동일한 평면에 있었다. 아니, 우리는 높은 물거품 기둥에 둘러싸여 있었고, 그 일부가 매 순간 우리 몸 위를 휩쓸고 있었다. 우리의 머리조차 3초 중 1초 이상 물 밖으로 나와 있지 않았다고 말해도 과장이 아니었다. 우리는 함께 누워 있기는 했지만 서로를 볼 수도 없었다. 아니 실은 누워 있던 우리를 싣고 이리저리 떠밀리고 있던 배도 전혀 보이지 않았다. 우리는 틈틈이 서로의 이름을 부르면서 희망을 유지하려고, 우리에게 너무나 필요한 위로와 용기를 서로에게 불어넣어주려고 노력했다. 어거스터스의 몸 상태가 나빴기 때문에 모두가 그를 걱정했다. 그리고 오른팔에 부상을 입은 그가 밧줄을 단단히 묶기란 아예 불가능했기 때문에 우리는 매 순간 그가 물살에 휩쓸려갔을지도 모른다고 걱정했다. 그러나 그에게 도움을 주기는 전혀 불가능한 상황이었다. 다행히도 그가 우리 나머지 사람들보다는 더 안정적인 위치에 있었다. 그의 상체가 산산조각 난 권양기 바로 아래 눕혀져 있어서, 파도가 그의 몸 위를 넘실거릴 즈음에는 파도의 기세가 많이 꺾인 상태였다. 상황이 조금이라도 달랐다면 (그는 무척이나 노출된 장소에 묶인 뒤에 우연히 그곳으로 내던져졌다) 그는 아침이 되기 전에 죽었을 것이 분명했다. 배가 정선 상태로 그렇게 오래 있었기 때문에 우리가 물살에 휩쓸려갈 가능성은 다른 경우보다는 적었다. 앞서 말했듯이 갑판의 절반이 지속적으로 물에 잠겨 있었기 때문에 우리의 발은 좌현을 향하고 있었다. 따라서 우리를 우현으로 밀치던 파도는 배의 옆면을 이미 거친 뒤라 많이 약해진 상태였고, 아래를 바라보고 납작 엎드려 있던 우리에게 닿을 때는 잘게 부서져 있었다. 좌현 쪽에서 오던 파도는 역류된 파도라고 불리는 것으로서 우리의 자세 때문에 별로 영향을 미치지 못했고 우리를 밧줄에서 풀어낼 만한 힘은 가지고 있지 못했다.

이렇게 무시무시한 상황에서 우리는 날이 밝아 주변의 끔찍한 상황이 더욱 완전히 드러날 때까지 누워 있었다. 배는 이제 파도에 좌지우지되는 단순한 목재에 지나지 않았다. 폭풍우는 오히려 더 강해졌다. 제대로 된 허리케인으로 변해서 우리가 지상에서 해방을 맞을 가능성은 전혀 보이지 않았다. 우리는 여러시간 동안 침묵을 지키며, 밧줄이 곧 풀어져버릴 것이라고, 권양기의 남은 부분이 뱃전으로 떨어져나갈 것이라고, 혹은 우리 주위 사방에서 으르렁대던 엄청난 파도가 그 노후 선체를 완전히 물속으로 밀어넣어서 배가 다시 떠오르기 전에 다 익사시켜버릴 것이라고 걱정하고 있었다. 그러나 하느님의 자비 덕분에 우리는 그런 임박한 위험을 견디고 살아날 수 있었다. 한낮이 되었을 때는 축복받은 햇빛을 보며 환호했다. 이어서 바람의 세기가 줄어드는 것이 느껴졌고, 그때 전날 밤 이래 처음으로 어거스터스가 입을 열고 바로 옆에 누워 있던 피터스에게 우리에게 구원의 가능성이 조금이라도 있다고 생각하느냐고 물었다. 처음에는 아무런 대답도 들리지 않았기 때문에 우리는 모두 그 혼혈인이 누운 채 익사한 모양이라고 생각했다. 하지만 곧이어 무척 힘없는 목소리이긴 했지만 밧줄이 배를 너무나 조여서 고통스럽다고 말하는 소리가 들려와서 우리는 무척 기뻐했다. 그는 더이상 그 비참한 상태를 견디기 힘들기 때문에 이제 선택은 무슨 수를 써서라도 그 밧줄을 늦추든지 아니면 죽어버리든지 둘 중 하나라고 말했다. 바닷물이 아직도 계속해서 몸 위를 넘실거리고 있었기 때문에 그를 돕는다는 것은 생각만으로도 무의미했다. 그래서 우리는 무척 괴로운 심정으로 고통스럽더라도 단단히 마음먹고 참아야 한다고 그를 타이르며 기회가 되면 즉시 구해주겠다고 약속했다. 조금 후에 그는 이미 너무 늦었다고, 우리가 돕기 전에 자신이 죽어버릴 것이라고 대답했다. 그러고 나서 몇분 동안 신음 소리가 들리더니 조용해져서 우리는 그가 죽은 모양이라고 결론을 내렸다.

저녁이 다가오자 파도는 무척 잠잠해졌다. 이제 5분에 한번씩 파도 하나가 바람이 불어오는 쪽으로부터 선체 위로 부서져내리는 정도였다. 바람은 여전히 광풍이기는 했지만 기세가 상당히 꺾인 것도 사실이었다. 내가 동료들 중의 어느 누구의 목소리도 듣지 못한 지 몇시간이 지나 있었다. 그래서 어거스터스를 불렀더니 아주 힘없는 목소리이긴 하지만 대답이 돌아왔다. 하지만 무슨 말을 하는지는 이해할 수 없었다. 그런 뒤 나는 피터스와 파커에게 말을 걸었는데 아무런 대답도 들려오지 않았다.

조금 후에 나는 약간 무감각한 상태가 되었는데 그 상태에서 너무도 기분 좋은 광경이 내 상상 속을 떠다녔다. 푸른 나무들이라든가 잘 익은 곡식이 흔들거리는 초원, 춤추는 소녀들의 행렬, 기병대원들, 그리고 다른 환상들이. 이제 기억해보니 내 눈앞을 지나친 모든 것들과 관계된 가장 중요한 요소는 **움직임**이었다. 집이라든가 산이라든가, 그런 류의 어떤 정적인 물체도 상상되지 않았고, 그 대신 물방아라든가 배, 커다란 새, 풍선, 말을 탄 사람들, 미친 듯 달리는 마차들, 그런 종류의 움직이는 물체들이 끝없이 내 눈앞에 나타났던 것이다. 그러다가 깨어보니 해의 위치로 미루어 1시쯤 된 듯했다. 나로서는 주변의 다양한 환경을 기억하는 것이 무척이나 힘들었고, 한동안은 내가 아직도 배의 선창에 있던 방의 근처에 있으며 파커의 몸이 타이거의 몸이라고 확신하고 있었다.

마침내 완전히 정신을 차렸을 때는 온화한 순풍이 불고 있었고, 파도는 비교적 잠잠해져서 선체의 중앙부까지만 밀려왔다. 왼쪽 팔은 밧줄에서 풀려나와 있었고 팔꿈치 부근이 많이 상해 있었다. 오른팔에는 전혀 감각이 없었고 손과 손목은 어깨에서부터 내려진 밧줄이 누르던 압력 때문에 엄청나게 부어올라 있었다. 또한 허리 주변으로 견딜 수 없을 정도로 꽉 조여 있던 다른 밧줄 때문에 엄청난 통증이 느껴졌다. 동료들을 둘러보니 피터스는 두꺼운 밧줄이 허리를 얼마나 꽉 조이고 있었는지 몸이 두동강 난 것처럼 보일 지경이었지만 아직 숨은 붙어 있었다. 내가 움직이자 그는 힘없는 손을 들어 밧줄을 가리켰다. 어거스터스에게서는 생명의 흔적이 느껴지지 않았으며 그의 몸은 권양기의 파편 위로 완전히 굽혀져 있었다. 파커는 내가 움직이는 것을 보고 자신을 풀어줄 기력이 있는지 물어보았다. 내가 만일 있는 힘을 다해서라도 그를 풀어줄 수 있다면 아직은 우리의 생명을 구할 수 있을지도 모른다고, 그러나 못 그런다면 우리는 다 죽을 것이라고 말했다. 나는 그에게 용기를 가지라고, 무슨 수를 써서라도 그를 풀어줄 것이라고 말했다. 그러고 나서 내 바지 주머니를 뒤졌더니 주머니칼이 손에 잡혔다. 그래서 몇차례나 헛손질을 한 끝에 마침내 칼을 펴는 데 성공했다. 왼손에 칼을 들고 내 오른손을 밧줄에서 풀어내는 데 성공한 뒤 나를 묶고 있던 다른 밧줄들을 잘랐다. 그러나 일어나려고 해봤자 다리에 힘이 전혀 없어서 일어설 수가 없었다. 또한 오른팔도 전혀 움직이지 않았다. 파커에게 그렇게 이야기하자 그가 내게 왼손으로 권양기를 꼭 잡고 몇분 동안 가만히 누워 있으라고, 그래서 피가 순환할 동안 기다리라고 충고해주었다. 그러고 있으니까 정말 마비 상태가 사라지기 시작해서, 다리 하나를 먼저 움직이고 곧이어 다른 다리도 움직일 수 있게 되었다. 그리고 조금 후에는 오른팔도 조금 쓸 수 있게 되었다. 이제 나는 파커를 향해 다리를 사용하지 않고 무척 조심스럽게 기어갔다. 그런 뒤 그를 묶고 있는 모든 밧줄을 잘라주었고, 이어서 조금 후에는 그도 팔다리를 조금씩 사용할 수 있게 되었다. 우리는 이제 지체 없이 피터스를 묶고 있던 밧줄을 풀었다. 그 밧줄은 그의 모직 바지의 허리춤과 셔츠 두장을 뚫고 들어가 그의 허리에 깊은 상처를 내었고, 우리가 그것을 제거하는 동안 상처에서 피가 철철 흘렀다. 그러나 우리가 그 밧줄을 제거하자마자 입을 열었다. 그리고 즉시 회복되어 파커나 나보다도 더 쉽게 움직이는 듯했다. 그것은 의심할 바 없이 피를 흘렸기 때문일 것이다.

어거스터스에게서는 생명의 기미가 느껴지지 않아서 우리는 그에 대해 큰 희망을 품지 않았다. 하지만 다가가보니 그의 상처 난 팔에 두른 붕대가 파도에 쓸려가서 피를 흘리고 정신을 잃은 정도였다. 그를 권양기에 묶은 밧줄은 죽일 만큼 꽉 묶인 것은 아니었다. 우리는 먼저 그를 묶은 밧줄을 풀고 권양기 주변의 부서진 목재를 제거해주었고, 그런 뒤에 바람이 부는 쪽 마른 자리에 머리를 몸보다 조금 낮춰 눕혀놓고 팔다리를 비벼서 따뜻하게 하느라 부산을 떨었다. 그는 약 반시간 후에 정신이 들기는 했지만, 다음날 아침이 되어서야 우리 중의 한 사람이라도 알아보는 듯했고 말을 할 기운도 차렸다. 우리가 그렇게 밧줄을 벗겨냈을 때는 이미 무척 어두워진 뒤였고, 구름이 끼기 시작해서 우리는 다시 폭풍이 닥쳐올까봐 크게 걱정하게 되었다. 그런 일이 벌어진다면 우리가 워낙 지쳐 있어서 무슨 수를 써도 살아나기가 불가능할 것 같았다. 다행히도 날씨가 밤새 무척 온화했고 바다는 매 순간 더욱 잠잠해졌다. 그래서 우리는 궁극적으로 살아남을 수도 있겠다는 희망을 품게 되었다. 북서쪽에서는 여전히 부드러운 순풍이 불어오고 있었으나 날씨는 전혀 춥지 않았다. 우리는 배가 움직이더라도 어거스터스가 배 밖으로 미끄러지지 않도록 그를 바람 방향으로 조심스럽게 묶어놓았다. 그가 아직은 스스로 몸을 지탱할 수 없었기 때문이다. 우리 나머지는 그럴 필요가 없었다. 우리는 가까이 모여 앉아서 권양기 주변에 끊어져 있는 밧줄의 도움으로 서로를 부축했고 그 공포스러운 상황으로부터 탈출할 방법을 궁리했다. 옷을 벗고 물을 짜내는 것만으로도 많은 위안이 되었다. 물을 짜낸 옷을 다시 입었을 때는 놀라울 정도로 따뜻하고 편안하게 느껴졌으며 무척 기운이 났다. 우리는 어거스터스의 옷도 벗긴 뒤 짜서 다시 입혀주었는데 그도 우리처럼 위안을 받았다.

이제 우리의 주된 고통은 허기와 갈증에서 왔고, 우리는 그 문제를 해결할 수단을 찾다가 가슴이 철렁 내려앉았다. 우리가 피한 바다의 위험은 그에 비하면 약과여서 우리가 그런 위험을 피했다는 사실이 통탄스러울 지경이었다. 그러나 우리는 다른 배가 곧 우리를 발견해서 구해줄 것을 기대하며 스스로를 위안하려고 노력했다. 그리고 닥칠지도 모를 위험을 강하게 견뎌내기 위해 서로를 격려했다.

마침내 14일 아침이 밝아왔고 날씨는 여전히 맑고 밝았으며 북서쪽에서 무척 가벼운 순풍이 꾸준하게 불어오고 있었다. 바다는 이제 상당히 평온해져 있었고 이유는 알 수 없었지만 배도 더 균형을 되찾았다. 그래서 갑판이 비교적 많이 말랐고 우리도 자유롭게 움직일 수 있게 되었다. 이제 우리는 아무것도 먹지도 마시지도 못한 상태에서 사흘 밤낮을 보낸 셈이었다. 선창에서 먹을 것을 구해와야 할 필요성은 절대적이었다. 배가 완전히 침수되어 있었기 때문에 이 작업을 시작하는 우리의 기분은 침울했다. 무엇을 구할 수 있을 것이라고는 거의 기대하기 힘든 상황이었다. 우리는 남아 있는 승강구에서 빼낸 못 몇개를 두조각의 나무에 박아 일종의 갈고리 닻을 만들었다. 이것들을 가로질러 줄로 묶고 그것들을 로프의 끝에 매달아서 선실로 던졌고 거기에 음식이 되어줄 무언가가, 혹은 적어도 음식이 될 무언가로 우리를 인도해줄 수 있는 무언가가 걸리기를 바라며 앞뒤로 잡아끌었다. 아침 시간 대부분을 그렇게 보냈는데 아무런 효과도 보지 못했다. 몇점의 침대 시트만이 못에 손쉽게 걸렸을 뿐 다른 아무것도 걸리지 않았다. 실제로 우리가 만든 그 도구라는 것이 너무나 엉성해서 그 이상의 성공을 기대한다는 것이 무리이기도 했다.

우리는 이제 선수루를 공략했는데 역시 아무런 소득이 없었다. 그래서 모두들 절망에 빠지려는 차에 피터스가 자신의 몸에 로프를 감아서 선실로 잠수를 보내주면 수색을 해보겠다고 제안했다. 반가운 제안이었다. 모두들 기뻐했고 우리의 희망도 되살아났다. 그는 즉시 바지를 제외한 옷을 벗어버리고 강한 로프를 그의 몸 중간 어깨 쪽으로 조심스럽게 걸쳐서 미끄러지지 않도록 묶었다. 그 일은 무척이나 어렵고 위험한 것이었다. 왜냐하면 선실 자체에서는 무언가를 발견할 가능성이 거의 없었기 때문에, 물속에 잠수한 그가 숨을 참으며 우회전해서 내빈실 쪽으로 10피트나 12피트 정도 좁은 통로를 통과했다가 되돌아와야 했기 때문이다.

모든 준비가 완료되고 난 뒤 피터스는 승강구용 사다리를 타고 선실의 물이 턱에 닿는 곳까지 내려갔다. 그런 뒤 머리부터 잠수를 했고 잠수와 동시에 우회전을 해서 내빈실 쪽을 향했다. 하지만 첫

번째 시도는 완전한 실패였다. 그가 내려간 지 30초도 되지 않아 줄이 격렬하게 잡아당겨지는 것이 (그것이 그가 물 위로 올려지기를 원할 때 보내기로 정한 신호이다) 느껴졌다. 따라서 우리는 즉시 그를 당겨올렸는데, 조심하지 않아서 그가 사다리에 부딪혀 심하게 멍이 들었다. 그는 아무것도 가지고 오지 않았고 자신이 갑판쪽으로 떠오르지 않도록 하기 위해 계속 애를 써야 했기 때문에 통로로 조금밖에 들어가지 못했다. 밖으로 나온 그는 무척 기진맥진한 상태였고 다시 내려갈 때까지 15분을 쉬어야 했다.

두번째 시도는 더 큰 실패였다. 피터스에게서 아무런 신호도 오지 않은 채 너무 오랜 시간이 흘러서 그의 안전이 염려된 우리가 신호도 없는 상태에서 그를 당겨올렸는데, 올라온 그의 말은 우리는 못 느꼈지만 자신은 줄을 계속 당기다가 거의 질식할 뻔했다는 것이었다. 이 사태는 아마도 줄의 일부가 사다리의 발치에 있는 난간에 엉켰기 때문에 일어난 듯했다. 실제로 이 난간이 너무나 큰 방해물이어서 우리는 가능하다면 계획을 진행시키기 전에 먼저 그것을 제거하기로 결정했다. 완력 외에 다른 수단이 없었기 때문에 우리는 모두 사다리를 타고 최대한 아래로 내려가서 힘을 합쳐 그것을 잡아당겼다. 그 결과 그것을 부수는 데 성공했다.

세번째 시도도 앞의 두 시도와 마찬가지로 실패였다. 이제 수색을 하는 동안 잠수자의 균형을 유지시켜주고 선실 바닥에 발을 붙일 수 있도록 추 노릇을 해줄 어떤 물건이 필요하다는 점이, 그러지 않고는 아무런 소득도 기대할 수 없다는 점이 명백해졌다. 우리는 그런 목적에 도움이 될 물건을 찾기 위해 오랫동안 수색했다.

그러다 마침내 풍향계의 체인 중에서 워낙 느슨해져서 큰 힘을 들이지 않고 빼낼 수 있는 것을 발견하고는 무척 기뻐했다. 이제 피터스는 그것을 발목에 단단히 묶은 뒤 네번째로 선실로 내려갔고 이번에는 승무원실의 문 앞까지 가는 데 성공했다. 그러나 말할 수 없이 서글프게도 그 문이 잠겨 있어서 승무원실 안으로 들어가지 못한 채 되돌아나올 수밖에 없었다. 그가 아무리 노력해도 1분 이상 잠수하는 것은 불가능했기 때문이다. 이제 우리의 상황은 정말로 암담하게 느껴졌다. 그리고 어거스터스도 나도 우리를 둘러싸고 있는 온갖 어려움과 그것을 피할 수 있는 가능성의 미미함을 생각하고 눈물을 터뜨리지 않을 수 없었다. 그러나 이 심약함의 상태는 오래 지속되지 않았다. 우리는 하느님 앞에 무릎을 꿇고 그분이 우리를 둘러싸고 있는 수많은 위험으로부터 우리를 구원해주기를 간청했다. 그런 뒤 우리 자신을 구하기 위해서 우리가 인간으로서 할 수 있는 방법을 생각해낼 새로운 희망과 기운을 얻고 일어섰다.

10장

그런 뒤 얼마 지나지 않아서 특별한 사건이 일어났다. 그 일은 그뒤 9년이라는 시간 동안 일어난 너무나도 놀랍고, 많은 경우 너무나도 상상하기 힘들고 실제로 상상된 적도 없는 수천의 일들 중 어느 것보다도 더 강렬한 감정을 유발했다. 그것은 처음에는 극단적인 기쁨이었고, 나중에는 극단적인 공포였다. 그때 나는 승강구 근처 갑판에 누워 어거스터스와 저장실로 가는 방법을 의논하고 있었는데, 누운 채 나를 바라보던 어거스터스 쪽을 보다가 그의 표정이 갑자기 백짓장처럼 하얘지고 입술은 형용하기 힘든 모습으로 떨리는 것을 목격했다. 너무나 놀란 내가 그에게 무슨 일이냐고 물었지만 그는 아무런 대답도 하지 않았다. 그래서 그가 갑자기 심하게 아픈 모양이라고 생각하다가 그가 내 뒤에 있는 어떤 것을 노려보고 있다는 사실을 깨달았다. 나는 고개를 뒤로 돌렸고 1마일도 떨어지지 않은 거리에서 우리를 덮칠 듯 다가오고 있는 커다란 횡범선이 눈에 띄었다. 그때 내가 내 온몸의 신경 하나하나를 통해서 느꼈던 환희의 감정은 결코 잊을 수 없을 것이다. 나는 마치 머스켓 총알이 갑자기 내 심장을 관통이라도 한 듯 벌떡 일어나서 그 배의 방향으로 팔을 내밀고 꼼짝도 하지 않은 채 서 있었다. 입도 얼어붙어 있었다. 피터스와 파커도 나처럼 크게 놀랐지만 그들의 반응은 달랐다. 피터스는 갑판 위에서 울부짖음과 저주가 섞인 휜소리를 마구 하면서 미친 사람처럼 덩실덩실 춤을 추었고, 파커는 눈물을 왈칵 터뜨리더니 몇분 동안 어린아이처럼 흐느껴 울었다.

그 배는 네덜란드산 쌍돛대 범선으로 검은색이었고 선수에는 번지르르한 금칠이 되어 있었다. 상당히 사나운 날씨를 헤쳐나온 것이 분명해 보였고 우리에게 그렇게 큰 재앙이었던 폭풍우 때문에 큰 시련을 겪은 것으로 짐작되었다. 앞돛대의 중앙돛대와 우현의 난간 일부가 떨어져나가 있었기 때문이었다. 처음 우리 눈에 띄었을 때 그 배는 내가 앞서도 말했듯이 우리를 향해 덮칠 듯 곧장 다가오고 있었다. 바람은 무척 부드러웠다. 우리가 가장 놀란 것은 그 배에 앞돛대와 주돛대, 그리고 삼각돛 외에는 돛이 펴져 있지 않다는 사실이었다. 물론 그 배는 다소 느리게 왔고, 참을성 있게 기다리는 것은 힘들었다. 그 배가 방향을 트는 방식이 조금 어색한 것은 흥분한 우리의 눈에도 띄었다. 그 배는 좌우로 흔들리면서 침로를 상당히 벗어났고, 그래서 우리는 한두번 그 배가 우리를 못 본 모양이라고 생각했고, 아니면 보았지만 배에 사람이 타고 있는 줄 모르고 그냥 다른 방향으로 가려고 하는 모양이라고 생각했다. 그때마다 우리는 최대한 목청을 높여서 고함을 치고 비명을 질렀는데, 그때마다 배가 방향을 바꾸어 다시 우리를 향해 오는 것처럼 보였다. 그리고 이런 특이한 행동거지가 두세번 반복되어서 우리는 마침내 조타수가 술을 마시고 있는 것이 틀림없다고 생각하게 되었다.

그 배가 우리 배로부터 반경 약 4분의 1마일 안으로 들어올 때까지 그 배의 갑판에서는 아무도 눈에 띄지 않았다. 그러다가 세명의 선원이 눈에 띄었는데, 옷차림으로 봐서 네덜란드 사람들인 것 같았다. 그들 중 둘은 선수루 근처 낡은 돛 위에 누워 있었고, 또 한 사람은 기움돛대 근처 우현 위로 몸을 내민 채 호기심에 차서 우리를 바라보고 있는 듯했다. 이 사람은 건장하고 키가 컸으며 피부색이 무척 가무잡잡했다. 그의 태도는 우리에게 참을성 있게 기다리라고 말하는 듯했다. 다소 기묘하게 유쾌한 태도로 우리를 향해서 고개를 끄떡이고 너무도 환하게 반짝이는 흰 이를 드러내며 계속 미소를 보내고 있었다. 배가 다가오면서 그가 쓰고 있던 붉은색 플란넬 모자가 물로 떨어지는 것이 보였다. 그러나 그는 그 사실에 아무런 주의도 기울이지 않은 채 계속 기묘한 미소와 몸짓만 보내고 있었다. 내가 이런 일들과 상황을 자세히 이야기하고 있으며, 우리에게 보인 그대로 정확히 전달하고 있다는 사실을 독자들이 이해하기 바란다.

그 배는 서서히 다가왔고 이제 진로가 좀 전보다 더 안정적이었다. 그리고 내가 그 일에 대해 침착하게 이야기하기는 힘들지만, 어쨌든 그때 우리의 심장은 가슴속에서 마구 뛰고 있었고 우리는 환호성을 지르며 기대하지 않던 완벽하고 화려한 해방이 그렇게 손에 닿을 듯 가까워진 일에 대해서 신께 감사드렸다. 그런데 바로 다음 순간 갑자기 그 낯선 배(이제 우리 배에 바짝 다가와 있었다)로부터 도저히 이름 붙이기 어려운, 생각하기도 어려운, 지옥 같은, 완전히 질식할 것 같고, 견디기 힘들며, 상상하기가 불가능한 냄새, 그런 악취가 바닷물 위를 건너 우리 쪽으로 풍겨왔다. 내가 숨을 헐떡거리며 동료들 쪽으로 돌아서니 그들의 얼굴은 대리석보다도 더 창백했다. 그러나 우리에게는 질문하거나 짐작할 시간이 없었다. 그 배와 우리 배 사이의 간격도 이제 50피트 정도였다. 우리 배의 선미 돌출부 쪽으로 다가와서 보트를 내리지 않은 채 그냥 거기서 우리를 승선시키려는 의도로 보였다. 우리는 고물 쪽으로 뛰어갔는데 갑자기 그 배가 한쪽으로 쏠리면서 오던 항로로부터 오륙도 정도 방향을 돌렸다. 그러자 그 배의 갑판이 완전히 드러났는데 그 광경이 야기한 삼중의 공포를 내가 영원히 잊을 수 있을까? 스물다섯이나 서른구쯤 되는 시체가 선미 돌출부와 조리실 사이에 널려 있었고, 그중에는 여자의 시체도 있었다. 그리고 그들은 부패의 마지막, 가장 혐오스러운 단계에 있었다! 그 저주받은 배에 단 한명의 생존자도 남아 있지 않다는 것이 너무나 분명했다! 그럼에도 불구하고 우리는 그 고인들에게 계속 도와달라고 소리치지 않을 수 없었다! 그랬다. 우리는 오래도록 큰 소리로, 너무나 큰 고통 속에서 그 말 없는 혐오스러운 모습들이 우리를 위해서 머물러주기를, 우리가 그들처럼 되도록 버려두지 않기를, 우리를 그들의 친절한 무리 속에 받아들여주기를 빌었다! 우리는 공포와 절망으로 미친 듯 고함을 질렀다. 실망의 고통이 너무나 깊어서 완전히 미친 사람처럼 굴었다.

우리가 처음으로 공포의 고함을 크게 지른 뒤 그 낯선 배의 기움돛대 쪽에서 어떤 소리, 순진한 귀가 놀라고 속을 만큼 인간의 고함 소리를 닮은 소리가 화답해왔다. 그 순간 배가 다시 갑자기 한쪽으로 쏠리면서 순간적으로 선수루가 아주 잘 보였는데, 그래서 즉시 그 소리의 진원지가 드러났다. 우리의 눈에 띈 것은 아직 덮개문에 기대고 있는 키가 크고 건장한 사람의 모습으로 그는 고개를 앞뒤로 끄덕거리고 있었다. 그가 우리를 외면하고 있어서 얼굴은 보이지 않았지만, 팔은 난간 너머로 들려 있었고 손바닥은 바깥을 향해 있었다. 무릎은 단단한 밧줄에 기대져 있었고, 그 밧줄은 팽팽하게 당겨져 있었으며 기움돛대의 바닥에서 닻걸이까지 뻗어 있었다. 셔츠의 일부가 찢어져서 맨살이 드러난 그의 등 쪽으로는 거대한 갈매기가 앉아서 끔찍한 살을 파먹고 있었으니, 부리와 발톱이 깊숙히 박혀 있었고 하얀 깃털은 피로 얼룩져 있었다. 배가 방향을 돌리자 그 장면이 더 자세히 보였는데, 그 새는 무척 힘들어 보이는 동작으로 시뻘건 고개를 쳐들고 마치 마비라도 된 듯한 눈으로 우리를 쳐다본 다음 실컷 잔치를 벌이고 있던 시체에서 느릿느릿 일어나서 우리 갑판 위로 곧장 날아왔다. 그런 뒤 부리로 피가 엉겨붙은 간처럼 보이는 것을 물고 잠시 공중에 머물었다. 그 끔찍한 살점은 마침내 파커의 발치 바로 옆에 둔탁한 소리와 함께 떨어졌다. 하느님, 저를 용서해주소서. 하지만 그 순간에야 비로소 내 머릿속에 한가지 생각, 내가 언급하지 않을 한가지 생각이 떠올랐고, 나는 그 피로 얼룩진 곳을 향해서 한발짝 내딛었다. 그때 위를 올려다보니 어거스터스의 눈이 내 눈을 마주 보았는데 나는 그 눈에 담긴 강렬하고 열렬한 의사를 보고 금세 정신이 번쩍 들었다. 나는 재빨리 앞으로 한발짝 뛰었고 몸서리를 치며 그 끔찍한 것을 바닷속으로 던져버렸다.

그 살점이 나온 몸체는 로프에 기대 서 있었는데 그 육식의 새가 움직이는 대로 앞뒤로 흔들거렸으며, 그 때문에 우리에게 살아 있다는 느낌을 주었던 것이다. 하지만 갈매기가 떠나자 그 시체는 휙 돌면서 부분적으로 뒤집혔고, 그럼으로써 얼굴이 완전히 드러났다. 그렇게 끔찍하고 무시무시한 존재는 한번도 이 세상에 존재한 적이 없었으리라! 눈은 사라졌고 입 주변의 살도 모조리 없어져서 이가 모조리 드러나 있었다. 그러니까 이것이 우리에게 희망을 주고 기운을 북돋워준 미소였던 것이다! 이, 그…… 하지만 맙소사. 내가 이미 말했듯이 그 배는 우리 배의 고물을 지나서 서서히, 그러나 지속적으로 바람 불어가는 쪽으로 움직여갔다. 그 배와 그 끔찍한 모습의 선원들이 사라지면서 구원과 기쁨에 대한 우리의 행복한 기대도 모두 사라졌다. 그 배의 진행이 느릿느릿했기 때문에 우리가 그렇게 갑자기 실망하지만 않았더라면, 그리고 그 끔찍한 면이 우리의 정신과 육체의 모든 활발한 기능을 완전히 마비시켜버리지만 않았더라도 우리는 아마도 그 배로 옮겨탈 수도 있었을 것이다. 우리는 그 모든 것을 보고 느끼기는 했지만 안타깝게도 사고하거나 행동할 수 있게 됐을 때는 이미 뒤늦은 일이었다. 이 일 때문에 우리의 지력이 얼마나 약화되었는지는 그때 우리가 한 생각으로 미루어 짐작할 수 있을 것이다. 그 배가 워낙 멀리 가버려서 그 선체의 반 이상이 보이지 않았는데도 헤엄을 쳐서 그 배를 따라잡을까 하고 진지하게 생각했으니 말이다.

그 시기 이후 나는 그 낯선 배의 운명과 관련된 끔찍한 불확실성을 만회할 단서를 찾아보려고 노력했지만 별 효과는 없었다. 앞서 말했듯이 구조와 일반적인 모습을 봐서는 네덜란드의 상선이었다고 짐작되며, 선원이 입고 있던 옷도 그 견해를 뒷받침한다. 그 배의 고물에서 쉽게 배의 이름을 보았을 수도 있었으며 실제로 그 배의 성격을 짐작하는 데 도움이 될 다른 단서들도 관찰할 수 있었을지 모른다. 하지만 우리가 워낙 흥분해 있었기 때문에 그런 걸 관찰할 처지가 아니었다. 완전히 부식하지 않은 시체에서 나던 싸프란 같은 냄새로 미루어 그 배의 승선자 전원이 황열병 같은 끔찍한 종류의 역병에 걸려서 죽은 것으로 결론을 내릴 수 있다. 만일 그것이 사실이라면 (나는 다른 어떤 설명이 가능할지 알지 못한다) 시체들의 위치로 봐서 죽음은 무척 갑작스럽게 덮쳤으며, 인간이 알고 있는 가장 치명적인 역병의 일반적인 특징과도 완전히 구별되는 특이한 형태로 그들을 습격한 것이 틀림없었다. 실제로 그 배의 창고에 우연히 들어간 독극물이 그런 재앙을 가져왔을 수도 있다. 혹은 알려지지 않은 독어류나 다른 해물, 혹은 바다의 새를 먹음으로써 그런 결과를 가져왔는지도 모른다. 하지만 모든 것이 가장 끔찍하고 가장 불가사의한 신비에 싸여 있으며, 영원히 그렇게 남아 있을 터이니 그 일에 대해서 추측을 한다는 것이 전적으로 무의미한 일이기는 하다.

11장

우리는 그날의 남은 시간을 그 배가 사라져가는 모습을 멍하니 바라보며 보냈다. 그리고 어둠이 그 배를 우리의 시야에서 감추면서 조금 정신이 돌아왔다. 그러자 허기와 갈증의 고통이 되돌아왔고 다른 모든 근심과 걱정을 흡수해버렸다. 그러나 아침이 될 때까지는 할 수 있는 일이 없어서 우리는 조금 쉬어보려고 노력했다. 이 노력에 있어서 나는 기대 이상으로 성공했고, 나처럼 운이 좋지 못했던 내 동료들이 나를 깨울 때까지 푹 잤다. 그들은 새벽이 오자마자 선창에서 먹을 것을 꺼내기 위한 노력을 재개하고자 했다.

이제 바다는 내가 일찍이 경험한 가장 잔잔한 상태가 되었고 날씨는 따뜻하고 상쾌했다. 배는 더이상 보이지 않았다. 우리는 어려움을 무릅쓰고 체인을 제거하기 시작해 조금 더 빼냈다. 그리고 빼낸 체인을 피터스의 발에 달아서 그를 다시 저장실의 문을 향해 보냈다. 그는 시간만 넉넉하다면 완력으로라도 문을 열 수 있을 것이라고 생각했다. 그리고 배가 훨씬 더 안정적인 상태에 있으니 그것이 가능할 것이라고 기대하고 있었다.

피터스는 문에는 재빨리 도착했는데 문을 열려고 애쓰다가 체인 하나가 그의 발목으로부터 풀려나갔다. 하지만 문을 여는 데는 성공하지 못했다. 그 방 문의 틀이 기대했던 것보다 훨씬 더 튼튼했던 것이다. 그는 잠수를 너무 오래 해 무척 지쳤고, 다른 사람이 그를 대신해 잠수해야만 했다. 파커가 즉시 그 역할을 자임했다. 하지만 세번이나 시도를 해도 효과가 없었고, 그는 문 근처에 가는 일조차도 성공할 수 없다는 사실을 깨달았다. 어거스터스는 다친 팔 때문에 잠수를 시도할 수도 없었다. 그가 문까지 간다 하더라도 그것을 밀 수는 없을 것이기 때문이었다. 그러므로 이제 우리 모두의 구원을 위해서 내가 노력할 차례가 되었다.

피터스는 문 근처에 체인 하나를 남겨놓고 왔었고, 나는 물속에서 내가 물 밑에 있을 만한 중력을 충분히 받을 수 없다는 사실을 깨달았다. 그래서 나는 첫 시도에서는 일단 그 체인을 가지고 오는 것만 하기로 했다. 그런데 체인을 잡기 위해 통로의 바닥을 더듬던 중에 단단한 무엇인가가 내 손에 닿았는데, 그것이 무엇인지 알아볼 시간은 없었기 때문에 즉시 그냥 그것을 집어들고 물 밖으로 나왔다. 그 물건은 병이었고 거기 적포도주가 가득 차 있었다고 말하면 우리가 얼마나 기뻤던지를 짐작할 수 있을 것이다. 우리는 이 시기적절하게 기운을 돋우는 조력자를 찾게 해주신 하느님께 감사를 올리고 즉시 내 주머니칼로 코르크 마개를 따서 각자 조금씩 마셨다. 그리고 그것이 준 온기와 힘과 기운을 통해 형언할 수 없는 위안을 얻었다. 그런 뒤 우리는 그 병의 마개를 다시 막고 그것이 부서지지 않도록 손수건으로 덮어 둘렀다.

이 행운의 발견 이후 나는 잠시 동안 휴식을 취한 뒤 다시 내려가서 이번에는 체인을 찾았고 즉시 그것을 가지고 물 위로 올라갔다. 그러고 나서 그것을 발목에 감고 세번째로 내려가서는 그런 상태로는 무슨 수를 써도 저장실의 문을 완력으로 열 수는 없다는 결론에 도달했다. 따라서 나는 절망적인 기분으로 물 위를 향했다.

이제 우리에게는 더이상 아무런 희망도 남아 있지 않은 듯했다. 동료들의 표정을 보니 죽음을 각오한 것이 틀림없었다. 적포도주가 그들을 일종의 환각 상태에 빠뜨린 것이 분명했고, 나는 마신 뒤 바로 잠수를 했기 때문에 그런 상태를 피할 수 있었던 것이 아닌가 싶었다. 그들은 말에 두서가 없었고 우리의 형편과 아무 관련도 없는 것들에 대해서 이야기했다. 피터스는 내게 자꾸만 낸터킷에 대해 물어보았다. 어거스터스도 진지한 태도로 내게 다가와서 자신의 머리에 생선 비늘이 많이 끼어 있다면서 육지에 도달하기 전에 그것을 제거하고 싶으니 빗을 빌려달라고 했다. 파커는 조금 덜 취한 듯 내게 선실에 들어가서 그냥 아무 거라도 손에 잡히는 대로 가지고 오라고 재촉했다. 나는 그 말에 동의하고 일단 들어가서 1분을 꽉 채우면서 바너드 선장 소유의 소형 가죽 가방을 가지고 나왔다. 우리는 먹을 것이나 마실 것이 있을지도 모른다는 실낱같은 희망을 품고 당장 그 가방을 열었다. 그러나 면도칼 한 상자와 두장의 리넨 셔츠 외에는 아무것도 없었다. 나는 다시 잠수를 했는데 이번에는 아무런 성공도 거두지 못한 채 되돌아왔다. 내 머리가 물 위로 오르는 순간 갑판 위에서 탁, 소리가 나는 것이 들렸고 수면 위로 올라가보니 동료들이 배은망덕하게도 내가 없는 틈을 타서 적포도주 남은 것을 마신 뒤 내가 보기 전에 제자리에 놓으려다 넘어뜨린 것이었다. 나는 그들의 처신이 무정하다고 항의했는데 어거스터스가 왈칵 눈물을 터뜨렸다. 다른 두 사람은 그것을 농담인 양 웃어넘기려 했으나 나는 그런 웃음은 다시는 보고 싶지 않았다. 얼굴이 뒤틀린 모습이 참으로 끔찍했다. 실로 공복 상태에서 그런 독한 술을 먹었기 때문에 효과가 즉각적으로 강렬하게 나타난 것이었다. 그들이 모두 엄청나게 술에 취한 것이 분명했다. 나는 어렵사리 그들을 눕혔고 그러자 모두 깊은 잠에 빠져서 큰 소리로 코까지 골았다.

이제 나는 배 안에 혼자 남은 셈이었고 내 생각은 두말할 나위 없이 너무도 끔찍하고 암울한 것이었다. 기아 때문에 지리멸렬하다가 죽거나, 혹은 갑자기 닥칠 첫 폭풍우에 휩쓸려서 죽는 것 외에 다른 가능성은 없어 보였다. 지금처럼 기진맥진한 상태라면 폭풍우가 왔을 때 견뎌낸다는 것은 불가능했으니까 말이다.

이제 내가 경험하고 있던 쓰라린 공복감은 거의 참을 수 없을 지경이었고 나는 그것을 진정시키기 위해서라면 무슨 짓이라도 할 수 있을 것 같았다. 그래서 주머니칼로 가죽 트렁크의 일부를 잘라서 먹어보려고 했지만 단 한조각도 삼킬 수는 없었다. 그래도 그 작은 조각들을 씹어서 뱉는 것으로 기아의 고통이 아주 조금이라도 줄어든 것 같다는 생각이 들기는 했다. 밤이 되자 동료들이 하나둘 깨어났고 술기운은 이미 다 사라졌지만 그들은 숙취로 모두 형언하기 힘들 정도로 쇠약해졌고 공포에 질려 있었다. 학질에라도 걸린 사람들처럼 몸을 덜덜 떨었고 물을 달라고 너무나도 애처롭게 울부짖었다. 그들의 상태는 내게 너무나 강한 인상을 주었는데, 동시에 내가 그들처럼 술을 마시지 못했고, 그 결과 그들의 처참한 상태나 비참한 느낌을 공유하지 않아도 되어서 다행이라는 기분도 들었다. 그러나 그들의 행태를 볼 때 불안하기도 하고 무척 염려가 되기도 했다. 상황이 조금이라도 호전되지 않는다면 그들이 우리 공통의 안전을 위한 도움을 내게 전혀 주지 않을 것이 분명했기 때문이다. 나는 아직 아래 선실에서 무언가를 찾아올 수 있다는 희망을 완전히 포기하지는 않고 있었다. 그러나 그들 중 한둘이라도 내가 내려가 있는 동안 로프의 끝을 잡고 나를 도울 만큼 정신을 차리지 않는 한 그 시도는 재개될 수 없었다. 파커는 다른 사람들보다 조금 더 정신이 들어 보였고, 그래서 나는 그가 정신을 차리게 해보려고 능력껏 노력했다. 바닷물에 뛰어드는 것이 좋은 효과를 낼 수도 있다고 생각해서 나는 로프의 끝을 그의 몸에 묶은 다음 그를 승강구 쪽으로 데리고 가서 (그는 내내 수동적으로 나의 행동을 따랐다) 그를 밀었다가 즉시 끄집어냈다. 그 결과는 나 스스로 자축할 만했다. 그가 훨씬 더 정신이 들고 기운을 차린 듯했기 때문이다. 그리고 물 밖으로 나온 뒤 이성적인 태도로 내게 왜 그렇게 했느냐고 물었다. 내가 목적을 설명하니 그가 고맙다고 말했다. 그리고 물속에 들어갔다 나와서 훨씬 더 기분이 나아졌다며 우리의 상황에 대해 지각 있게 대화를 나누게 되었다. 우리는 이어서 어거스터스와 피터스에게도 같은 방식을 적용해보기로 하고 즉시 실행에 옮겼는데, 둘 다 그 충격 덕분에 상당히 정신이 들었다. 이렇게 갑자기 물속에 담근다는 생각은 술에 취해서 미친 환자에게는 샤워가 좋은 효과가 있다는 것을 의학서적에서 읽은 기억 덕분이었다.

이제 동료들이 로프의 끝을 잡아줄 수 있게 되어서, 날이 꽤 저물었고 부드럽지만 긴 북쪽에서 오는 파도 때문에 배가 다소 불안정하게 흔들리기는 했어도, 나는 다시 선실로 서너번 잠수했다. 이렇게 시도하는 동안 나는 두자루의 식사용 나이프와 3갤런짜리 빈 통, 그리고 담요를 가지고 오는 데는 성공했지만 음식이 될 만한 것은 찾지 못했다. 그뒤에도 나는 완전히 지쳐 쓰러질 때까지 계속 잠수를 했지만 그 이상은 아무것도 얻지 못했다. 밤 동안에는 파커와 피터스가 같은 방식으로 교대를 했다. 그러나 그들도 아무것도 찾지 못했고, 이제 우리는 우리가 기운만 낭비하고 있다고 결론 내리고 절망스러운 기분으로 포기했다.

우리는 그날밤의 나머지 시간을 정신적으로나 육체적으로나 상상하기 힘든 극심한 고통 속에서 보냈다. 마침내 16일 아침이 밝아왔고, 우리는 도움을 찾아서 열심히 수평선을 바라보았지만 아무런 소용도 없었다. 바다는 여전히 잔잔했고 어제처럼 북서쪽으로부터 완만한 파도가 밀려올 뿐이었다. 그날은 우리가 적포도주를 제외하면 무엇도 먹거나 마시지 못한 지 엿새째가 되는 날이었다. 그날도 먹을 것을 구하지 못한다면 우리가 더는 버티지 못하리라는 것은 분명했다. 나는 피터스나 어거스터스처럼 완전히 피골이 상접한 사람들은 본 적이 없었고 다시는 보고 싶지 않다. 그때와 같은 상태로 육지에서 그들을 만났다면 내가 아는 사람들이라고 전혀 짐작도 하지 못했을 것이다. 얼굴 모습이 완전히 달라져서 내가 바로 며칠 전까지 잘 알고 지내던 사람들이라고 도저히 믿을 수 없을 정도였다. 파커는 비록 처참하게 말랐고 너무나 힘이 없어서 가슴에 처박힌 고개를 들 수 없는 지경이기는 했어도 다른 두 사람만큼 끔찍한 상태는 아니었다. 그는 굉장히 참을성이 있었고 불평을 하지 않고 최선을 다하면서 우리가 절망하지 않도록 용기를 북돋아주려고 노력했다. 나로 말하자면 비록 그 항해의 시초에 건강이 나빠졌다가 계속해서 병약한 상태에 있기는 했어도 살이 급격하게 빠진 것은 아니었고 정신력도 놀랄 정도로 유지하고 있어서 다른 동료들보다는 고통을 덜 받았다. 반면 다른 이들은 지력이 완전히 퇴보해서 제2의 어린 시절을 맞은 듯 선웃음을 짓고 우둔한 미소를 지으며 터무니없는 말들을 해댔다. 그러나 중간중간 그들도 깜빡 정신이 드는 순간이 있는 것처럼 보였다. 그러면 갑자기 자신들의 상태를 의식하게 되면서 잠시 기운을 내 벌떡 일어나 앉았다. 그리고 잠깐 동안이나마 장차 어떻게 할 것인지를 의논했다. 그러나 내 동료들도 자신들의 상태에 대해서 내가 내 상태에 대해 생각한 것과 똑같이 생각했을 수도 있다. 그리고 내가 나도 모르게 그들과 마찬가지로 엉뚱하고 멍청한 짓을 하지 않았다는 보장도 없다. 이것은 장담할 수 없는 문제다.

정오경에 파커가 좌현 쪽에서 육지를 보았다고 주장하며 그쪽으로 헤엄쳐가기 위해 바다로 뛰어들려고 했다. 그것을 막는 것이 무척 힘들었다. 피터스와 어거스터스는 우울한 명상에 잠긴 채 그가 하는 말에 별로 주의를 기울이지 않았다. 그가 가리킨 방향에서는 해변의 흔적도 보이지 않았다. 실제로 나는 우리가 육지에서 멀리 떨어져 있기 때문에 조금이라도 그런 희망을 품는 것은 무리라는 사실을 너무나 잘 알고 있었다. 그럼에도 내가 파커에게 그의 실수를 납득시키는 데에는 상당한 시간이 걸렸다. 겨우 그 사실을 납득한 그는 눈물을 왈칵 터뜨리고 어린아이처럼 낮은 소리로 두어시간 동안이나 엉엉 울다 마침내 지쳐서 잠이 들었다.

피터스와 어거스터스도 가죽 조각을 삼켜보려는 시도를 몇차례 했지만 헛수고였다. 나는 그냥 씹다가 뱉으라고 충고했다. 그러나 그들은 너무나 기운이 없어서 내 충고를 따르는 것조차 불가능했다. 나는 그것을 중간중간 계속 씹었고 그것이 조금 도움이 되기는 했다. 내 주된 곤경은 갈증이었고 나는 우리와 유사한 상황에 처한 다른 사람이 바닷물을 마셔 초래한 끔찍한 결과를 상기함으로써 그것을 마시려는 유혹을 간신히 억눌렀다.

이런 식으로 낮을 보내고 있는데 갑자기 동쪽에서, 우리 배의 좌현 쪽 고물 너머로 돛이 보였다. 그것은 큰 배인 듯했고 약 12마일이나 15마일쯤 떨어진 곳에서 우리 선체와 거의 직각으로 오고 있는 듯했다. 동료들 중 누구도 아직 그 배를 발견하지 못했고, 나는 또다시 실망을 할지도 몰라서 그들에게 이야기하기를 미루고 있었다. 마침내 그 배가 가까이 다가오는 것이 보였다. 가벼운 돛에 바람을 한껏 받고 우리 쪽으로 곧장 오고 있는 모습이 분명했다. 나는 더이상 스스로를 억제할 수 없어서 동료 고난자들에게 그 배를 가리켰다. 그들은 즉시 벌떡 일어나 미친 듯이 기뻐하며 울고 웃었고, 바보처럼 껑충껑충 뛰고 갑판 위를 발로 구르고 머리를 잡아뜯으며 기도를 했다가 욕을 했다가 하며 요란을 떨었다. 이제 우리가 구조될 것이 분명하다고 판단되었기 때문에, 나 역시 그들의 행동을 보고 광란에 동참하지 않을 도리가 없었다. 그래서 갑판에 눕고 발을 구르며 손뼉을 치고 고함을 지르는 등의 행동을 하며 감사와 황홀감을 표하는 충동에 나 자신을 맡겼다. 그러다가 갑자기 정신이 번쩍 들었는데, 그 배가 갑자기 우리 쪽으로 고물을 돌리더니 처음과 거의 정반대 방향으로 선수를 돌렸기 때문이었다.

내가 불쌍한 동료들에게 우리 운명의 이 슬픈 역전이 실제로 일어났다는 사실을 믿게 하는 데는 어느정도 시간이 걸렸다. 그들은 내 단언에 대해서 그런 터무니없는 소리에 속지 않겠다는 의사를 눈빛과 손짓으로 보여주었다. 어거스터스의 행동은 가장 가슴 아픈 것이었다. 내가 아무리 반대하고 저지해도 그는 그 배가 재빨리 우리를 향해 오고 있다고 고집을 부리며 그 배에 탈 준비를 서둘렀다. 그 배의 곁에 떠 있던 약간의 해초를 보고 그것이 그 배에서 내린 보트라고 주장하며 너무나 가슴 아프게도 울부짖고 고함을 지르며 그리로 뛰어내리려고 해서, 가까스로 그가 진짜로 바닷속으로 뛰어내리는 것을 저지할 수 있었다.

날씨가 조금 무더워지며 아지랑이가 끼고 가벼운 바람이 불었고, 상황이 어느정도 진정되었다. 우리는 그 배가 완전히 사라질 때까지 지켜보았다. 그 배가 완전히 사라지자마자 파커는 나를 향해 갑자기 돌아섰는데, 나는 그때 그의 표정을 보고 몸서리가 쳐졌다. 그때까지 내가 보지 못했던 침착한 표정이 그의 얼굴에 떠올랐고, 그가 입을 열기도 전에 그가 하려는 말을 본능적으로 알 수 있었다. 그는 우리 중의 한 사람이 나머지 사람들의 생명 보존을 위해 죽어야 한다고 간단히 말했다.

12장

나는 우리가 이같은 극단적인 상황에 내몰릴 가능성에 대해서 이미 생각하고 있었고, 그런 수단에 의지하느니 어디서 어떤 방법으로든 죽어버려야겠다고 몰래 결심하고 있었다. 허기의 강렬함 때문에 고통스러웠지만 그 때문에 결심이 줄어들지는 않았다. 피터스와 어거스터스는 아직 그 제안을 듣지 못했다. 그래서 나는 마음속으로 그가 그렇게 끔찍한 일을 하지 않도록 설득할 힘을 주십사 하느님에게 기도하며 파커를 한옆으로 데리고 가서 그가 성스럽게 여기는 모든 것의 이름으로 그를 달래며 간청을 하면서 오랫동안 그를 설득했다. 그리고 그 극단적인 상태에 가능한 모든 논리를 동원해서 다른 두 사람 중 누구에게도 그런 말을 하지 말아달라고 부탁했다.

그는 내 논리를 반박하지 않으며 내 말에 귀를 기울였고, 그래서 나는 그가 내 말을 따르리라는 희망을 품기 시작했다. 하지만 내가 말을 마치자 그는 내 말 모두가 사실이라는 것을 잘 알고 있으며 그런 방법이 인간이 생각할 수 있는 가장 끔찍한 대책이라는 사실을 알고 있다고 말했다. 하지만 자신은 인간성이 허용하는 최대한으로 참았고, 한 사람이 죽음으로써 나머지를 살릴 수도 있으며 그럴 가능성이 충분한데도 모두가 다 죽는 것은 불필요한 일이라고 말했다. 그리고 자신은 그 배가 나타나기 전부터 이미 그런 결심을 하고 있었고 배가 눈앞에 보이고 있었기 때문에 그 말을 하지 않았던 것뿐이라고 하면서 굳이 자신을 설득하려고 애쓰지 말라고 덧붙였다.

이제 나는 그에게 만일 그가 계획을 포기하지 않을 생각이라면 적어도 하루만이라도 연기해달라고, 그 하루 동안 다른 배가 나타나서 우리가 구조될 수도 있다며 사정했다. 나는 다시 내가 생각할 수 있는, 그리고 그처럼 거친 성격의 사람에게 영향을 미칠 수 있으리라고 생각되는 모든 논리를 동원했다. 그는 자신은 더이상 도저히 견딜 수 없기 때문에 그 말을 꺼낸 것이라고, 더이상 아무것도 먹지 않고는 버틸 수 없다고, 그러므로 하루를 더 기다린다면 자신에 관한 한 그 제안은 이미 너무 늦은 것이라고 대답했다.

그가 내 온화한 접근으로는 전혀 꿈쩍도 안 할 것이 분명했기 때문에 나는 이제 전략을 바꿔서 그에게 내가 우리의 재앙으로부터 가장 피해를 덜 받았으며, 따라서 내 건강과 힘이 그의 것보다, 혹은 피터스나 어거스터스의 것보다 더 낫다는 사실을 주지하라고 말했다. 즉 필요하다면 내가 완력을 동원할 수 있는 조건에 있으며, 만일 그가 다른 사람들에게 그의 끔찍하고 식인적인 계획에 대해서 어떤 방식으로든 이야기하려고 시도한다면 나는 그를 주저하지 않고 바닷속으로 던져넣을 것이라고 말했다. 이 말을 듣고 그는 즉시 내 목을 움켜잡고 칼을 꺼내서 내 배를 찌르려고 하다가 몇번 헛손질을 했다. 그가 워낙 쇠약해 있었기 때문에 그처럼 잔인한 행동은 실패했고 워낙 화가 머리 끝까지 치민 내가 그를 배의 측면으로 밀어붙여 바닷속에 빠뜨릴 수 있게 되었다. 그러나 그 순간 피터스가 대체 왜 그러느냐고 물으며 다가와서 우리를 떼어놓은 덕분에 파커는 바닷속에 빠지는 운명을 면했다. 파커는 내가 그의 말을 막기 전에 내가 왜 그를 바닷속에 빠뜨리려 했는지를 피터스에게 설명했다.

그 결과는 내가 예상했던 것보다 더 끔찍했다. 어거스터스와 피터스 두 사람 다 그 끔찍한 생각을 하고 있었던 듯했고, 파커의 잘못이라면 다만 말을 먼저 꺼냈다는 것뿐이었다. 물론 두 사람 다 그의 제안에 동의하면서 즉시 그 제안을 실행에 옮기자고 주장했다. 나는 두 사람 중 적어도 한 사람은 아직 내 편이 되어 그 끔찍한 계획을 실행에 옮기려는 시도에 저항할 이성이 남아 있으리라고, 그리고 그의 도움으로 그런 일의 실행을 막을 수 있으리라고 기대하고 있었다. 하지만 그런 기대는 좌절되었고, 더 저항했다가는 이제 재빨리 실행에 옮겨질 그 비극에서 내게 공정한 기회가 주어지지 않을 수도 있었기 때문에 나 또한 절대적으로 나 자신의 안전을 챙겨야 할 상황에 처하게 되었다.

그래서 나는 그들에게 나도 동의하지만 지금 우리를 둘러싸고 있는 안개가 걷히면 좀 전에 보았던 배가 다시 나타날지도 모르니 한시간만 기다리자고 제안해서 무척 어렵게 동의를 받아냈다. 예상한 대로 (순풍이 빠르게 불어오고 있었으므로) 한시간이 다 지나가기 전에 안개가 걷혔지만 아무런 배도 눈에 띄지 않아서 우리는 제비뽑기를 준비했다.

나는 그에 이어진 가공할 장면에 대해서 극도로 주저하며 이야기하고 있다. 그 장면의 아주 작은 세부까지도 내 기억 속에서 희미해지지 않았으며 그 뒤에 일어났던 어떤 일로도 지워지지 않았다. 그 일에 대한 가혹한 기억이 앞으로 내가 살아갈 모든 미래의 순간들을 힘들게 할 것이다. 지금 내가 말할 사건의 성격이 허락하는 한 가장 신속하게 내 이야기의 이 대목을 이야기하고 넘어가겠다. 우리가 이 끔찍한 추첨의 방법으로 생각할 수 있는 유일한 것은 제비뽑기였다. 그래서 목재를 쪼개 내가 그것을 들고 있기로 했다. 내가 선체의 한쪽 끝으로 갔고 내 불쌍한 동료들이 아무 말 없이 다른 쪽으로 가서 등을 돌리고 앉았다. 이 끔찍한 참극이 진행되는 동안 내가 느낀 초조감은 제비를 배열하는 동안 가장 심했다. 인간이 자신의 존재의 보전에 대해 깊은 애착을 느끼지 않을 상황은 거의 없는 법이며 그 존재가 매달려 있는 끈이 시시각각 약해지고 있을 때는 더욱 그 느낌이 강한 법이다. 그러나 그때 내가 해야 했던 일의 조용하고 분명하며 엄격한 성격 (미친 듯 위험하게 달려드는 폭풍우나 서서히 무시무시하게 접근하는 기아와는 너무나도 다른) 때문에 나는 너무나 끔찍한 죽음—너무나도 끔찍한 목적을 위한 죽음—을 피할 무척 희박한 가능성을 생각할 수밖에 없었다. 그러자 그렇게 오랫동안 나를 유지시켜주었던 에너지의 모든 분자가 바람 앞의 깃털처럼 사라져버렸고, 나는 너무나도 비참하고 불쌍한 공포의 무기력한 희생물로 전락했다. 처음에는 나무를 쪼개 모을 힘조차 내기 어려웠다. 손가락들이 완전히 굳어서 전혀 움직이지 않았고 무릎이 떨리며 계속 맞부딪혔다. 내 정신은 이 끔찍한 투기의 가담자가 되기를 피할 수 있는 수천의 터무니없는 계획을 생각해냈다. 동료들 앞에서 무릎을 꿇고 이런 필요성을 피하게 해달라고 빌까, 갑자기 그들에게 덤벼들어 그들 중 하나를 죽여서 제비뽑기의 필요성을 없애버릴까 등등. 말하자면 내 앞에 닥친 일을 제외한 그 어떤 상황이라도 좋다는 심정이었다. 이런 백치 같은 생각으로 시간을 상당히 낭비한 뒤에 나는 그들이 겪고 있는 끔찍한 초조감을 당장 없애자고 재촉하는 파커의 목소리를 듣고 마침내 정신이 들었다. 그러고 나서도 나는 당장 나무조각을 배열할 수 없었고 혹시 동료 고난자들 중의 한 사람이 짧은 것을 뽑도록 속일 방법은 없을까 온갖 생각을 다했다. 내 손에 있던 네개의 조각 중에서 가장 짧은 것을 뽑는 사람이 다른 사람의 생명 보전을 위해 죽기로 정했기 때문이다. 이 명백한 무정함에 대해서 나를 비난하려는 사람이 있거든 내가 그때 처했던 것과 똑같은 상황에 처해본 다음에 그렇게 하라고 말하고 싶다.

마침내 더는 미룰 수가 없어서 나는 동료들이 기다리고 있던 선수루 쪽으로 갔다. 심장이 가슴속에서 터질 듯했다. 내가 나무조각이 든 손을 내밀었고, 피터스가 즉시 하나를 뽑았다. 그는 안심을 해도 되었다. 적어도 그가 뽑은 것은 가장 짧은 것이 아니었다. 이제 내가 죽을 운명을 피할 가능성은 더욱 줄어들었다. 나는 기운을 내서 어거스터스에게 손을 내밀었다. 그가 즉시 제비 하나를 뽑았는데 그도 괜찮았다. 그래서 이제 내가 죽고 살 가능성은 딱 반반이 되었다. 이 순간 호랑이와 같은 광포함이 내 가슴을 사로잡았고 나는 내 불쌍한 동료인 파커를 향해 가장 강렬하고 가장 악마적인 증오심을 느꼈다. 그러나 그 감정은 오래 지속되지 않았다. 그리고 마침내 경련을 하듯 몸을 떨며 눈을 감은 채 남은 두개의 나무조각을 그를 향해 내밀었다. 그가 결심을 하고 뽑기까지는 5분이 걸렸고 그 가슴이 찢길 듯한 긴장의 시간 동안 나는 눈을 꼭 감고 있었다. 이윽고 두조각 중의 하나가 재빠르게 내 손에서 뽑혀나갔다. 그래서 결정은 났지만 나는 아직 죽을 사람이 그인지 나인지 알지 못했다. 아무도 입을 열지 않았고, 나는 아직도 내가 들고 있던 나무조각을 볼 엄두를 내지 못하고 있었다. 마침내 피터스가 내 손을 잡아 내가 눈을 떴는데 즉시 파커의 얼굴 표정이 눈에 들어오면서 나는 내가 그 운명을 피했다는 것을, 죽을 운명은 그의 것이라는 사실을 깨달았다. 나는 숨을 헐떡이며 갑판으로 쓰러졌다. 기절을 한 것이었다.

내가 혼수상태에서 깨어났을 때는 그 비극을 가져오는 데 주역을 담당했던 사람의 죽음으로 비극이 극치에 달하는 장면을 볼 수 있었다. 그는 아무런 저항도 하지 않았고 피터스가 등을 찌르자마자 죽었다. 그에 따른 끔찍한 식사의 장면에 대해서는 오래 이야기할 수 없겠다. 그런 일들은 상상될 수는 있을지언정 그것이 현실이 되었을 때의 끔찍한 공포를 우리 마음에 새길 능력은 언어에는 존재하지 않는다. 희생자의 피로 우리를 환장하게 하던 갈증을 조금 식히고 나서, 그리고 상호 동의하에 손과 발과 머리를 제거한 뒤 내장과 함께 그것들을 바닷물 속에 던져버리고 난 뒤 우리가 그 달의 17, 18, 19, 20일의 나흘 동안 조금씩 그의 몸의 나머지를 탐식했다고 말하는 것으로 충분할 것이다.

19일에는 상쾌한 소나기가 내려 15분 내지 20분 정도 지속되었다. 폭풍우가 지난 뒤에는 잠수를 통해서 우리가 선실에서 가져왔던 시트를 이용해 물을 조금 받을 수 있었다. 우리가 확보한 물의 양은 반 갤런을 넘지 않았다. 그러나 그 얼마 안 되는 양의 물조차도 우리에게 그 나름대로 힘과 희망을 줄 수 있었다.

21일에는 다시 모든 것이 바닥났다. 날씨는 여전히 따뜻하고 상쾌했으며 가끔 안개가 끼고 대개 북쪽에서 서쪽으로 가벼운 순풍이 불었다.

22일에는 우리의 딱한 상황에 대해 우울해하며 서로 모여 웅크리고 앉아 있는데 내게 번개처럼 한가지 생각이 떠올랐고, 나는 밝은 희망에 사로잡혔다. 앞돛대를 자를 때 바람 불어오는 쪽의 체인을 맡고 있던 피터스가 내게 도끼 하나를 주면서 그것을 가능하면 안전하게 보관하라고 했던 일이 기억났던 것이다. 나는 최근의 폭풍으로 배가 침수되기 몇분 전에 그 도끼를 선수루로 가져가서 좌현의 선석 하나에 넣어두었었다. 이제 그 도끼를 찾아서 그것으로 갑판을 뚫고 저장실로 가면 저장된 음식물을 쉽게 가져올 수 있을 것 같았다.

내가 이런 계획을 동료들에게 이야기하고 나서 우리는 미약하나마 기쁨의 고함 소리와 함께 선수루로 나아갔다. 이쪽에서 내려가는 것은 선실 쪽보다 더 어려웠다. 독자들도 기억하겠지만 선실로 내려가는 승강구는 전체가 모조리 휩쓸려간 데 비해 선수루 쪽 승강구는 가로세로 3피트씩의 정사각형 모양인 단순한 것이어서 피해를 입지 않았고, 입구가 훨씬 더 작기도 했기 때문이다. 그러나 나는 주저하지 않고 내려갔다. 그리고 전처럼 로프를 몸에 감고 발부터 먼저 들여놓으며 대담하게 잠수해서 순식간에 선석으로 갔고 단번에 도끼를 찾아서 올라왔다. 동료들은 기뻐서 신나게 환호했고 도끼의 손쉬운 발견이 우리의 궁극적 생존에 대한 상서로운 전조로 느껴졌다.

우리는 이제 되살아난 희망에서 솟아난 모든 힘을 다 동원해서 갑판을 부수기 시작했다. 피터스와 내가 교대로 도끼를 찍었는데, 팔을 다친 어거스터스에게는 우리를 도울 방법이 전혀 없었다. 우리는 아직도 워낙 힘이 없어서 기대지 않으면 서기도 힘든 지경이었고 1, 2분만 일을 해도 쉬지 않으면 안 되었다. 그래서 우리의 과제를 달성하려면, 즉 갑판을 부수어서 저장실로 자유롭게 드나들 만한 공간을 만들려면 여러시간이 걸릴 것이 곧 분명해졌다. 그러나 그런 생각 때문에 용기를 잃지는 않았다. 그리고 달빛에 의지해서 밤새도록 일한 끝에 23일의 아침이 밝아올 무렵에는 목적을 달성했다.

이제 피터스가 잠수를 자청했다. 그리고 전처럼 모든 준비를 갖춘 뒤 잠수했다가 작은 단지를 가지고 돌아왔는데 거기에 올리브가 가득 채워져 있어서 우리는 너무나 기뻤다. 그것을 나눠서 게걸들린 듯 다 먹고 나서 우리는 다시 그를 내려보냈다. 그는 이번에는 기대의 최고치를 능가하며 즉시 커다란 햄과 마데이라산 포도주 한병을 가지고 돌아왔다. 술을 마구 마셨을 때의 유해한 결과에 대해서 경험한 뒤라 포도주는 조금씩만 마셨다. 햄의 경우는 뼈 부근의 2파운드를 제외하면 먹을 수 있는 상태가 아니었다. 소금물 때문에 완전히 상해 있었기 때문이다. 우리는 성한 부분을 분배했다. 피터스와 어거스터스는 식욕을 억제하지 못하고 자신들의 몫을 분배받는 즉시 다 삼켜버렸다. 그러나 더 조심스러운 성격인 나는 내 몫의 일부만을 먹었다. 그것을 먹고 난 뒤 따를 갈증이 염려되었기 때문이다. 우리는 이제 조금 휴식을 취했다. 참을 수 없을 정도로 심하게 일한 뒤였기 때문이다.

정오께에는 다소 기운을 차리고 원기를 되찾아서 우리는 다시 먹을 것을 찾으려고 시도했다. 피터스와 내가 교대로 내려갔고 해가 질 때까지 계속 뭔가를 가지고 올라왔다. 그동안 우리는 작은 올리브 단지 네개, 햄 하나, 훌륭한 마데이라산 포도주 3갤런에 가까운 양을 담고 있던 카보이 병을 찾는 등 운이 좋았고, 더욱 기뻤던 것은 그램퍼스호가 항구를 떠날 때 바너드 선장이 몇마리 가지고 탔던 갈리파고 종의 작은 거북 한마리를 발견한 일이었다. 바너드 선장은 이 항해 전에 매리피츠호를 타고 태평양 물개잡이 항해에서 돌아왔었다.

이 이야기의 뒷부분에서 나는 이 갈리파고 거북에 대해서 자주 언급하게 될 것이다. 독자들의 대부분이 아실 테지만 그 거북은 갈리파고스라고 불리우는 군도에서 주로 살고 있으며 갈리파고라는 이름도 실은 민물 테라핀 식용거북을 의미하는 스페인어 갈리파고에서 따온 것이다. 그들의 형태와 행동의 특이성으로 인해서 때때로 코끼리 거북이라고도 불리운다. 크기가 엄청나게 큰 것들이 자주 발견되기 때문에 그런 별명이 붙은 것이다. 1800파운드 이상 나가는 놈을 본 적이 있다고 증언한 항해자는 없지만, 나는 1200에서 1500파운드 정도 나가는 놈들을 몇마리 본 일이 있다. 외양은 특이하며 좀 혐오스럽기까지 하다. 걸음걸이는 무척 느리고 규칙적이며 무거운 편이다. 몸체는 땅으로부터 1피트 정도 떨어진 곳에서 움직인다. 목은 길고 극히 가늘다. 목의 길이는 흔히 18인치에서 2피트 정도에 이르며, 나는 어깨에서 대가리 끝에 이르는 거리가 3피트 10인치나 되는 놈 하나를 잡은 적도 있다. 대가리는 뱀의 대가리와 무척 닮았다. 그 녀석들은 거의 믿기 힘들 정도로 오랜 기간 동안 음식 없이 생존할 수 있으니, 배의 선창에 실은 뒤 양분을 전혀 공급하지 않고 2년을 놔두었는데도 모든 면에서 처음이나 마찬가지로 여전히 살이 찌고 건강에 이상이 없었다는 예가 많이 알려져 있다. 이 특이한 동물은 단봉낙타, 혹은 사막의 낙타를 닮은 면도 한가지 있다. 목 밑의 주머니에 지속적으로 물을 담고 있는 것이다. 1년을 꼬박 아무런 양분도 주지 않은 뒤에 잡았는데 그들의 주머니에서 너무나 달콤하고 신선한 물이 3갤런이나 나온 예도 있다. 음식으로는 주로 야생 파슬리와 셀러리, 쇠비름과 다시마, 그리고 선인장의 열매들을 먹으며, 그 거북이 발견되는 해안가의 언덕배기에 많은 선인장 열매를 먹고 건강을 무척이나 잘 유지한다.

그 거북들은 양분이 풍부한 훌륭한 음식으로 고래잡이와 그밖의 다른 태평양에서의 어업에 종사하는 수천의 선원들의 생명을 보존해준 음식임에 틀림없다.

우리가 운 좋게도 저장고에서 가지고 온 거북은 크기가 크지는 않았고 무게는 65파운드나 70파운드 정도 나갈 듯했다. 암놈인데 무척 통통하고 주머니에 1쿼트 이상의 맑고 달콤한 물을 담고 있었다. 이놈은 정말 보물이었다. 그래서 우리는 함께 무릎을 꿇고 하느님께 그렇게 적절한 구원을 주신 데 대해 열렬한 감사를 바쳤다.

입구를 통해 그 짐승을 가지고 나오는 것은 무척 힘들었다. 거북이 심하게 몸부림을 쳤는데, 힘이 무척 셌기 때문이다. 그 녀석이 피터스의 손아귀에서 빠져나와 물로 다시 미끄러져 들어가려는 찰나에 어거스터스가 그 목을 향해 풀매듭으로 로프를 던져서 내가 피터스 곁으로 뛰어가 그가 그 거북을 들어올리는 것을 도울 때까지 잡고 있었다.

우리는 물을 거북의 주머니에서 단지로 조심스럽게 옮겼다. 우리가 이전에 선실에서 단지를 가져왔던 일을 독자들은 기억할 것이다. 그렇게 한 뒤에 우리는 병의 목을 따서 코르크를 가지고 약 8분의 1파인트가 채 안 되는 일종의 잔을 만들었다. 그런 뒤 우리는 돌아가면서 그 잔을 가득 채워 마시고 그런 식으로 그것이 바닥날 때까지 하루에 그 만큼씩만 마시기로 결정했다.

최근의 이삼일 동안은 날씨가 건조하고 상쾌했으며 선실에서 가져온 침구와 우리의 옷이 완전히 말라서 우리는 그날밤을 비교적 편하게 지내며 올리브와 햄, 그리고 적은 양의 포도주로 저녁을 충분히 먹은 후 조용히 휴식을 즐겼다. 만일 바람이 분다면 우리가 저장한 음식의 일부를 밤 동안 잃을 수도 있었기 때문에 우리는 그것을 권양기의 파편에 끈으로 최대한 잘 묶어놓았다. 거북은 가능한 한 오래 살려두려고 뒤집어서 조심스럽게 묶어놓았다.

13장

7월 24일. 그날 아침은 기분과 기운을 무척 회복한 상태에서 시작했다. 우리의 상황은 여전히 상당히 위태로운 것이었다. 육지에서 무척 멀리 떨어져 있는 것은 분명했지만 정확한 위치를 알 수 없었고 아무리 신중하게 먹는다 해도 가지고 있는 양식으로 15일 이상을 지탱할 수 없었으며 물은 거의 바닥나 있었다. 그리고 한점 보잘것없는 난파선에 실려 바람과 파도의 자비에 전적으로 맡겨진 채 떠돌아다니고 있는 상황이었다. 하지만 훨씬 더 끔찍한 고난과 위험을 오로지 하느님의 가호 덕분에 방금 빠져나온 우리에게 그때 견뎌야 하는 것들은 거의 일상적인 악 이상은 아닌 것처럼 느껴졌다. 선과 악은 그렇게 엄밀하게 상대적이었다.

해가 뜰 무렵 우리가 저장고에서 물건을 가지고 오는 일을 재개하려고 준비하고 있는데, 번개가 치면서 시원한 소나기가 쏟아졌다. 그래서 우리는 얼른 주의를 돌려 앞서도 그런 목적으로 사용한 바 있던 시트를 이용해서 물을 받았다. 우리에게는 앞돛대 아래 고정용 철제 막대 중 하나로 중앙을 고정시킨 뒤 시트를 펼쳐서 잡는 것 외에는 빗물을 받을 다른 방법이 없었다. 그렇게 해서 중앙으로 모인 물은 우리의 단지 속으로 내려갔다. 그런 방식으로 단지를 거의 다 채웠는데 북쪽에서 강한 돌풍이 불어왔다. 그 바람에 배가 다시 심하게 흔들려서 더이상 서 있을 수 없었기 때문에 물 받기는 중지해야 했다. 이제 우리는 앞쪽으로 가서 권양기의 남은 부분에 전처럼 우리 자신을 묶어맨 다음 예상보다, 혹은 그런 상황에서 상상할 수 있던 것보다 훨씬 더 침착하게 그 사태가 지나가기를 기다렸다. 정오에 돛을 둘로 줄여야 할 정도로 바람이 세어졌고 밤에는 강한 돌풍이 되었으며 엄청난 파도도 동반되었다. 그러나 우리는 우리를 묶어매는 최선의 방법을 경험으로 터득한 터라 이 음울한 밤을 비교적 안전하게 견뎌냈다. 매 순간 바닷물에 흠뻑 젖고 순간적으로 파도에 휩쓸릴지도 모른다는 공포에 시달리기는 했지만, 다행히도 날씨가 워낙 따뜻해서 물이 우리를 휩쓸 때도 괴롭기보다는 반가웠다.

7월 25일. 그날 아침에는 돌풍이 단순한 10노트의 순풍으로 줄었고 바닷물도 더불어 상당히 잔잔해져서 갑판 위에 있을 때도 우리는 젖지 않았다. 그러나 안타깝게도 그토록 조심스럽게 묶어놓은 올리브 단지 두개와 햄 전부가 파도에 휩쓸려가고 없었다. 우리는 당분간은 거북을 죽이지 말고 올리브 몇알과 물 조금으로 아침식사를 하기로 했다. 물은 포도주와 절반씩 섞었는데, 적포도주를 마셨을 때 뒤따랐던 끔찍한 취기를 면하면서도 위안과 기운을 얻을 수 있었다. 파도는 저장고에서 먹을 것을 가져오려는 노력을 재개하기에는 여전히 너무 거칠었다. 낮 동안 현 상황에서는 아무런 도움도 되지 않을 물건들이 열린 공간을 통해서 빠져나와 떠오르는 즉시 파도에 휩쓸려갔다. 이제 선체가 훨씬 더 기울어서 몸을 묶지 않고는 단 한순간도 그냥 서 있을 수 없는 지경이 되었다. 그래서 우울하고 불편했다. 정오에는 해가 머리 바로 위에 있었는데, 우리는 북풍과 북서풍이 오래 지속되다보니 적도 근처에 도착한 것이 틀림없다고 판단했다. 저녁이 다가옴에 따라 상어 몇마리가 눈에 띄었고 그중에서 엄청나게 큰 놈 하나가 우리를 향해서 과감하게 돌진하는 모습을 보고 다소 놀랐다. 한번은 배가 크게 흔들리면서 갑판이 무척 깊이 잠겼는데, 그러자 그 상어가 진짜로 우리를 향해 다가왔고 잠시 동안 갑판 승강구 바로 위에 머물며 꼬리로 피터스를 세게 쳤다. 다행히 마침내 심한 파도가 그 상어를 배 밖으로 쫓아주었다. 날씨만 온화했더라면 그 상어를 쉽게 잡을 수도 있었을 것이다.

7월 26일. 이날 아침 바람은 무척 잠잠해졌고, 바다도 그다지 사납지 않아서 우리는 저장고에서 물건 가져오는 일을 재개하기로 했다. 하루 종일 갖은 고생 끝에 우리는 그곳에서 더는 나올 것이 없으며 밤 동안 그 방의 칸막이가 떨어져서 내용물이 선창으로 쓸려간 것이 틀림없다는 사실을 깨닫게 되었다. 더불어 우리는 독자들도 짐작할 수 있다시피 무척 절망하게 되었다.

7월 27일. 바람이 여전히 북쪽과 서쪽에서 가볍게 불고 바닷물이 잔잔했다. 오후에는 해가 뜨겁게 내리쬐었기 때문에 우리는 열심히 옷을 말렸다. 바닷물로 목욕을 해 갈증을 많이 달랬고 다른 면으로도 무척 위안을 얻었다. 그러나 낮 동안 몇마리의 상어가 배 주변에서 유영을 하고 있는 것이 눈에 띄었기 때문에 상어에게 공격당할까봐 두려웠다. 그래서 목욕을 할 때 무척 조심해야 했다.

7월 28일. 여전히 날씨가 좋았다. 배는 이제 놀랄 정도로 기울어서 우리는 그러다 결국 배가 전복될까봐 두려웠다. 그런 위기에 대비해서 최대한의 조처를 취했다. 거북과 물단지, 두개의 남아 있는 올리브 단지도 선체 밖 주 체인 아래 놓고 최대한 바람 방향으로 묶어놓았다. 바람이 거의 없어서 바다는 하루 종일 잔잔했다.

7월 29일. 같은 날씨가 계속되었다. 어거스터스의 다친 팔은 괴사 증상을 보이기 시작했다. 그는 졸음과 극심한 갈증을 호소했지만 고통은 심하지 않았다. 올리브에서 꺼낸 약간의 식초를 상처에 대고 문지르는 것 이상으로 도움을 주지 못했고 그렇게 해서 무슨 도움이 된 것 같지도 않았다. 우리는 그를 편하게 해주기 위해서 최대한 노력했고 그에게는 다른 사람 세배의 물을 주었다.

7월 30일. 바람이 전혀 없이 극도로 더운 날이었다. 거대한 상어가 오전 내내 선체 곁에 바짝 붙어 있었다. 우리는 올가미를 만들어 그놈을 잡아보려고 애를 썼지만 효과를 보지 못했다. 어거스터스의 상태가 훨씬 나빠졌는데, 상처가 난 탓도 있지만 양분 섭취가 결핍된 것도 원인임이 분명했다. 그는 계속해서 고통에서 해방되기만을, 죽기만을 바라며 기도했다. 그날 저녁 우리는 마지막 남은 올리브를 다 먹고 단지 안에 있던 물이 상해서 포도주를 더하지 않고는 삼킬 수도 없다는 사실을 알게 되었다. 아침에 거북을 잡기로 결정했다.

7월 31일. 선체의 위치 때문에 극도로 염려하며 피로한 밤을 보낸 뒤 우리는 거북을 잡아서 바르는 일에 착수했다. 거북은 우리가 기대했던 것보다 훨씬 작았는데 그래도 상태는 좋았다. 고기 전체의 양이 10파운드를 넘지 않는 듯했다. 이 고기를 최대한 오래 보존하기 위해서 우리는 그것을 아주 잘게 자른 뒤 그것들을 남은 세 개의 올리브 단지와 포도주병에 (우리는 그것들을 모두 보관해왔다) 채우고 나서 올리브에서 나온 식초를 부었다. 이렇게 해서 우리는 3파운드의 거북을 저장했다. 나머지를 다 먹을 때까지는 그것에 손을 대지 않기로 작정한 것이다. 우리는 하루에 약 4온스의 고기를 먹는 것으로 양을 제한하기로 결론을 내렸다. 그렇게 하면 13일 동안의 양식이 확보될 것이었다. 석양 무렵에 심한 천둥번개와 함께 사나운 소나기가 쏟아졌는데 지속 시간이 워낙 짧아서 물을 반 파인트 정도밖에 받지 못했다. 우리는 그것 모두를 어거스터스에게 주기로 결정했다. 어거스터스가 이제 극한 상황에 달한 것처럼 보였기 때문이었다. 그는 물을 받은 시트에서 직접 물을 들이켰다. (우리가 그것을 그의 몸 위로 들어올려서 누워 있는 그의 입으로 물이 흘러들어가게 해주었다.) 우리가 카보이에서 포도주를 비워내거나 단지에서 상한 물을 따라내버리지 않는다면 이제 우리에게는 물을 담을 수 있는 용기가 하나도 남아 있지 않았기 때문이었다. 소나기가 계속되기만 했다면 그 두가지 방법 중 하나를 사용했을 것이다.

고통 속을 헤매던 어거스터스는 물을 마신 뒤에도 별 차도가 있어 보이지 않았다. 그의 팔은 손목에서 어깨까지 완전히 검은색으로 변했고 발은 얼음처럼 차가웠다. 곧 숨을 거둘 것이 틀림없었다. 그는 끔찍할 정도로 핼쑥해져 있었다. 낸터킷을 떠날 때 그의 몸무게는 127파운드였지만 지금은 최대한으로 잡아도 40~50파운드 이상 나가지 않았다. 눈은 퀭해서 거의 보이지도 않았고 뺨의 피부는 심하게 늘어져서 음식을 씹거나, 심지어는 액체를 삼키는 것도 엄청나게 힘이 드는 일이었다.

8월 1일. 똑같이 잔잔한 날씨에 숨 막히는 무더위. 갈증 때문에 너무나 힘들었다. 단지의 물은 완전히 상해서 벌레들이 득시글거렸다. 그럼에도 우리는 그것을 포도주와 섞어서 마셨다. 하지만 갈증은 별로 해소되지 않았다. 바다에서 수영하는 것이 더 도움이 되었지만 상어가 계속 어른대고 있었기 때문에 자주 할 수는 없었다. 이제는 어거스터스가 절대로 살아날 수 없다는 것이, 틀림없이 죽어가고 있다는 것이 명백했다. 그가 너무나 고통스러워 보였지만 우리는 그의 고통을 줄여줄 방법을 알지 못했다. 12시경에 그는 강한 경련을 일으켰다. 그리고 몇시간 동안 침묵을 지키다가 죽었다. 그의 죽음을 보니 앞날이 더욱더 암담했다. 우리는 의기소침해져서 하루 종일 그의 시체 곁에 꼼짝도 하지 않고 앉아서 속삭이는 소리로만 말했다. 좀 어두워진 뒤에야 용기를 내 자리에서 일어나 배 밖으로 그의 시체를 던졌다. 그 무렵 그의 시체는 표현이 불가능할 정도로 혐오스럽게 되었고 완전히 썩어문드러져서 피터스가 그것을 들려고 하자 다리 하나가 통째로 떨어져나갔다. 부패한 시체가 배 옆을 미끄러지며 바다로 떨어지자 시체 주변의 인광 때문에 일고여덟마리의 상어가 달려드는 것이 보였고, 그들이 끔찍한 이를 부딪혀가며 시체를 갈기갈기 찢는 소리가 1마일이나 떨어진 곳에서도 들릴 듯했다. 우리는 그 소리 때문에 너무나 공포에 질리고 위축되었다.

8월 2일. 마찬가지로 끔찍하게 고요하고 더운 날씨였다. 새벽이 다가왔지만 우리는 딱할 정도로 의기소침하고 기진맥진한 상태에 있었다. 단지 안의 물은 두터운 젤라틴 덩어리가 되어서 이제 완전히 무용지물이었다. 무시무시한 모습의 벌레들만 진흙과 섞여 있었다. 우리는 그것을 버리고 단지를 바닷물로 잘 씻어서 거기다 절인 거북 고기를 담은 병에서 식초를 조금 따랐다. 우리의 갈증은 이제 견디기 어려울 정도였고, 그것을 달래보려 포도주를 마셨지만 별무소용이었다. 오히려 불난 집에 부채질을 하는 격이어서 우리는 술에 무척 취해버렸다. 나중에는 술과 바닷물을 섞는 것으로 고통을 달래보려고 시도했지만 즉시 격렬한 구토로 이어졌다. 그래서 다시는 그런 시도를 하지 않았다. 하루 종일 물속에 들어갈 기회를 찾았지만 실패했다. 왜냐하면 선체가 이제 상어들에게 사방에서 완전히 포위되어 있었기 때문이다. 전날 저녁 우리의 불쌍한 동료를 게걸스럽게 먹고 비슷한 향연이 언제 또 벌어지려나 지켜보고 있는 것이 틀림없었다. 실제로 우리도 언제 위험이 닥칠지 모른다는 염려에서 전혀 자유롭지 않았다. 까딱 잘못해 미끄러지거나 한발짝만 실족해도 우리는 즉시 바람 불어오는 방향으로 유영하며 자주 우리 쪽으로 오던 이 게걸스러운 고기의 먹이가 될 판이었기 때문이었다. 우리가 아무리 소리를 지르거나 요란한 동작을 해도 그들은 놀라지 않았다. 그들 중 가장 큰 녀석 하나는 피터스의 도끼를 맞아서 무척 심한 상처를 입었는데도 계속 우리 쪽으로 대가리를 들이밀고 있었다. 해 질 무렵에 구름이 나타났지만 비가 내리지 않고 지나가서 우리는 무척 고통스러웠다. 이즈음에 우리가 갈증 때문에 겪은 고통은 상상하기 불가능한 것이다. 우리는 그런 고통 때문에, 그리고 상어에 대한 두려움 때문에 불면의 밤을 보냈다.

8월 3일. 구원의 전망은 캄캄했고 배는 계속해서 더욱더 기울어 이제 갑판 위에 서 있기란 전혀 불가능했다. 우리는 술과 거북 고기를 단단히 묶어놓기 위해서 부산을 떨었다. 배가 전복되더라도 그것들을 잃지 않기 위해서였다. 앞의 체인으로부터 튼튼한 대못 두 개를 꺼냈다. 그리고 도끼를 이용해 그것들을 물에서 1~2피트 정도 떨어진 곳에 바람 방향으로 선체에 박았다. 우리가 보의 끝 가까이에 있었고 이곳이 용골에서 그다지 멀리 떨어지지 않은 곳이었기 때문이었다. 우리는 이 대못에 음식을 걸었다. 체인의 아래인 이전 장소보다는 이곳이 더 안전했기 때문이다. 하루 내내 갈증 때문에 무척 힘들었다. 상어가 계속 우리 주위를 맴돌고 있었기 때문에 바닷속에 들어갈 수가 없었다. 자는 것도 불가능했다.

8월 4일. 해가 뜨기 조금 전에 선체가 엎어지는 느낌이 왔다. 그래서 배 밖으로 내던져지지 않도록 일어섰다. 처음에는 배가 천천히, 조금씩 흔들거렸는데, 먹을 것을 지키려고 우리가 대못을 치고 로프를 걸어 미리 대비해놓았기 때문에 바람 방향으로 기어가는 일은 어렵지 않았다. 그러나 우리는 충격이 점점 강해지는 것까지 계산에 넣지는 못했었다. 곧 너무 심한 각도로 배가 곤두서서 대처하기가 힘들었다. 그리고 우리 둘 다 무슨 일이 일어나고 있는지 미처 깨닫기도 전에 우리는 바닷물 속으로 내동댕이쳐져서 우리 바로 위에 있던 거대한 선체 아래 몇척 물속에서 미친 듯 발버둥 치게 되었다.

물 밑으로 빠지는 순간 나는 로프를 잡고 있던 손을 놓을 수밖에 없었다. 그리고 내가 완전히 배 아래로 떨어졌다는 사실을 알게 되었다. 더욱이 완전히 기진맥진한 상태였기 때문에 그다지 살려는 노력도 하지 않은 채 몇초 동안 그저 죽기만을 기다리고 있었다. 그러나 내 기대는 어긋났다. 바람 쪽으로 자연스럽게 다시 일어나는 선체의 회복력에 대해 고려하지 않았기 때문이다. 배가 부분적으로 뒤로 돌다가 물의 소용돌이가 위로 올라가면서 나는 물속에 빠질 때보다 더 격렬하게 물 위로 올라가게 되었다. 능력껏 짐작컨대 물 위로 올라간 뒤에 나는 내가 선체로부터 20야드 정도 떨어진 곳에 있다는 사실을 깨닫게 되었다. 배는 용골을 위로 하고 누워서 미친 듯 좌우로 흔들리고 있었고 바닷물은 사방에서 솟아오르며 강한 소용돌이를 만들어내고 있었다. 피터스의 모습은 아무 데서도 보이지 않았다. 기름통 하나가 근처에 떠 있었고 배에서 나온 여러가지 물건들이 흩어져 있었다.

이제 내 주된 공포의 대상은 상어들이었는데, 그들이 가까이 있는 것은 틀림없었다. 가능하다면 그 상어들이 내 쪽으로 다가오는 것을 저지하기 위해서 나는 선체를 향해 수영을 하면서 양손과 양발을 힘차게 저어 주변에 거품을 많이 냈다. 그것이 무척 단순한 방법이긴 했지만 나는 내가 그 덕분에 살아났다고 확신한다. 배가 전복되기 전에 배 주변의 바닷물에 상어가 득시글거리고 있어서 내가 수영을 하는 동안 그것들과 직접 닿았음에 틀림없었고 실제로 그랬기 때문이었다. 하지만 정말로 다행스럽게도 나는 안전하게 배 곁에 도달했다. 그러나 온 힘을 다해 수영한 끝이라 완전히 기진맥진했고, 때마침 피터스가 나타나서 도와주지 않았더라면 나는 절대로 배 위로 올라가지 못했을 것이다. 피터스가 (선체의 반대쪽에서 용골 쪽으로 기어올라간 뒤) 마침 그곳에 나타나서 내가 대못에 부착했던 로프들 중의 한끝을 내게 던져주었던 것이다.

위험을 간신히 벗어났지만 이제 너무도 끔찍한 다른 위기가, 우리가 피할 수 없는 위기가 닥쳐왔다. 새 위기는 절대적인 굶주림이었다. 우리가 단단히 묶어놓았던 음식들 모두가 물살에 휩쓸려가고 없었다. 더이상 음식을 구할 가능성이 거의 없다고 해도 과언이 아니었기 때문에 우리는 둘 다 절망에 빠져서 어린아이들처럼 엉엉 울었고 서로를 위로해보려는 시도도 하지 못했다. 그와 비슷한 상황에 처해보지 않은 사람들에게는 그런 연약함은 상상하기도 힘들고 아마도 부자연스러워 보일 것이 틀림없다. 하지만 결핍과 공포를 너무나 오래 겪어온 끝이라 우리의 지력은 완전히 뒤죽박죽되어 있었다. 그 시기의 우리를 합리적인 존재로 여기는 것은 타당하지 않다는 점을 기억할 필요가 있다. 나중의 경우, 그때와 거의 비슷하거나 더 심했던 위험 상황에서 나는 내 상황의 모든 악조건을 강인하게 견뎌냈다. 피터스도 당시의 어린애 같은 연약함과 우둔함만큼이나 믿기 힘들 정도로 극기의 정신을 보였다는 사실을 독자들도 나중에 알게 될 것이다. 정신 상태가 그런 차이를 가져온 것이었다.

배가 전복되며 술과 거북을 상실했음에도, 만일 우리가 여지껏 빗물을 받는 데 요긴하게 썼던 시트와 그렇게 받은 물을 보관했던 단지가 사라진 일만 아니었다면 사실상 상황은 전보다 더 악화된 것도 아니었을 것이다. 배 밑바닥 전체, 즉 선체 바깥 판 2, 3피트 아래에서부터 용골에 이르기까지 커다란 따개비가 다닥다닥 붙어 있는 것을 발견했는데, 그것들이 영양가가 무척 높은 훌륭한 양식이었기 때문이다. 그리하여 두가지 중요한 면에서 그렇게 우리의 공포의 대상이었던 그 사고는 우리에게 피해를 주기보다는 이득이 되었다. 즉 신중하게 먹는다면 한달 이상을 버틸 만큼의 음식을 공급해주었다. 또한 우리의 위치가 더 안정적이어서 전보다 훨씬 편해졌고 위험도 더할 나위 없이 줄어들어 있었다.

그러나 물을 구하기가 어려워서 우리는 상황 변화에 따른 이점을 제대로 볼 수가 없었다. 우리는 소나기가 올 경우에 최대한 대비하기 위해서 셔츠를 벗어서 그것들을 시트처럼 사용하기로 결정했다. 그렇게 했을 때 물론 상황이 최선이라 하더라도 한번에 8분의 1파인트 이상은 확보할 가망이 없었다. 낮 동안 구름 한점 보이지 않았고 갈증으로 인한 고통은 견디기 불가능할 정도였다. 밤에 피터스는 한시간 정도 불안한 잠을 잤지만 나는 너무나 심한 고통 때문에 한순간도 눈을 붙이지 못했다.

8월 5일. 이날은 산들바람이 불어와서 우리에게 많은 양의 해초를 가져다주었는데 그 가운데서 우리는 작은 게 열한마리를 발견하는 행운을 누렸고, 그 게는 몇끼의 맛있는 식사를 제공해주었다. 껍질이 무척 부드러워서 통째로 먹을 수 있었고 따개비보다는 그것을 먹고 난 뒤의 갈증이 덜하다는 사실도 알게 되었다. 해초들 가운데 상어가 안 보여서 우리는 해수욕을 했고 네다섯시간 동안 물속에 있었으며, 그동안 갈증이 많이 줄어드는 것을 느꼈다. 우리는 기운을 많이 차렸고 전날 밤보다 조금 편하게 밤을 보냈다. 둘 다 조금씩 잠을 잘 수 있었다.

8월 6일. 다행히도 비가 기운차게 지속적으로 내렸다. 비는 정오부터 내리기 시작해서 어두워진 뒤까지 지속되었다. 우리는 단지와 카보이를 잃은 것이 너무나 안타까웠다. 왜냐하면 물을 받는 방법이 형편없었음에도 만일 우리가 그것들을 가지고 있었더라면 둘 다는 아니더라도 하나는 채울 수 있었을 테니까 말이다. 하지만 어쩔 수 없이 우리는 셔츠를 적신 뒤 그것을 짜서 입속으로 떨어지는 물을 감사하는 마음으로 받아마시며 갈증을 만족시킬 수밖에 없었다. 이렇게 하는 데 하루를 다 보냈다.

8월 7일. 동이 틀 무렵 우리 두 사람이 동시에 동쪽에서 돛을 보았고, 그것은 우리를 향해 오고 있는 것이 분명했다! 우리는 비록 미약했지만 기쁨의 고함 소리를 오래오래 지르며 그 굉장한 광경을 반갑게 맞이했다. 그리고 즉시 우리가 동원할 수 있는 온갖 신호를 보내기 시작했다. 우리의 셔츠를 공중에 흔들고 기운 없는 몸이나마 최대한 높이 뛰었으며 그 배가 15마일 이상 떨어진 곳에 있었지만 우리는 허파의 힘을 다해서 고함을 지르기까지 했다. 그 배는 계속 해서 우리 쪽으로 다가오고 있었고, 만일 그 배가 같은 경로로 계속 운항한다면 우리 곁에 도착해서 우리를 알아볼 수밖에 없다고 판단되었다. 그 배를 처음 발견한 뒤 한시간쯤 지난 후에 그 배에 있는 사람들의 모습이 분명히 보였다. 그 배는 몸체가 길고 낮으며 윗돛대의 돛이 날씬하게 생긴 스쿠너로서 앞윗돛대의 돛에 검은 공 모양이 있었고 선원이 충분히 승선하고 있는 것으로 보였다. 이제 그 배가 우리를 못 보는 것이 가능하다고는 상상도 할 수 없는 상황이었는데, 우리를 그냥 죽도록 놔두고 갈 작정은 아닌지 염려되어서 조바심이 났다. 그런 일은 끔찍한 야만 행위였지만 아무리 믿을 수 없는 일이라 해도 비슷한 상황에서 인간이라는 종에 속하는 존재들이 반복적으로 행해온 일이었다.[4] 하지만 이 경우에는

4 **원주** 보스턴의 배인 폴리호의 경우가 그런 예로서, 그 배의 운명은 여러 면에서 우리 배의 그것과 비슷했으므로 여기서 그것을 언급하지 않을 수 없겠다. 130톤급의 그 배는 카스노 선장의 지휘하에 목재와 식량을 싣고 보스턴을 출발해서 1811년 12월 12일 싼타크루아로 출발했다. 그 배에는 선장 외에 항해사와 선원, 요리사, 그리고 헌트 씨라는 사람과 그가 데리고 탄 흑인 여자아이까지 여덟명이 타고 있었다. 15일에 조지스 모래톱을 벗어난 뒤 그 배는 남동쪽에서 폭풍우를 맞아 물이 샜고 마침내 전복되었다. 그러나 돛대가 배 옆으로 있었기 때문에 배는 다시 제자리로 돌아왔다. 그들은 불도 없고 식량도 거의 없이 191일(12월 15일에서 6월 20일까지)을 지냈는데 유일한 생존자인 카스노 선장과 쌔뮤얼 배저는 헐에서 출항해 페더스톤 선장 지휘하에 리우데자네이루로 귀항하던 페임호에 의해서 구조되었다. 그들은 약 2000마일을 떠다니다가 북위 28도 서경 13도 지점에서 구조되었다. 7월 9일 페임호는 드로미오호와 마주쳐서 그 배의 선장 퍼킨스가 두 조난자를 케네벡에서 하선시켰다. 이 자세한 이야기는 다음과 같은 말로 끝나고 있다. '대서양에서 가장 배의 왕래가 많은 곳에서 그들이 그동안 내내 다른 배에 의해서 발견되지 않고 왜 그렇게 먼 거리를 떠다녔느냐고 묻는 것은 자연스러운 일이다. 한타(打) 이상의 배가 그들을 지나쳤고, 그중 하나는

하느님의 자비 덕분에 우리가 오해했다는 사실을 깨닫고 행복해했다. 곧 그 낯선 배의 갑판에서 갑자기 소동이 일어나는 것이 느껴졌다. 그리고 곧이어 영국 국기가 올라가더니 그 배가 바람을 몰고 우리를 향해 곧장 다가왔다. 반시간 후에 우리는 그 배의 선실 안에 있게 되었다. 그 배는 리버풀의 가이 선장이 지휘하던 제인가이호로서 남태평양과 태평양에서 물개잡이와 무역을 하던 배였다.

무척 가까운 데까지 왔기 때문에 그들이 갑판 위와 삭구 장치 위에서 자신들을 바라보고 있는 사람들을 분명히 볼 수 있을 정도였다. 하지만 그들은 굶주리고 추위에 떨던 사람들을 형언할 수 없는 정도로 실망시키며, 동정심의 명령을 억누르고 돛을 올린 채 그들을 자신들의 운명에 잔인하게 맡기고 떠나갔다.'

14장

제인가이호는 무척 훌륭한 모습의 180톤급 쌍돛배였다. 이물쪽이 특히 뾰족했고 온화한 날씨에 바람이 불면 내가 본 배 중 가장 빠르게 항해했다. 그러나 폭풍이 심한 바다의 배로는 아주 훌륭한 것은 못 되었고 물을 받아들이는 정도가 그 배의 용도로는 너무 컸다. 그런 목적에는 크기가 더 크면서 물이 더 적게 드는 배, 즉 300에서 350톤급의 배가 바람직하다. 바크식 삭구 장치[5]가 되어 있어야 하며, 다른 면으로도 보통 남태평양을 항해하는 배들과는 구조가 달라야 한다. 그리고 절대적으로 무장이 잘되어 있어야 한다.

---

5 바크식 삭구 장치가 되어 있는 배는 돛대가 세개에서 다섯개까지 있고, 배의 길이와 평행으로 돛을 올려야 하는 뒷돛대를 제외하면 모든 돛을 배의 길이와 직각으로 올린다.

예컨대 열문이나 열두문의 12파운드짜리 함포, 두세문의 긴 12인치 포, 놋쇠로 된 나팔총, 그리고 양쪽 끝에 방수가 된 무기고가 갖춰져 있어야 한다. 닻과 줄은 다른 용도의 배에 필요한 것보다 훨씬 더 강한 것이어야 하고 무엇보다도 선원들이 많고 유능해야 한다. 내가 묘사한 그런 배를 위해서라면 적어도 50~60명의 건장한 선원이 필요하다. 제인가이호에는 선장과 항해사를 제외하고 서른다섯명의 선원이 있었는데 그들은 모두 유능한 선원이었다. 하지만 무기나 다른 면에서 그 일의 어려움과 위험에 익숙한 항해자가 바람직하다고 생각할 만큼 잘 갖춰져 있는 배는 아니었다.

가이 선장은 무척 세련된 매너를 가진 신사였고 남태평양에서 오래 항해했기에 상당한 경험이 있었다. 그러나 그는 정력적인 사람은 아니었고, 따라서 자신의 직업에 절대적으로 필요한 모험 정신이 부족했다. 그는 자신이 운항하고 있는 배의 부분적인 소유자였고 쉽게 손에 넣을 수 있는 어떤 상품이든 남태평양에서 운반할 수 있는 재량권을 가지고 있었다. 그의 배에는 흔히 그렇듯 구슬과 거울, 부싯깃, 도끼, 손도끼, 톱, 까뀌, 대패, 정, 둥근끌, 송곳, 철끈, 바큇살 대패, 나무줄, 망치, 못, 칼, 가위, 면도, 바늘, 실, 도자기 그릇, 사라사, 장신구, 기타 등등을 싣고 있었다.

그 배는 리버풀에서 7월 10일 출항해 25일 북회귀선을 서경 20도에서 통과하고 29일 까보베르데 군도 중의 하나인 쌀에 도착해서, 그곳에서 항해에 필요한 소금과 다른 필수품들을 보충했다. 8월 3일에는 까보베르데 군도를 떠나서 서경 28도에서 30도의 자오선 사이로 적도를 통과해 남서쪽으로 브라질 해안을 향해 가고 있었다. 이것은 유럽에서 희망봉 쪽으로 가거나 희망봉을 경유해 동인도제도 쪽으로 갈 때 배들이 보통 택하는 경로이다. 그렇게 전진함으로써 그들은 기니 해안에 항상 있는 무풍 상태와 심한 역류를 피할 수 있다. 그리고 그 경로 후에는 희망봉에 도달할 때까지 꾸준히 서풍을 받게 되므로 결국은 그것이 가장 단거리라는 사실을 알게 된다. 이유는 잘 모르겠지만 가이 선장은 우선 께르겔렌 제도에 기항할 예정이었다. 그의 배는 우리가 구출된 날 서경 31도의 쌍로께 곶 바로 근처를 지나가고 있었다. 그래서 우리가 아마도 북쪽에서 남쪽으로 적어도 25도 정도 떠내려가고 있다가 발견된 것 같다.

제인가이호에서는 우리의 처참한 상황에 적절한 모든 친절한 대접을 해주었다. 순풍과 순조로운 날씨를 꾸준히 유지하며 남동쪽을 향해 가던 약 15일 동안 피터스와 나는 둘 다 굶주림과 끔찍한 고생의 여파에서 완전히 회복되었다. 그래서 지난 일들이 실제 현실 속에서 맨정신으로 겪은 것이라기보다는 다소 끔찍한 꿈이었는데 우리가 거기서 깨어난 것이라고 느껴지기 시작했다. 나는 그 이후로 이런 식의 부분적인 망각이 갑작스러운 변화—기쁨에서 슬픔으로건, 그 역이건—에서 비롯된다는 것을, 그리고 망각의 정도는 변화의 정도에 비례한다는 것을 알게 되었다. 그러므로 내 경우는 이제 그 선체에서 보낸 날들 동안 내가 견뎌내야 했던 참경을 충분히 깨닫는 것이 불가능하다고 느껴졌다. 그 사건들 자체는 기억할 수 있었지만 그것들이 일어나고 있던 당시에 내가 느꼈던 감정은 기억할 수 없었다. 그 일들이 일어나고 있었을 때 인간의 본성이 그와 같은 격통 속에서 더는 견뎌낼 수 없다고 생각했다는 것만을 기억하고 있다.

우리는 가끔 고래잡이배를 만나거나 경랍과 구별해서 검은 고래 혹은 참고래라고 부르는 고래를 더 자주 만나는 일 외에는 큰 사건 없이 몇주 동안 항해를 계속했다. 그 고래들은 주로 위도 25도 이남에서만 발견되었다. 9월 16일에는 희망봉 근처에 있었기 때문에 그 배는 리버풀을 떠난 뒤 처음으로 상당히 격렬한 폭풍우를 만나게 되었다. 이 근처에서는, 더욱이 희망봉의 남동쪽에서는 (우리는 서쪽으로 가고 있었다) 항해사들이 북쪽을 향한 엄청난 광란의 폭풍과 더 자주 싸워야 한다. 그것들은 항상 심한 파도를 몰고 오는데다 가장 위험한 특징 중의 하나는 바람이 순식간에 마구 방향을 바꾸는 것으로 이런 일은 폭풍우가 극심한 순간 어김없이 일어난다. 완벽한 허리케인이 북서쪽이나 북동쪽에서 한순간 불어오다가 다음 순간에는 그 방향에서 바람이 전혀 느껴지지 않는다. 그러는 사이에 남서쪽에서 갑자기 상상하기 힘들 정도로 거센 바람이 불어올 것이다. 남쪽에서 눈에 띄는 밝은 점은 그런 변화의 전조이며 배들은 그 점들을 보고 적절한 준비를 할 수 있다.

무운돌풍과 함께 폭풍이 나타난 것은 아침 6시경이었고 평소와 마찬가지로 북쪽에서 불어왔다. 8시경에는 강도가 심해졌고 내가 전에 한번도 본 적이 없는 엄청난 크기의 파도가 몰아쳤다. 모든 장비들은 최대한 늦춰졌으나 배는 심하게 요동쳤고 해상 여행을 하기에 적합하지 않은 특징들을 드러내고 있었다. 선수루가 매번 곤두박질을 쳤으니, 파도 하나를 간신히 넘기고 어렵사리 균형을 되찾으면 즉시 다시 물속으로 곤두박질치곤 했다. 해가 지기 바로 전에 우리가 경계하고 있던 밝은 점이 남서쪽에 나타났고, 한시간 후에 우리가 올려놓은 작은 삼각돛이 펄럭대며 돛대를 마구 때렸다. 모든 대비를 해놓았음에도 2분 후에는 요술에라도 걸린 듯 보의 끝을 축으로 배가 내동댕이쳐졌고 엄청난 거품이 누워 있는 우리 위로 고스란히 덮쳐왔다. 그러나 다행히도 남서쪽에서 불어오던 바람이 일회성 돌풍에 지나지 않는 것으로 드러났으니, 우리는 너무도 운이 좋아 노 한자루도 잃지 않고 배의 균형을 되찾을 수 있었다. 그뒤에 엄청난 역풍랑 때문에 몇시간 동안 고생을 하기는 했지만 아침이 되면서 폭풍이 오기 전과 거의 같은 정도로 평온한 상태를 되찾았다. 가이 선장은 그 위기를 넘긴 것이 정말로 기적 같다고 생각했다.

10월 13일에는 남위 46도 53분과 동경 37도 46분 부근에서 프린스에드워드 섬이 나타났다. 그로부터 이틀 후에는 포제션 섬 근처를 지나갔고 이윽고 남위 42도 59분과 동경 49도 부근에서 크로제 군도를 지났다. 18일에는 남인도양의 데솔레이션[6] 섬이라고도 불리는 께르겔렌 제도로 가서 수심 24피트 정도의 크리스마스 항구에 닻을 내렸다.

이 섬, 아니 군도는 희망봉에서부터 남동쪽으로 거의 800리그 떨어진 곳에 있다. 께르궐렌 혹 께르겔렌 남작이라는 프랑스 사람이 1772년에 그 섬을 발견했을 때 그것이 남쪽의 거대한 대륙의 일

6 Desolation. 영어로 '황폐함'을 뜻한다.

부라고 생각하고 그런 정보를 가지고 고향으로 돌아가서 당시에 큰 흥분을 자아냈었다. 정부가 그 정보에 기반해서 이듬해에 이 새로운 발견지를 제대로 조사하기 위해서 그 남작을 다시 보냈는데, 그때 그 정보가 오류라는 사실이 확인되었다. 1777년에 쿡[7] 선장이 같은 군도를 마주치게 되어서 그중의 주요 섬을 데솔레이션 섬이라고 명명했는데 그 황량한 장소에 적절한 이름이었다. 그러나 그 땅에 접근하는 항해사는 그 섬이 황량하지는 않다는 인상을 받을 수도 있는데, 언덕의 측면 대부분이 9월에서 3월까지 무척 밝은 초록색 옷을 입고 있기 때문이다. 이 기만적인 외양은 바위취속의 식물을 닮은 작은 식물이 바스라지는 이끼류 위에 무더기로 풍부하게 자라고 있는 데서 기인한 것이다. 이외에는 그 섬에서 거의 아무런 식물의 모습도 보이지 않았다. 항구 부근에서 자라는 거칠고 무성한 잡초와 약간의 이끼, 그리고 끝에 씨가 달린 듯한 양배추를 닮은 쓰고 매운 맛의 관목이 전부였다.

초원의 표면은 언덕이 져 있고, 그 언덕들 중의 어느 것도 높지는 않았다. 꼭대기는 만년설로 덮여 있었다. 몇개의 항구가 있었는데 그중에서 크리스마스 항구가 가장 편리한 곳이다. 북쪽의 해안에 있는데, 독특한 모양으로 인해서 항구를 구획짓고 있으며, 프랑수아 곶을 지난 뒤 섬의 북동쪽에서 처음 마주치는 곳이다. 불쑥 튀어나온 곳은 높은 바위로 끝나는데 그곳에 커다란 구멍이 나 있고 그래서 자연스럽게 아치를 형성하고 있다. 입구는 남위 48도

7 James Cook(1728~79). 영국의 탐험가이자 항해가.

40분, 동경 69도 6분이다. 그 안으로 들어가면 몇개의 작은 섬 주변은신처 아래에서 닻을 내리기 좋은 곳이 발견되며, 그 섬들은 모든 동풍으로부터 배를 잘 보호해준다. 이 정박지에서 동쪽으로 나아가면 항구의 끝에서 워스프 만에 닿는다. 그곳은 완전히 육지에 둘러싸인 작은 웅덩이를 이루고 있으며 24피트 정도의 깊이로, 10시에서 3시까지 단단한 진흙 바닥에 정박할 수 있다. 배는 이곳에서 일년 내내 최상의 나무 그늘에서 전혀 위험에 노출되지 않은 채 정박해 있을 수 있다. 서쪽으로 워스프 만의 정중앙에는 맑은 물이 흐르는 작은 시내가 있는데, 접근이 용이하다.

께르겔렌 제도에서는 모피와 털을 제공하는 종의 물개가 지속적으로 발견되고 있으며 코끼리바다표범도 풍부하다. 깃털 짐승도 무척 많다. 펭귄은 무척 많은데 네종류가 있다. 몸집과 아름다운 깃털 덕분에 로열펭귄이라는 이름을 갖게 된 종이 덩치가 가장 크다. 상체는 보통 회색이며 때때로 라일락 색을 띄기도 한다. 하체는 우리가 상상할 수 있는 가장 하얀색이다. 대가리는 윤이 흐르고 무척 반짝이는 검은색이며, 발도 마찬가지이다. 그러나 깃털의 주된 아름다움은 머리에서 가슴에 걸쳐 있는 두개의 넓은 황금색 줄에 있다. 부리는 길며, 핑크색이나 밝은 주홍색이다. 이 새들은 서서 걷는 모습이 당당하다. 머리를 높이 쳐들고 날개를 두 팔처럼 내리고 꼬리가 다리와 평행을 이루며 몸 아래로 내려가기 때문에 무척 인간의 모습을 닮았다. 얼핏 보거나 저녁의 어스름 속에서 보면 착각하기 십상이다. 우리가 께르겔렌 제도에서 만난 로열펭귄들은 거위보다 조금 더 컸다. 다른 종류로는 마카로니펭귄과 자카스펭귄,

그리고 루커리펭귄이 있다. 이것들은 훨씬 작고 깃털도 덜 아름다우며, 다른 면으로도 로열펭귄과는 다르다.

그 섬에서는 펭귄 외에도 다른 새들이 많이 발견되며, 그중에서 바다닭과 파란바다제비, 쇠오리, 오리, 포트에그먼트 닭, 유럽쇠가마우지, 케이프 비둘기, 넬리, 바다제비, 제비갈매기, 갈매기, 쇠바다제비, 풀마갈매기, 혹은 커다란 바다제비, 그리고 마지막으로 앨버트로스 등을 들 수 있다.

커다란 바다제비는 보통 크기의 앨버트로스만큼 커다란 육식동물이다. 그것은 흔히 뎅기나 물수리라고도 불리운다. 그 녀석들은 전혀 겁이 없으며 요리만 잘하면 맛이 괜찮은 음식물이다. 날아갈 때는 때때로 물 표면에 바짝 붙어 가며 날개를 활짝 펴는데 그것들을 전혀 움직이지 않는 것처럼, 혹은 어떤 종류의 노력도 기울이지 않는 것처럼 보인다.

앨버트로스는 남인도양에 사는 새들 중에서 가장 크고 가장 사나운 새들 중 하나이다. 그것은 갈매기의 일종이며 먹이를 날개에 태우고 다니며 새끼를 낳으려는 목적이 아니면 절대로 땅으로 내려가지 않는다. 이 새와 펭귄 사이에는 무척 특이한 우정이 존재한다. 그들의 보금자리는 두 종 사이의 의도적인 계획에 따라 무척 균일한 형태로 지어진다. 앨버트로스의 둥지가 펭귄 네마리의 둥지에 의해서 형성된 작은 사각형의 중심에 위치하는 식이다. 항해사들은 그런 야영지의 배치를 루커리라고 부르곤 한다. 이 루커리들에 대해서는 이미 종종 묘사된 바가 있지만 이 책을 읽는 독자들이 그 묘사를 보지 못했을 수도 있으므로, 그리고 앞으로 이 책에서 펭귄과 앨버트로스에 대해서 이야기할 기회가 있을 것이므로, 여기서 그들이 집을 짓고 사는 방식에 대해서 조금 이야기하는 것도 나쁘지 않을 것이다.

부화의 계절이 도래하면 그 새들은 많은 수가 함께 모여서 여러 날 동안 적절한 처리 방식에 대해서 의논하는 것으로 보인다. 그러다가 마침내 행동에 들어간다. 가능하다면 바다에 가까우면서도 조금 떨어져 있는 평평한 땅을 적당한 크기로, 보통 3~4에이커 정도 고른다. 그들은 표면의 평평함을 기준으로 장소를 고르고 돌맹이가 박혀 있지 않은 땅을 선호한다. 이 문제를 해결하고 나면 새들은 다 함께, 그리고 합심한 것처럼 수학적인 정확성에 바탕해서 땅의 모양에 적합하게 정사각형이나 아니면 평행사변형으로 정확히 모든 새들이 딱 들어갈 만한 크기를 정한다. 숙영지를 정하는 노력에 참여하지 않은 떠돌이새가 나중에라도 다가오는 것을 막기 위해서 그렇게 하는 듯하다. 그렇게 정해진 장소의 한 면은 물 쪽으로 평행선을 그려서 진입과 탈출을 용이하게 한다.

루커리의 경계를 정한 뒤 이제 그 서식지에서 모든 종류의 불순물을 다 제거한다. 돌맹이도 하나하나 물어서 금 밖으로 가져가 주변에 놓아서 육지 쪽의 삼면에 벽을 쌓는다. 이 벽 바로 안에 서식지를 쭉 둘러 6~8인치 넓이로 완전히 평평하고 부드러운 길을 낸다.

다음 과정은 그 구역 전체를 정확히 같은 크기의 작은 네모로 나누는 것이다. 이것은 루커리 전체를 직각으로 교차하는 무척 부드럽고 작은 길을 만듦으로써 이루어진다. 이 길들의 교차로마다 앨버트로스의 보금자리가 만들어지는데, 펭귄의 보금자리는 각 정사각형의 중앙에 놓인다. 그렇게 해서 펭귄 한마리 한마리가 네마리의 앨버트로스에 의해 둘러싸이고 각 앨버트로스 또한 같은 숫자의 펭귄에 둘러싸인다. 펭귄의 보금자리는 땅속에 판 무척 얕은 구멍으로 이루어져 있으며 그 구멍은 알 하나가 굴러가지 않을 정도의 깊이이다. 앨버트로스는 보금자리가 그보다는 더 복잡해서 높이 약 1피트 직경 약 2피트의, 흙과 해초와 조개로 이루어진 언덕을 쌓은 뒤 그 꼭대기에 보금자리를 만든다.

이 새들은 부화기 동안, 아니 실은 아기 새가 스스로를 돌볼 수 있을 만큼 자랄 때까지 한순간도 그들의 둥지를 떠나지 않고 지키려고 특별히 신경을 쓴다. 숫놈이 모이를 찾아서 바다에 나가 있는 동안 암놈이 지키고 있으며 짝이 돌아온 뒤에야 자리를 뜬다. 알은 항상 덮어둔다. 새 한마리가 둥지를 떠나면 다른 새가 그 곁에 아늑하게 자리를 잡고 있다. 이런 조심은 루커리에서 절도가 빈번한 경향이 있기 때문에 필요한 것이다. 루커리의 거주자들이 기회만 있다면 서로의 알을 주저하지 않고 훔치기 때문이다.

펭귄과 앨버트로스가 유일한 거주자인 루커리들도 있지만 대부분의 경우 다양한 바닷새가 시민권의 모든 혜택을 누리고 눈에 띄는 장소만 있으면 여기저기 그들의 둥지를 짓되 자신보다 더 큰 새의 둥지는 절대 건드리지 않으면서 지내고 있다. 그런 서식지의 모습은 멀리서 보면 무척 특이하다. 서식지 바로 위는 바다로 가거나 보금자리로 돌아오며 그 위를 계속 떠돌고 있는 (작은 새들과 섞인) 앨버트로스의 엄청난 숫자 때문에 대체로 어둡다. 동시에 많은 수의 펭귄도 볼 수가 있는데 어떤 것들은 좁은 골목에서 앞뒤로 오고 가고 어떤 것들은 그들 특유의 군대식 행진을 하며 루커리를 둘러싼 산책로를 걸어다니고 있다. 요컨대 그것을 아무리 들여다보아도 이 깃털 달린 존재들이 보여주는 정신보다 더 놀라운 것도, 규율로 잘 다져진 인간의 지성 속에서 더 훌륭한 성찰을 이끌어낼 수 있는 것도 없다.

우리가 크리스마스 항구에 도착한 날 아침에 일등항해사인 패터슨 씨가 보트를 내리고 (비록 계절이 조금 이르긴 했지만) 선장과 그의 젊은 친척 하나를 서쪽의 황무지에 있는 곳에 두고 물개를 찾으러 갔다. 그들에게는 내륙 안쪽에서 처리할 일—어떤 성격의 일이었는지는 내가 알지 못한다—이 있었기 때문이다. 가이 선장은 봉인된 편지가 든 병을 가지고 뭍에 내린 지점 근방에서 가장 높은 봉우리 중 하나로 갔다. 나중에 올 배를 위해서 그곳에 편지를 놔두려는 목적이었는지도 모르겠다. 그가 우리의 시야에서 사라지자마자 우리는 (피터스와 나는 일등항해사의 보트를 함께 탔다) 물개를 찾아서 해안을 항행했다. 이 일은 3주 동안 계속되었다. 께르겔렌 제도뿐 아니라 근처의 몇군데 작은 섬들의 모든 구석과 틈을 무척 조심스럽게 탐사했다. 그러나 우리의 노력은 큰 성공은 거두지 못했다. 물개가 무척 많이 있기는 했지만 그것들은 무척 겁이 많았고 그래서 아무리 애를 써도 모두 350개의 가죽밖에 확보하지 못했다. 코끼리바다표범은 많았다. 특히 본도의 서해안 쪽에 많았다. 하지만 그것도 스무마리밖에 잡지 못했고 그렇게 하는 것조차도 무척 어려웠다. 작은 섬들에서는 무척 많은 바다표범을 찾았지만 그냥 놔두었다. 우리가 11일에 배로 돌아갔을 때는 가이 선장과 그의 조카가 돌아와 있었는데, 내륙에 대한 그의 보고는 그곳이 세상에서 가장 음울하고 황량한 곳이라는 무척 부정적인 것이었다. 그들을 육지로부터 데리고 올 작은 보트를 큰 배에서 보내는 문제에 대해 이등항해사가 잘못 이해한 탓에 그들은 섬에서 이틀 밤을 보내야 했다.

15장

12일에는 크리스마스 항구를 떠나 서쪽으로 우리가 온 길을 되짚어 크로제 군도의 하나인 매리언 섬을 좌현으로 끼고 갔다. 그런 뒤 프린스에드워드 섬 또한 왼쪽에 끼고 지나쳤고, 조금 더 북쪽으로 방향을 틀어서 15일 만에 남위 37도 8분 서경 12도 8분에 있는 트리스탄다쿠냐 군도에 도착했다.

세개의 동그란 섬으로 이루어진, 이제는 무척 잘 알려져 있는 이 군도는 뽀르뚜갈 사람이 처음 발견했으며 그후 1643년에 네덜란드 사람이, 그리고 1767년에 프랑스 사람이 방문했다. 그 세개의 섬은 약 10마일 정도를 사이에 두고 삼각형을 이루고 있었는데, 그 섬들 사이에 훌륭한 통로가 이루어져 있다. 그 섬들의 땅은 무척 고도가 높으며 특히 트리스탄다쿠냐는 이름에 걸맞게[8] 더 그렇다. 그 섬은 세 섬 중에서 가장 큰 섬으로 주위가 15마일이 되며 날씨가 맑으면 80~90마일 정도 떨어진 곳에서도 보일 만큼 고도가 높다. 북쪽 땅의 일부는 해발 1000피트가 넘는다. 그런 높이의 고원이 거의 섬의 중앙까지 펼쳐져 있으며 이 고원으로부터 떼네리페의 화산처럼 높은 원뿔이 솟아 있다. 이 원뿔의 아랫부분은 상당한 크기의 나무들로 둘러싸여 있지만 윗부분은 바위가 노출되어 있다. 보통은 구름에 감춰져 있고 일년의 대부분 동안은 눈이 쌓여 있다. 섬에는 모래톱이나 다른 위험이 잠복해 있지 않으며 해안은 무척 깎아지른 듯하고 물은 깊다. 북서쪽 해안에는 만이 있는데 검은색 모래사장이 있고, 남풍이 분다면 보트를 타고 쉽게 상륙할 수 있다. 이곳에서는 훌륭한 물을 쉽게 구할 수 있다. 그리고 고등어나 다른 생선도 갈고리와 줄을 이용해서 잡을 수 있다.

크기가 다음으로 크고 그 군도 중에서 가장 서쪽에 있는 섬은 인액세서블[9]이라고 불리운다. 그 정확한 위치는 남위 37도 17분 서경 12도 24분이다. 주위가 7~8마일 정도 되고 어느 면으로 봐도 깎아지른 듯한 벼랑으로 둘러싸여 있다. 꼭대기는 완전히 평평하며 구역 전체가 메말라 있고 몇그루의 난쟁이 관목 외에는 자라지 않는다.

가장 작고 가장 남쪽에 있는 나이팅게일 섬은 남위 37도 26분 서경 12도 12분에 위치하고 있다. 그 남단은 바위가 울퉁불퉁한 작은

8 마그마가 맨틀 상부까지 분출해 생성된 남대서양 부근의 화산지대 트리스탄 핫스폿(Tristan Hotspot)을 말한다.

9 Inaccessible. 영어로 '접근하기 어려운'이라는 뜻.

섬이 높이 쌓인 선반으로 되어 있다. 북동부 쪽으로도 비슷한 모습의 선반이 조금 눈에 띈다. 바닥은 울퉁불퉁하고 메말라 있으며 깊은 골짜기가 부분적으로 섬을 가르고 있다.

이 군도의 해안은 제철에는 바다사자와 코끼리바다표범과 물개 및 바다표범, 그리고 다양한 종류의 바닷새들로 넘실거린다. 고래도 그 근처에 많다. 이 다양한 동물들이 이곳에서 쉽게 잡혔기 때문에 그 군도가 발견된 이래 많은 배들이 이곳으로 왔다. 초기에는 네덜란드와 프랑스 배가 자주 왔다. 1790년에는 필라델피아의 인더스트리호의 패튼 선장이 트리스탄다쿠냐에 와서 물개 가죽을 모으기 위해서 7개월(1790년 8월에서 1791년 4월까지)을 지내기도 했다. 그동안 그는 무려 5600개의 가죽을 모았고, 3주 안에 그 기름으로 커다란 배를 채우는 데 아무런 어려움이 없었다고 말했다. 그가 처음 도착했을 때는 야생 염소 몇마리를 제외하면 네발짐승을 발견하지 못했다고 한다. 그러나 지금은 그후 다른 항해자들이 가져간 소중한 온갖 가축들이 풍부하게 있다.

패튼 선장의 방문 후 얼마 지나지 않아서 미국의 쌍돛대 군함 벳시의 커훈 선장이 물을 구하기 위해서 그 섬들 중 가장 큰 섬에 닿았던 듯하다. 그는 양파와 감자, 양배추 등 다양한 채소들을 심었고 그래서 이제 그곳에서는 채소들이 무척 풍부하게 재배된다.

1811년에는 네리우스호의 헤이우드[10] 선장이 트리스탄을 방문했다. 그는 그곳에서 미국인 세명을 발견했는데, 그들은 그 섬에 거

10 Peter Heywood(1772~1831). 영국 해군 장교로 선상반란이 일어났던 바운티호에서 반란에 가담한 혐의로 사형선고를 받았으나 사면되었다.

주하며 물개 가죽과 기름을 생산하고 있었다. 그중 하나가 조너선 램버트[11]였는데 그는 자신이 그 나라의 주권자라고 주장했다. 그는 약 60에이커의 땅을 개간해서 리우데자네이루에 있던 미국의 목사가 준 커피나무와 사탕수수를 길렀다. 그러나 이 정착지는 결국 버려졌고, 그 군도는 1817년에 그곳을 소유하기 위해 희망봉으로부터 군대를 보낸 영국 정부의 소유가 되었다. 그러나 그들도 그곳에 오래 머물지는 않았다. 하지만 영국 정부가 그곳을 비우고 나서 영국인 가족 두셋이 정부와 무관하게 그곳에 정착했다. 1824년 3월 25일에 제프리 선장이 이끌던 버윅호가 런던에서 밴 디멘즈 랜드[12]로 가다가 이곳에 도착해서 전직 영국 포병 하사였던 글래스라는 이름의 영국 사람을 발견했다. 그는 그 섬의 최고통치자를 자처했고 휘하에 남자 스물한명과 여자 세명을 거느리고 있었다. 그는 그곳의 기후가 건강에 좋고 토양이 비옥하다고 말했다. 그곳 주민들은 주로 물개 가죽과 코끼리바다표범의 기름을 생산하는 일에 종사했으며, 글래스가 작은 스쿠너를 소유하고 있어서 그것들을 희망봉으로 실어다가 팔았다. 우리가 도착했을 때에는 그도 아직 있었지만 그의 작은 공동체는 숫자가 배로 늘어 있었다. 그래서 트리스탄 섬에는 쉰여섯명의 주민이 있었고 나이팅게일 섬에는 그보다 적은 일곱명이 살고 있었다. 우리는 그곳에서 필요한 식량을 거의

11 Jonathan Lambert(1772?~1812). 미국의 해상탐험가로 1810년 겨울 트리스탄에 사람 두명을 이끌고 정착해 독립국을 선포하고 농사와 수렵 등으로 생활을 꾸렸으나 사고로 다른 정착민들과 함께 사망했다.

12 현재 오스트레일리아의 일부인 태즈메이니아는 1856년까지 대부분의 유럽인들에게 발견자의 이름을 딴 명칭인 '밴 디멘즈 랜드'로 불렸다.

아무런 어려움 없이 모두 구할 수 있었다. 양과 돼지와 황소와 토끼와 닭과 염소와 다양한 생선, 그리고 채소가 풍부했다. 큰 섬 해안 근처 수심이 108피트인 곳에 닻을 내리고 온 터라 우리는 원하던 것을 모두 무척 편리하게 실을 수 있었다. 가이 선장은 또한 글래스로부터 물개 가죽 500개와 상아를 약간 샀다. 우리는 이곳에서 일주일을 보냈는데, 그동안 주로 북풍과 서풍이 불었고 다소 안개 낀 날씨가 계속되었다. 11월 5일 우리는 오로라라고 불리우는 군도를 꼭 찾아보겠다는 목표를 가지고 돛을 남쪽과 서쪽을 향해 올리고 출발했다. 오로라 군도의 존재에 대해서는 무척 다양한 견해가 있었다.

그 섬들은 일찍이 1762년에 오로라호라는 배의 선장이 발견했다고 한다. 1790년에 로열필리핀 사 소속 프린세스호의 마누엘 데 오야르비도 선장이 그 섬들 사이를 항해했다고 주장했다. 1794년에는 스페인의 코르베트함 아뜨레비다호가 그것들의 정확한 위치를 확인하려는 목적으로 떠났는데 1809년 마드리드 왕립수도학회에서 출판된 논문에 이 탐험에 대한 다음과 같은 기록이 있다. "코르베트함 아뜨레비다는 1월 21일에서 27일까지 그 섬의 주변에서 필요한 모든 관찰을 했으며 그 섬들과 말비나스 섬의 쏠레다드 항 사이의 경도 차이를 크로노미터를 사용해서 측정했다. 섬은 셋이고 경선은 거의 같으며 중간 것이 다소 낮고 나머지 둘은 9리그 정도 떨어진 곳에서도 보였다." 아뜨레비다호에서 이루어진 관찰의 결과 파악된 각 섬의 정확한 위치는 다음과 같다. 가장 북쪽에 있는 섬은 남위 52도 37분 24초 서경 47도 43분 15초이고 중간섬은 남위 53도 2분 40초 서경 47도 55분 15초이며 가장 남쪽의 섬은 남위 53도 15분 22초 서경 47도 57분 15초이다.

1820년 1월 27일 영국 해군의 제임스 웨델[13] 대령 또한 스태튼 랜드에서 오로라 군도를 찾아 항해했다. 그는 최대한 부지런히 수색했지만 아뜨레비다호의 선장이 지적한 바로 그 장소뿐만 아니라 그 주변 모든 방향에서 육지의 흔적을 찾지 못했다고 보고했다. 이런 모순된 진술로 인해 다른 항해사들도 그 군도를 찾아보려고 시도하게 되었다. 그리고 신기하게도 어떤 사람들은 그 섬들이 있다는 곳을 구석구석 항해했지만 전혀 흔적도 발견하지 못한 반면, 다른 사람들은 그 섬들을 보았으며 해안 가까이까지 갔다고 장담하는 경우도 적지 않았다. 그렇게 신비로운 논란거리가 되고 있는 그 섬의 존재 여부에 대해 결론을 내기 위해 최대한 수색해보는 것이 가이 선장의 의도였다.[14]

우리는 변화무쌍한 날씨에도 불구하고 남서쪽 방향의 진로를 유지해서 그달 20일에 문제의 장소, 즉 남위 53도 15분 서경 47도 58분에, 즉 그 군도 중 최남단이라고 보고된 장소에 아주 가까이 도착했다. 그러나 육지의 흔적도 보이지 않아서 우리는 계속 남위

13 James Weddell(1787~1834). 영국의 무역상이자 선장으로 해군에서 자원봉사 활동을 했다. 1823년 유명한 탐험가인 제임스 쿡 선장보다 남극에 위도 3도가량 더 접근했고, 그가 발견한 지역의 바다는 이후 그의 이름을 따 '웨델 해'라고 불렀다.

14 **원주** 오로라 군도를 마주쳤다고 주장하는 배로 1769년의 싼미겔호와 1774년의 오로라호, 1779년의 펄호, 그리고 1790년의 돌로레스호 등을 들 수 있다. 그들은 모두 중앙 위도가 남위 53도라는 데 동의한다.

53도를 유지하며 서경 50도에 이를 때까지 계속 서쪽으로 항해했다. 그런 뒤 다시 남위 52도를 향해 북쪽으로 갔다가 또다시 동쪽으로 돌아서 아침과 저녁에 이중 고도를 유지했고 항성과 달의 경도도 유지했다. 그렇게 조지아 서쪽 해안의 자오선을 따라 동쪽으로 간 뒤에 우리는 원래 우리가 출발했던 위도로 돌아갈 때까지 그 경선을 계속 유지했다. 그러고 나서는 돛대 꼭대기에 파수를 유지한 채 그 범위 안의 전체 영역을 대각선으로 살폈다. 그렇게 3주 동안 무척 세심한 탐색을 반복했는데, 그동안 날씨는 놀라울 정도로 맑고 쾌적했으며 안개도 전혀 끼지 않았다. 물론 우리는 이전의 어느 시기에 이 지역에 섬이 존재했는지는 모르겠으나 오늘날에는 흔적도 남아 있지 않다는 결론을 내리는 것으로 만족했다. 나는 귀향한 뒤에 1822년에 미국의 스쿠너인 헨리호의 존슨 선장과 또다른 미국의 스쿠너 워스프호의 모렐 선장도 주의 깊게 같은 장소를 탐색했으나 둘 다 우리와 같은 결론에 도달했다는 사실을 알게 되었다.

16장

가이 선장의 원래 계획은 오로라 제도에 대해 충분히 탐색한 후에 마젤란 해협으로 가서 파타고니아의 서해안을 따라 북진하는 것이었다. 그러나 그는 트리스탄다쿠냐에서 얻은 정보에 따라 남위 60도와 서경 41도 20분 부근에 있다는 작은 군도를 마주치기를 희망하며 남쪽으로 항행을 계속했다. 그는 이런 섬들을 발견하지 못한다 하더라도 날씨만 괜찮다면 곧장 남극까지 갈 수도 있다는 계산도 하고 있었다. 따라서 12월 12일에 우리는 그쪽 방향으로 돛을 올렸다. 18일에는 글래스가 지적한 기지 부근에 도착해서 3일 동안 배를 타고 둘러보았지만 그가 언급한 섬들의 흔적도 찾지 못했다. 21일에는 날씨가 유난히 화창해서 우리는 최대한 남행을 하기로 결심하고 항해를 지속했다. 이 대목을 더 이야기하기 전에 이

지역의 발견이 어느 정도 진전되었는지 그간 별로 주의를 기울이지 않은 독자들을 위해서 그동안 남극에 도달하기 위해 이루어진 몇가지 시도에 대해서 간단히 언급해두는 것도 좋겠다.

쿡 선장의 시도가 우리가 분명하게 알고 있는 첫번째 시도였다. 1772년 그는 레졸루션호를 타고 남쪽으로 향했으며 그 뒤를 어드벤처호의 퍼노[15] 대위가 따랐다. 12월경에 남위 58도 동경 26도 57분에 이르른 그는 북서쪽과 남동쪽으로 펼쳐져 있는 8인치에서 10인치 두께의 좁은 얼음 벌판을 마주쳤다. 이 얼음은 커다란 케이크를 이루고 있었고 보통 아주 촘촘히 무리 지어 있어서 배들이 통과하는 데 장애물이 되었다. 이때 쿡 선장은 수많은 새를 목격했고, 다른 징조들도 보여서 육지가 가까이 있다고 추측했다. 그는 남위 64도 동경 38도에 이르기까지 계속 남행을 했는데 날씨가 극도로 추웠다. 하지만 그곳에 도달했을 때는 날씨가 온화했고 닷새 동안 순풍이 불었으며 온도계는 36도에 머물러 있었다. 1773년 1월에는 남극권을 통과했으나 그 이상 전진하는 데는 성공하지 못했다. 67도 15분 지점에서 수평선까지 눈 닿는 곳은 모두 엄청나게 큰 얼음의 덩어리가 가로막고 있었기 때문이었다. 이 얼음은 형태가 각양각색이었고, 넓이가 여러 마일에 이르는 커다란 유빙들이 물위로 18 내지 20피트 정도 단단히 솟아오른 곳도 있었다. 계절도 늦었고 이 장애물을 우회할 방법도 없었기 때문에 쿡 선장은 마지못

---

15 Tobias Furneaux(1735~81). 영국의 항해사이자 해군 소속으로, 제임스 쿡 선장의 2차 탐험대에 동반했다. 세계를 처음으로 양방향에서 일주한 사람 중 하나이며 미국 독립전쟁 중에 영국 군함을 지휘했다.

해 북쪽으로 항로를 돌렸다.

쿡 선장은 그해 11월에 남극 탐험을 재개했다. 남위 59도 40분에서 남쪽을 향한 강한 조류를 만났다. 12월에는 남위 67도 31분 서경 142도 54분에 이르렀는데 추위가 극심했고 강한 돌풍과 안개도 동반되었다. 이곳에도 새들은 풍부했고 앨버트로스와 펭귄과 바다제비가 특히 많았다. 남위 70도 23분에서 커다란 얼음으로 된 섬들을 마주쳤고 곧이어 남쪽에 떠 있는 구름이 눈처럼 흰색임이 목격되었다. 이것은 빙원이 가까이에 있다는 뜻이었다. 남위 71도 10분과 서경 106도 54분 지점에서 항해사들은 앞서처럼 광막한 얼음의 덩어리라는 장애물을 만났는데, 이 장애물이 남쪽 수평선 전체를 채우고 있었다. 이 덩어리의 북단은 울퉁불퉁하고 깎아지른 듯했고, 너무나 단단한 쐐기를 이루고 있어서 빠져나가기가 전적으로 불가능했으며, 그것이 남쪽으로 1마일 정도 뻗어 있었다. 그 뒤에는 언 표면이 얼마간 비교적 부드러운 지대를 형성했으나 산 너머 더 큰 산이 이어지는 거대한 얼음의 산맥이라는 극단적인 배경으로 끝나고 있었다. 쿡 선장은 이 거대한 들판을 따라가면 남극에 도달하거나 아니면 대륙으로 이어진다고 결론을 내렸다. 엄청난 노력과 인내를 통해서 마침내 이 지역을 탐험하는 국가적 과업에 착수한 J. N. 레이놀즈 씨는 레졸루션의 시도에 대해서 다음과 같이 말하고 있다. "우리는 쿡 선장이 남위 71도 10분 이하로 더 가지 못했다는 사실이 놀랍지 않다. 오히려 서경 106도 54분을 따라서 그 지점까지 갈 수 있었다는 사실이 놀랍다. 파머스 랜드는 셰틀랜드의 남쪽, 남위 64도에 있으며 이제까지 어떤 항해자가 갔던 것보다 더 남쪽과 서쪽까지 뻗어 있다. 쿡의 진로가 얼음에 가로막혔을 때 그가 마주하고 있던 땅이 그것이었다. 우리가 이해하기로는 1월 6일처럼 이른 계절에는 그 지점에서 항상 그렇게 막힐 수밖에 없다. 그가 묘사한 얼음 산맥의 일부가 파머스 랜드의 주된 부분에 연결된 것이었다거나 그보다 더 남쪽과 서쪽에 놓인 땅의 다른 부분에 연결되어 있었다고 해도 놀랍지 않을 것이다."

1803년에는 러시아의 알렉산드르 1세가 지구를 일주할 목적으로 크로이첸스턴 선장과 리지오스키 선장을 파견했다. 그들은 남행을 시도했으나 남위 69도 58분 서경 70도 15분 이상으로 가지 못했다. 그 지점에서 동쪽을 향한 강한 조류를 만났던 것이다. 고래는 풍부했지만 얼음은 보지 못했다. 이 항해에 대해서 레이놀즈 씨는 만일 크로이첸스턴이 그 지점에 좀더 이른 계절에 도착했더라면 얼음을 마주쳤을 것이라고 말했다. 그가 앞서 언급한 위도에 도착한 것은 3월이었다. 서풍과 남풍이 불었고 그것이 유빙을 조류에 실어 북쪽으로는 조지아, 동쪽으로는 샌드위치 랜드와 사우스오크니 제도, 그리고 서쪽으로는 사우스셰틀랜드 제도를 면하고 있는 얼음 지대로 밀었을 것이다.

1822년에는 영국 해군의 제임스 웨델 대령이 두척의 매우 작은 배를 타고 이전의 어느 항해사들보다도 더 남쪽까지 내려갔는데, 더욱이 큰 장애물에도 부딪히지 않았다. 그에 따르면 남위 72도까지는 자주 얼음에 둘러싸였지만 거기 도착한 뒤에는 얼음이 전혀 눈에 띄지 않았고 남위 74도 15분에서는 벌판은 없었고 단지 세개의 얼음섬만이 눈에 띄었다고 했다. 비록 많은 새떼들이 보였고 다른 땅의 존재를 암시하는 존재들이 있었지만, 그리고 비록 셰틀랜드 남단 미지의 해안이 남쪽 방향을 향한 갑판 꼭대기에서 보였지만 웨델은 남극 지역에 땅이 존재한다는 사실을 낙관하지 않았으니, 그것은 다소 놀라운 일이다.

1823년 1월 11일에는 미국의 스쿠너인 워스프호의 벤자민 모렐 선장이 께르겔렌 제도로부터 가능한 한 최대한 남쪽으로 가보려는 목적으로 항해를 시작했다. 그는 2월 1일에 남위 64도 52분 동경 118도 27분의 지점에 도달했다. 다음의 구절은 그 날짜 그의 일기에서 인용한 것이다. "바람은 곧 11노트의 순풍으로 불었고 우리는 그 기회에 서쪽을 향했다. 남위 64도 너머 우리가 남행을 하면 할수록 얼음이 더 적어질 것이라고 얼마나 확신했느냐의 여부와 무관하게 우리는 남쪽으로 키를 조금 돌려서 남극권을 통과했고 남위 69도 15분에 도착했다. 이 위도에는 빙원은 없었고 얼음섬도 거의 보이지 않았다."

3월 14일자의 일기에는 다음의 대목이 있다. "바다에는 이제 빙원이 전혀 없고, 시야에는 한타가 못 되는 얼음섬들이 보였다. 동시에 공기와 물의 온도는 우리가 남위 60도에서 65도 사이에 경험한 것보다 적어도 13도는 더 높고 더 온화했다. 남위 70도 14분에 이르렀을 때는 공기의 온도가 47도였고 물의 온도는 44도였다. 이런 상황에서 나는 자오선이 이루는 수평각이 방위각당 동쪽으로 12도 27분이라는 것을 알게 되었다. 나는 다른 경도에서 여러차례 남극권으로 들어갔는데, 그 경험을 통해서 공기와 물의 온도가 모두 남위 65도를 넘은 뒤에 더욱더 온화해진다는 것, 그리고 수평각이 동일한 정도로 줄어든다는 것을 알게 되었다. 이 위도 북쪽, 예컨대 남위 60도에서 65도 사이에서는 거대한, 거의 헤아릴 수 없을 만큼 많은 얼음섬이 있어서 그 사이로 배를 통과시키는 것이 엄청나게 힘든 경우가 많았다. 그 얼음섬의 일부는 원주가 1~2마일에 달했고 수면 위로 500피트 이상 치솟아 있었다.

연료와 물이 거의 다 떨어지고 적절한 도구가 없는데다 계절이 늦었기 때문에 모렐 선장은 장애물이 없는 광활한 바다가 눈앞에 펼쳐져 있는데도 더이상의 남행을 포기하고 귀환하지 않을 수 없었다. 그는 이런 중요한 이유 때문이 아니었더라면 자신이 남극 자체는 아니더라도 적어도 남위 85도는 통과할 수 있었을 것이라고 말했다. 내가 그 문제에 대한 그의 견해에 대해 비교적 길게 이야기한 것은 독자들에게 내가 이제 이야기할 경험에 의해 그것들이 뒷받침된다는 사실을 알려주기 위해서였다.

1831년에는 런던의 고래잡이배의 소유주인 메시외 엔더비 사에 고용된 브리스코 선장이 라이블리호에 돛을 달고 남태평양으로 향했으며 외돛배인 툴라호가 함께 갔다. 2월 28일에 남위 66도 30분 동경 47도 31분 지점에서 육지가 보였고 눈 사이로 검은 산맥의 봉우리들이 동남동쪽으로 이어진 모습이 분명하게 보였다. 그는 그 부근에 다음달 내내 머물렀지만 날씨가 너무 거칠어서 해안으로 10리그 이상 다가가는 데 실패했다. 그는 그 계절 동안 더이상의 발견은 불가능하다는 사실을 깨닫고 북쪽으로 방향을 돌려서 밴디멘즈 랜드의 겨울 날씨로 돌아갔다.

1832년 초에 그는 다시 남행을 떠나서 2월 4일에 남위 67도 15분 서경 69도 29분 지점에서 남동쪽에 있는 육지를 발견했다. 이것은 곧 그가 처음 발견했던 곳의 돌출부 가까이에 있던 섬이라는 사실이 판명되었다. 그는 그달 21일에 그 섬에 상륙하는 데 성공했고, 윌리엄 4세의 이름으로 그것을 차지한 뒤, 영국 왕비의 이름을 기려 애들레이드 섬이라고 명명했다. 이런 사항들이 영국 왕립지리학회에 알려져서 그들은 동경 47도 30분에서 서경 69도 29분에 이르는 육지가 남위 66에서 67도 사이에 가로로 존재하고 있다는 결론을 내렸다. 이 결론에 대해서 레이놀즈 씨는 다음과 같이 말했다. "그 결론의 정확성에 대해서 모두가 동의하는 것은 절대 아니다. 브리스코의 발견이 그런 추정을 보증하는 것도 아니다. 웨델이 조지아, 샌드위치 랜드, 그리고 사우스오크니와 셰틀랜드 군도의 오른쪽으로 경도를 잡고 남쪽으로 전진한 것은 그런 한계 내에서였다." 나 자신의 경험은 왕립지리학회의 결론이 오류라는 점을 직접적으로 증명할 것이다.

이런 것들이 남쪽의 고위도 지방을 통과해보려는 주된 시도들이었고, 이제 제인호의 항해 이전에 남극권을 통과하지 못한 부분이 거의 300도의 경도에 이른다는 것을 알 수 있을 것이다. 물론 넓은 땅이 우리의 발견을 기다리고 있었으니, 나는 과감하게 남진을 계속하겠다는 가이 선장의 결심 표명에 무척 강렬한 관심을 표하며 귀를 기울였다.

17장

우리는 글래스 군도의 탐색을 포기한 뒤 나흘 동안 얼음을 마주치지 않은 채 남행을 계속했다. 26일 정오에는 남위 63도 23분 서경 41도 25분 지점에 도착했다. 이제 몇개의 커다란 얼음섬들이 보였고 아주 크지는 않았지만 빙원을 이루고 있는 유빙도 하나 눈에 띄었다. 바람은 일반적으로 남동쪽, 혹은 북동쪽에서 불어왔고 그다지 순풍은 아니었다. 가끔씩 서풍이 불었는데, 그때마다 꼭 돌풍이 동반되었다. 눈은 매일매일 조금씩 내렸다. 27일의 온도계는 35도에 정지해 있었다.

1828년 1월 1일. 우리는 얼음에 완전히 둘러싸였고 우리의 전망은 정말로 암울한 듯 보였다. 오후 내내 북동쪽으로부터 강한 돌풍이 불어왔고 키와 고물 쪽으로 커다란 얼음 조각들이 얼마나 몰아

닥치던지 우리는 모두 덜덜 떨며 그 결과를 지켜보았다. 저녁이 되자 돌풍은 여전히 미친 듯 불었지만 배 앞의 커다란 벌판이 갈라졌다. 그래서 우리는 바람을 견뎌낼 만큼 돛을 올리고 비교적 작은 얼음 덩어리 사이를 통과해 그 너머에 있는 약간의 개빙 구역으로 나아갔다. 우리가 이 공간으로 다가가는 동안 우리는 돛을 단계적으로 내려서 마침내 축범된 앞돛 단 하나만을 올리고 정선했다.

1월 2일. 날씨는 이제 비교적 괜찮은 편이었다. 정오에 남극권을 통과해서 남위 69도 10분 서경 42도 20분에 도착했다. 넓은 빙원이 우리 뒤에 있었지만 남쪽에서는 얼음이 거의 보이지 않았다. 이날 우리는 20갤런을 담을 수 있는 커다란 쇠단지와 200패덤까지 닿을 수 있는 줄을 이용해서 물 밑을 조사할 도구를 몇가지 마련했다. 우리는 시속 약 4분의 1마일의 북쪽을 향하는 조류를 발견했다. 공기의 온도는 이제 33도였다. 여기서 우리는 수평각이 방위각당 동쪽으로 14.28도임을 발견했다.

1월 5일. 아무런 큰 장애물도 만나지 않고 남쪽으로 항해를 계속했다. 그러나 이날 아침에는 남위 73도 15분 서경 42도 10분에서 다시 엄청나게 크고 단단한 얼음을 마주쳐서 멈춰야 했다. 그럼에도 우리는 남쪽에 개빙 구역이 많이 있는 것을 보았고 궁극적으로 그곳에 도달할 것이라는 데 대해 전혀 의심하지 않았다. 유빙의 가장자리를 따라 동쪽으로 선 채 마침내 폭 1마일가량의 통로를 만나게 되었고 석양 무렵에 그 통로를 빠져나오는 데 성공했다. 이제 우리가 있게 된 바다는 얼음섬들로 두텁게 덮여 있었지만 빙원은 없었다. 그래서 전처럼 과감하게 전진했다. 눈은 자주 왔고 가끔씩 무척 격렬한 우박을 동반한 돌풍이 불어왔지만 더 추워지지는 않는 듯했다. 엄청난 앨버트로스의 무리가 이날 남쪽에서 날아와 우리 배의 머리 위를 통과해 북쪽으로 날아갔다.

1월 7일. 바닷길은 여전히 상당히 넓게 열려 있어서 길을 계속 가는 데 어려움이 없었다. 서쪽으로 믿기 어려울 정도로 큰 빙산이 보였고 오후에는 꼭대기가 해수면으로부터 400패덤[16]이 넘어 보이는 빙산을 스치듯 지나갔다. 바닥의 둘레를 잰다면 아마도 4분의 3리그 정도 될 것이었고, 몇줄기 물이 그 기슭의 틈에서 흐르고 있었다. 이틀 내내 이 섬을 보며 항행했는데 그후에는 안개 때문에 보이지 않았다.

1월 10일. 이날 아침 일찍 사람 하나가 배 밖으로 떨어졌다. 그는 피터 브레덴버그라는 이름의 미국인으로 뉴욕 출신이었으며 그 배에 타고 있던 선원들 중에서 가장 소중한 사람 중 하나였다. 이물로 가다가 발 한쪽이 미끄러져서 두개의 얼음 덩어리 사이로 떨어졌는데 빠져나오지 못했다. 그날 정오에 남위 78도 30분 서경 40도 15분 지점에 도달했다. 추위는 극심하지 않았고, 우박을 동반한 북동으로부터의 지속적인 돌풍을 만났다. 같은 방향에서 더 거대한 빙산 몇개가 보였는데 동쪽의 수평선 전체가 덩어리 위로 계속 다른 덩어리가 쌓이며 층을 이룬 빙원으로 막힌 듯했다. 저녁에는 유목流木이 떠 있는 것이 보였고 엄청난 수의 새떼가 머리 위로 날아갔으며 그중에는 넬리들과 바닷제비들, 앨버트로스들, 그리고 밝

16 패덤은 깊이의 단위이지만, 당시에는 길이나 면적을 재는 데도 사용되었다.

은 청색의 깃털을 한 커다란 새 한마리가 있었다. 이곳의 방위각당 수평각은 이전에 남극권을 지나면서 쟀던 것보다 더 작았다.

1월 12일. 다시 우리의 남행이 회의적으로 되었다. 끝이 없어 보이는 유빙 단 하나만이 남극 쪽에서 보였고, 그것은 어마어마한 크기의 울퉁불퉁한 얼음산으로 이어졌다. 그 얼음산은 절벽 위로 절벽이 한없이 이어져 있었다. 우리는 입구를 찾아보려는 희망을 품고 14일까지 계속 서행했다.

1월 14일. 이날 아침 우리를 가로막고 있던 빙원의 서쪽 끝에 도달했고 그것을 잘 헤쳐나간 끝에 얼음 덩어리가 하나도 없는 난바다로 나가게 되었다. 200패덤의 물 밑을 조사해보니 시속 약 반 마일의 속도로 남쪽으로 흐르고 있는 조류가 발견되었다. 기온은 47도였고 물의 온도는 34도였다. 이제 아무런 중요한 장애물도 마주치지 않고 16일까지 남쪽으로 항해를 계속했는데, 16일 정오에 남위 81도 21분 서경 42도에 도착했다. 여기서 다시 물 밑을 조사했고 여전히 남쪽으로 시속 4분의 3마일의 속도로 흐르는 조류가 있다는 사실을 알게 되었다. 방위각당 수평각은 더욱 줄어들었고 온도계는 51도를 가리키고 있어서 기온은 온화하고 쾌적했다. 얼음은 한덩이도 보이지 않았다. 배 안의 모든 선원은 이제 우리 배의 남극 도착을 확신했다.

1월 17일. 이 날은 여러가지 일들이 많이 발생했다. 헤아릴 수 없이 많은 새떼가 남쪽 방향에서 날아와 우리 머리 위로 지나갔고 갑판에서 총을 쏘아 몇마리를 잡을 수 있었다. 그중 하나는 펠리컨의 한 종류로 고기맛이 훌륭했다. 정오경에 작은 유빙이 좌현 쪽의 이

물 바깥쪽 돛대 꼭대기 너머로 보였으며 그 위에 몇마리의 커다란 짐승이 앉아 있는 것 같았다. 날씨가 맑고 바다도 잔잔한 편이었기 때문에 가이 선장은 그 짐승들의 정체를 알아보려고 보트 두척을 내려보냈다. 더크 피터스와 나는 항해사를 따라서 그중 큰 보트에 탔다. 유빙에 가까이 가서 우리는 극곰 종류에 속하는 어마어마하게 큰, 극곰 중에서 가장 큰 것보다 훨씬 더 큰 짐승이 그곳을 차지하고 있다는 사실을 알게 되었다. 우리는 무장이 잘되어 있었기 때문에 주저하지 않고 그 곰을 공격했다. 총 몇방을 재빠르게 이어 쏘았는데 대부분이 머리와 몸통에 가 박혔다. 하지만 그 괴물은 전혀 용기를 잃지 않고 얼음에서 뛰어내려 아가리를 벌리고 피터스와 내가 있던 보트로 수영해 왔다. 이 모험의 예상치 못한 전개에 당황한 우리는 아무도 즉시 사격을 재개하지 못했고, 그 곰은 그 거대한 몸의 반을 우리 보트의 뱃전 위로 올려놓는 데 실제로 성공해서 우리가 미처 방어 수단을 찾기 전에 선원 한 사람의 뒷덜미를 거머쥐었다. 이런 위급상황에서 피터스의 신속하고 민첩한 대응이 아니었더라면 우리는 죽음을 면치 못했을 것이다. 피터스는 그 커다란 짐승의 등으로 뛰어올라 목 뒤를 칼로 쑤셔 단방에 척추 속 골수까지 찔러버렸다. 그 짐승은 넘어지면서 피터스의 몸 위로 구른 뒤 생명 없이, 그리고 아무런 저항도 하지 못한 채 바닷물 속으로 빠졌다. 피터스는 곧 몸을 일으켜 우리가 던져준 로프로 곰의 시체를 묶은 뒤 다시 보트에 탔다. 그런 뒤 우리는 그 포획물을 끌고 의기양양하게 스쿠너로 돌아왔다. 곰의 몸길이를 재보니 가장 긴 부분이 꼭 15피트가 되었다. 털은 새하얀 색으로 무척 거칠고 심하게 곱슬거렸다. 눈은 피처럼 시뻘겋고 북극곰의 눈보다 더 컸다. 주둥이 또한 둥그래서 불독의 주둥이를 닮았다. 고기는 부드러웠지만 지나치게 기름지고 비릿했다. 그래도 사람들은 그것을 게걸스럽게 먹었고 썩 훌륭한 음식이라고 말했다.

우리가 포획물을 챙기고 조금 후에 돛대 꼭대기의 파수가 신나는 목소리로 "우현 이물 쪽으로 육지가 보입니다!"라고 외쳤다. 이제 모든 선원들은 대기 태세에 들어갔고 때마침 북쪽과 동쪽에서 순풍이 불어와서 우리는 곧 해안 가까이로 갔다. 그것은 낮고 작은 바위투성이 섬으로 원주는 1리그 정도였고 선인장을 제외한다면 식물은 전혀 없는 곳이었다. 북쪽으로부터 그곳에 다가가고 있는데 밧줄로 묶은 면화 더미와 무척 닮은 특이한 돌출바위가 바다를 향해 솟아나온 것이 보였다. 이 바위의 서쪽 주변에 작은 만이 있었고 그 끝에 우리 보트들이 편리하게 닻을 내렸다.

그 섬의 구석구석을 샅샅이 살펴보는 데는 긴 시간이 걸리지 않았다. 하지만 한가지 예외를 빼고는 관찰의 가치가 있는 것을 마주치지는 못했다. 남쪽 끝 해변 근처에서 느슨하게 쌓여 있는 바위더미 속에 반쯤 파묻힌 나무 한조각을 주웠는데 카누의 이물로 쓰였던 판자인 것 같았다. 그것에 무엇을 새기려는 시도가 이루어졌던 것이 분명했고 가이 선장은 거북의 모양을 식별할 수 있다고 생각했는데 내가 보기에는 거북을 닮은 것이 틀림없다고까지는 할 수 없었다. 이 이물 외에는—그것이 이물이라면 말이지만—그곳에 생물이 살았었다는 흔적이 전혀 발견되지 않았다. 해안 주변에서는 더러 작은 유빙이 눈에 띄었는데, 그렇게 많지는 않았다.

이 작은 섬(가이 선장이 스쿠너의 공동 소유주를 기려 그 섬을 베넷 섬이라고 명명했다)의 정확한 위치는 남위 82도 50분 서경 42도 20분이다.

우리 배는 이제 이전의 다른 항해사들보다 8도 이상 남쪽으로 더 전진한 상태였다. 그리고 바다는 우리 앞에 아직도 완연한 해빙 상태로 펼쳐져 있었다. 또한 수평각이 우리가 전진함에 따라 고르게 줄어들고 있었으며, 더욱 놀라운 것은 기온과 수온이 더 온화해지고 있다는 사실이었다. 날씨는 상쾌하다 싶을 정도였고 우리는 나침반이 북쪽을 가리키는 지점으로부터 꾸준하면서도 온화한 순풍을 받고 있었다. 하늘은 보통 맑았고 가끔씩 남쪽 수평선에 옅은 아지랑이가 조금 나타났는데, 잠시 후에는 어김없이 사라졌다. 우리 앞의 어려움은 단 두가지였다. 연료가 부족해지고 있었으며 선원들 몇명이 괴혈병 증상을 보였다. 이런 조건 때문에 가이 선장은 귀항할 수밖에 없다고 결론을 내렸고, 자주 그렇게 이야기했다. 나로 말하자면, 우리의 경로로 계속 가다보면 어떤 종류의 육지에 곧 도달할 것이라는 확신이 있었기 때문에, 그리고 눈앞의 광경으로 봐서 북극에서 만난 것과 같은 불모지를 만나지 않을 것이라고 믿을 이유가 많았기 때문에 나는 선장에게 며칠만이라도 계속 같은 방향으로 여행을 하자고 열렬히 주장했다. 나는 남극 대륙에 관한 거대한 의문을 풀 그토록 매혹적인 기회, 아직 인간에게 제공된 적이 없는 그 기회 앞에서 우리의 지휘관이 그렇게 소심하고 시기 부적절한 제안을 하는 것을 보고 와락 분개심이 치솟았다는 사실을 고백한다. 그래서 그 문제에 관해 선장에게 권유하는 것을 자제할 수 없었다. 사실 나는 선장이 계속 항해를 해나간 이유가 내 권유 때문이었다고 믿는다. 물론 내 권유에 직접적으로 기인한 너무도 불운하고 피비린내 나는 사건들에 대해서는 슬퍼하지 않을 수 없다. 그럼에도 불구하고 내가 과학이 가장 강렬하게 자극적인 비밀 중의 하나에 눈을 뜨고 매혹되게 하는 데 아무리 우회적일망정 도움이 되었다는 사실에 어느정도 만족감을 느끼는 것도 사실이다.

18장

1월 18일. 이날 아침[17] 우리는 계속 쾌적한 날씨를 누리며 남진을 계속했다. 바다는 완벽하게 잔잔했고 공기는 상당히 따스했다. 북동쪽에서 바람이 불었고 수온은 53도였다. 이제 우리는 다시 물 밑 측정장치를 챙겨서 150패덤까지 닿는 줄을 가지고 남극을 향한 조류가 한시간에 1마일의 속도로 흐르고 있다는 사실을 확인했다. 남

17 **원주** 나는 이 글에서 최대한 혼동을 피하기 위해 '아침'과 '저녁'이라는 용어를 통상적인 의미로 사용한다. 실은 낮이 계속되었기 때문에 밤을 전혀 경험하지 못한 지 한참 되었다. 여기 쓰인 날짜들은 모두 항해의 시간으로, 그리고 위치는 나침반에 따른 것으로 이해되어야 한다. 그리고 내가 여기 쓴 첫 부분의 날짜나 경도, 위도가 완전히 정확하다고 주장할 수는 없다는 사실을 이야기하고 싶다. 이 첫 부분이 다루는 시기 이후까지 일기를 규칙적으로 쓰지 않았기 때문이다. 많은 예에서 나는 전적으로 기억에 의존하고 있다.

쪽을 향한 바람과 조류의 이 지속적인 경향 때문에 스쿠너에 탄 여러 사람이 이런저런 추측도 하고 심지어는 겁을 내기도 했으니, 그것이 가이 선장의 마음에 상당한 영향을 미치고 있다는 것이 느껴졌다. 하지만 그는 조롱에 지극히 민감했고, 나는 결국 그를 비웃음으로써 그가 겁을 떨쳐내게 하는 데 성공했다. 이제 수평각은 무척 미미해졌다. 그날 중에 우리는 커다란 참고래를 몇마리 보았고, 헤아릴 수 없이 많은 앨버트로스가 배 위로 날아갔다. 또한 산사나무처럼 붉은색 베리로 가득한 관목이 있었고 특이하게 생긴 육지 동물의 시체도 발견했다. 그것은 길이가 3피트로서 키는 6인치에 지나지 않았고 네개의 무척 짧은 다리를 가졌으며 발은 밝은 선홍색의 산호 같은 긴 발톱으로 무장되어 있었다. 몸체는 부드러운 순백색의 직모로 덮여 있었다. 꼬리는 쥐의 그것처럼 가늘었는데 1피트 반 정도의 길이였다. 머리는 고양이를 닮았는데 귀만은 예외여서 개의 귀처럼 접힐 수 있었다. 이빨은 발톱처럼 밝은 선홍색이었다.

1월 19일. 오늘 남위 83도 20분 서경 43도 5분에 도달했고 (바닷물은 특히 더 검은빛이었다) 돛대의 꼭대기 너머로 다시 육지가 보였다. 자세히 보니 매우 커다란 군도의 하나였다. 해안은 절벽으로 되어 있었고 내륙에는 숲이 무성해서 우리는 무척 기뻤다. 처음 육지를 발견한 지 약 네시간 만에 우리는 해안에서 1리그 정도 떨어진 곳 수심 10패덤의 모래 바닥에 닻을 내렸다. 여기저기서 강한 파도가 일었고 파고가 높아서 그 이상 가까이 가는 것은 무리였다. 이제 선장의 명령하에 커다란 보트가 두척 내려졌고 무장을 잘 갖춘 일행(피터스와 나도 포함해서)이 그 섬을 둘러싸고 있는 것으로 보이는 산호초 사이에 나 있을 입구를 찾으러 갔다. 얼마 동안 수색을 하며 다니다가 작은 만을 발견했는데, 그곳으로 들어가자 네개의 커다란 카누가 해안에서 다가왔으며, 무장한 사람들을 태우고 있었다. 우리는 그들이 다가오기를 기다렸고 그들은 무척 빠르게 움직여 곧 소리를 지르면 들릴 거리 안으로 들어왔다. 가이 선장은 이제 노에 흰 손수건을 묶어 들었는데 그 낯선 사람들은 완전히 멈춰 서서 갑자기 요란하게 지껄였고 가끔은 고함을 지르기도 했다. 그들의 말 중에 "아나무무!"와 "라마라마!"라는 구절을 알아들을 수 있었다. 그들은 적어도 반시간 동안 그런 행동을 지속했고 그사이 우리는 그들의 모습을 유심히 관찰했다.

50피트 길이에 5피트 넓이의 네척의 카누에는 다 해서 110명의 야만인들이 타고 있었다. 보통의 유럽인 같은 체격이었지만 몸매는 더 근육질이고 건장했다. 피부는 완전히 새까맣고 머리카락은 굵고 긴 양털 같았다. 그들은 털로 뒤덮힌, 미지의 검은 동물의 가죽으로 지은 매끄러운 옷을 입고 있었고 그 옷은 몸에 맞추어 솜씨있게 재단되어 있었다. 그리고 목과 팔목, 발목 부분을 뒤집은 것을 제외하면 털이 안쪽에 있었다. 그들의 무기는 주로 곤봉이었는데, 짙은 색의 무척 무거워 보이는 나무로 만들어져 있었다. 그러나 부싯깃을 꼭대기에 장착하고 사슬을 단 창도 눈에 띄었다. 카누의 바닥은 커다란 달걀 크기의 검은 돌멩이로 채워져 있었다.

그들은 장광설을 (그들이 꽥꽥거리는 소리가 장광설임은 분명했다) 마치더니 그들 중 추장인 듯싶은 사람이 자신이 타고 있던 카누 이물에 섰고 우리에게 보트를 가까이 대라는 뜻의 손짓을 했다. 우리는 이 제안을 이해하지 못하는 척했다. 그들의 숫자가 우리의 네배는 되었기 때문에 되도록 거리를 두는 편이 현명하다고 판단되었기 때문이다. 그러자 그 추장은 다른 세 카누를 향해 가만히 있으라고 명령하고 자신의 카누를 움직여 우리에게 다가왔다. 우리 배와 나란히 있게 되자 즉시 우리 보트 중 큰 쪽으로 뛰어들어와 가이 선장의 곁에 앉았다. 그리고 동시에 스쿠너를 가리키면서 "아나무무!"와 "라마라마!"라는 말을 반복했다. 우리는 이제 배를 후진시켰고 네개의 카누가 약간의 거리를 두고 우리를 따라오고 있었다.

추장은 우리 곁에서 손뼉을 치고 허벅지와 가슴을 탁탁 치며 떠들썩하게 웃는 등 대단한 놀라움과 기쁨을 표시했다. 그의 뒤에 있던 추종자들도 그의 기쁨에 동참했고 몇분 동안 그 소음이 너무나 커서 완전히 귀먹을 지경이었다. 마침내 고요를 되찾았고, 가이 선장은 필수적인 주의를 위한 조처로 보트들을 인양하라고 명령을 내렸으며, 추장에게 (우리는 곧 그의 이름이 투윗임을 알게 되었다) 우리는 그의 부하들을 한번에 스무명 이상은 갑판에 태울 수 없다는 뜻을 전했다. 그는 이 규칙에 대해서 충분히 만족한 것처럼 보였고 카누들을 향해서 뭔가를 지시했는데 그러자 카누 하나가 다가왔고 나머지는 50야드 정도 떨어진 곳에 남아 있었다. 이제 야만인 스무명이 배에 올라타 갑판의 구석구석을 다니며 구경했고, 삭구 장치 사이로 뛰어들기도 하면서 허물없이 행동했고, 왕성한 호기심을 보이며 물건들을 자세히 구경했다.

그들이 백인을 한번도 본 적이 없는 것은 분명했다. 백인의 얼굴을 보고 움츠러드는 모습이 확실하게 눈에 띄었다. 그들은 제인호를 살아 있는 짐승으로 믿으며 창끝이 그것을 찌를까봐 걱정이라도 되는 듯 그것을 위를 향해 들고 있었다. 우리의 선원들은 투윗의 행동 하나에 큰 재미를 느꼈다. 요리사가 조리실 근처에서 나무를 쪼개고 있다가 우연히 도끼로 갑판을 찍어서 상당히 깊은 상처를 냈을 때다. 추장은 즉시 달려와서 요리사를 다소 거칠게 한쪽으로 밀치더니 그가 스쿠너의 고통이라고 여긴 것에 대한 강한 공감의 표시로 신음과 울부짖음이 반씩 섞인 소리를 내기 시작했다. 그리고 손으로 상처 부위를 문질러주고 어루만져주었으며 마침 근처의 양동이에 담겨 있던 바닷물을 부어 씻어주었다. 이것은 우리로서는 대비가 안 되어 있던 수준의 무지였고 나에게는 그런 행동의 일부는 꾸민 것이 아닐까 하는 의심도 들었다.

손님들이 갑판 위에서 자신들의 호기심을 충분히 만족시키고 난 뒤 우리는 그들을 갑판 아래로 안내했고, 그들은 무한한 감탄을 표시했다. 그들의 놀라움은 언어로 표현하기에는 너무 깊은 듯 침묵 속에서 구경하다가 간간히 외마디 소리를 질렀다. 무기들을 보고서는 여러가지 추측을 하는 듯했는데 선장은 그들이 그것들을 마음대로 만지고 들여다보도록 허락해주었다. 내가 보기에는 그들이 그 물건들의 실제 용도에 대해서 전혀 감을 못 잡고 있는 듯했다. 단지 우리가 그것을 다룰 때 조심하며, 그들이 그것들을 다루는 모습도 주의 깊게 지켜보는 것으로 미루어 그것들이 우상이라고 짐작하는 것이 아닌가 싶었다. 커다란 총을 보고는 그들의 경이감이 배가되었다. 그들은 심오한 존경과 경외감의 표정을 얼굴에 띠고 그것들에 접근했으며 자세히 살펴보는 것조차 삼갔다. 선실에는 두개의 커다란 거울이 있었는데 이 물건들을 본 그들의 경이감은 절정에 달했다. 처음으로 그 거울들에 다가간 사람은 투윗인데, 그는 거울 하나를 앞에, 다른 하나는 등 뒤에 두고 서게 되었다. 그 야만인은 눈을 들어 거울에 반영된 자신의 모습을 보더니 미친 사람같이 굴었다. 물러서려고 뒤돌아서다가 다시 반대 방향에서 자신의 모습을 보았을 때는 그가 선 자리에서 죽어버릴까봐 걱정될 정도였다. 거울을 다시 보라고 설득할 방법은 전혀 없었으며 그는 마룻바닥에 몸을 내던지고 얼굴을 손에 묻은 뒤 우리가 그를 갑판으로 끌어낼 때까지 계속 그런 자세를 유지하고 있었다.

야만인 전체가 이런 식으로 한번에 스무명씩 배에 탔고 투윗은 그들의 방문 내내 배에 남아 있도록 허용되었다. 그들에게 도둑질을 하려는 기색은 느껴지지 않았으며 그들이 떠난 뒤에 보니 단 한 가지도 사라진 물건은 없었다. 방문 내내 그들은 무척이나 친근한 태도를 보였다. 그러나 그들의 행동의 어떤 면은 잘 이해가 되지 않았다. 예를 들어서 우리가 어떻게 해도 그들은 몇가지 무척 무해한 물건들—스쿠너의 돛이나 달걀, 펼쳐진 책, 혹은 밀가루가 담긴 냄비—에 다가가지 않았다. 또한 우리는 그들이 우리와 물물교환을 할 만한 물건을 가지고 있는지 알아보려고 했으나 의사 전달이 극도로 어려웠다. 그럼에도 우리는 그곳에 갈리파고스 군도의 거대한 거북이 넘쳐난다는 것을 알고 무척 놀랐는데, 그 거북 중의 한마리가 투윗의 카누에 있었다. 우리는 또한 미개인 한 사람의 손에서 해삼도 보았는데 그들은 그것을 날것으로 마구 먹고 있었다. 이런 변칙적인 일들—그 위도를 생각할 때 분명히 변칙이라 할 만했으니까—을 보고 가이 선장은 이 발견 덕분에 이익이 많이 남는 투기를 할 수도 있을 것이라는 희망을 품고 그곳을 샅샅이 조사해보고자 했다. 나로서는 이 섬들에 대해 더 알고는 싶었지만 지체하지 말고 계속 남행을 했으면 하는 열렬한 소망을 가슴속에 품고 있었다. 이제 날씨는 무척 좋았으나 그것이 얼마나 더 지속될지 알 길은 없었다. 그리고 우리가 이미 84도 지점에 있었으며 우리 앞에 난바다가 펼쳐져 있었고 조류가 강하게 남쪽을 향하고 있는데다 순풍까지 불어주고 있었다. 그러니 선원의 건강을 위해서나 연료와 신선한 음식물을 싣기에 절대적으로 필요한 만큼보다 더 오래 멈췄다 가자는 제안을 참을성 있게 듣고 있기는 힘들었다. 나는 선장에게 우리가 귀항길에 쉽게 이 군도에 들를 수 있으며 만일 얼음으로 길이 막히면 이곳에서 겨울을 보내도 될 것이라고 말했다. 그는 마침내 나의 견해에 동의했고 (나도 모르는 사이에 나는 선장에게 상당한 영향력을 행사하게 되었다) 그래서 마침내 우리가 해삼을 발견하더라도 딱 일주일만 더 머물면서 그것을 모은 뒤, 아직 가능할 때 남행을 지속하기로 결정했다. 우리는 이 결정에 따른 준비를 완료하고 투윗의 안내하에 제인호를 산호초 사이로 몰아 안전한 곳으로 갔다. 그리하여 본도의 남동쪽 해안에서 1마일 정도 떨어져 있으며 완전히 육지로 둘러싸인, 그리고 수심이 10패덤인 훌륭한 만에 닻을 내렸다. 이 만의 끝에는 수질이 좋은 훌륭한 샘이 세군데 있었고 (그렇다고 들었다) 근처에 훌륭한 나무도 풍부했다. 네척의 카누가 우리 뒤를 따라왔는데, 우리를 배려하려는 듯 거리를 조금 두었다. 투윗 자신도 배에 타고 있었는데, 우리가 닻을 내리자 자신과 함께 육지로 올라가 내륙에 있는 자신의 마을을 방문하자고 초대했다. 가이 선장은 그 제안에 동의했다. 그리고 배 위에 열명의 미개인을 인질로 남겨놓고 전부 열두명인 우리 일행이 즉시 추장을 따라갔다. 우리는 불신의 티를 내지 않으면서 무장을 최대한 잘 갖추었다. 스쿠너는 총을 밖으로 향하게 하고 승선용 그물망을 들어올리는 등 기습공격에 대비한 다른 적절한 주의 조치를 취했다. 일등항해사에게 우리가 없는 동안 아무도 배에 태우지 말고, 우리가 열두시간 안에 돌아오지 않을 경우 선회포가 달린 외돛배를 섬으로 보내 수색하라는 지시가 내려졌다.

그 섬에서 발걸음 하나를 내딛을 때마다 우리는 그곳이 문명인들이 여태까지 가본 나라와는 본질적으로 다르다는 사실을 확신하게 되었다. 우리에게 익숙한 것들은 전혀 눈에 띄지 않았다. 나무들은 열대나 온대, 북방의 한대에서 자라는 나무들과 닮은 데가 없었고 우리가 그때까지 여행했던 남반구 남쪽 지역의 것들과도 전혀 달랐다. 바위들도 형태나 색깔, 층진 모양 등이 모두 새로웠고, 전적으로 믿기 힘들겠지만, 시냇물도 다른 풍토의 물과 공통점이 거의 없어서 맛보기도 두려웠고 실제로 그것들의 수질이 순수히 자연적인 것이라고 믿기도 힘들었다. 우리가 가던 길을 가로질러 나 있던 (처음으로 마주친) 작은 시냇가에서 투윗과 그의 시종들이 멈춰 서서 물을 마셨다. 하지만 우리는 그 물의 특이한 모습으로 보아 오염된 것이 틀림없다고 보고 시음을 거절했다. 우리는 한참이 지난 뒤에야 그 군도 시냇물이 전부 다 그렇게 생겼다는 사실을 깨닫게 되었다. 나는 이 액체의 성격에 대해 명확히 전달할 방법을 모르며, 그것은 여러 단어를 동원하지 않고는 불가능한 일이다. 그것은 보통 물처럼 모든 경사에서 빠르게 흘렀지만 폭포수가 되어 떨어질 때를 제외하면 보통의 물처럼 투명하지가 않았다. 그럼에도 이 세상에 존재하는 어떤 석회수와 마찬가지로 완벽하게 투명했고 차이는 겉모습에서뿐이었다는 것을 부인할 수 없다. 첫눈에, 그리고 특히 경사가 별로 없는 경우에 그것은 보통의 물에 아라비아산 고무를 주입해놓은 것 같았다. 그러나 이것은 그것의 특이한 성질 중에서도 가장 덜 두드러진 점일 뿐이었다. 그것은 무색도 아니었고 한가지 색도 아니었다. 흘러갈 때는 색이 변하는 실크의 색처럼 온갖 종류의 보랏빛으로 보였다. 이 색깔 변화는 거울이 투윗의 마음속에 야기한 것과 비슷한 심오한 경이감을 우리 일행의 마음속에 불러일으켰다. 우리는 그것을 대야 가득 퍼서 완벽하게 가라앉을 때까지 기다려보았는데 그 결과 그 액체 전체가 색깔이 다른 몇가지 독특한 수맥으로 이루어져 있음을 알 수 있었다. 이 수맥은 서로 섞이지 않았고, 자기들끼리는 완벽하게 응집했지만 이웃한 수맥에 대해서는 그렇지 않았다. 그 수맥들을 칼날로 끊어보니 우리의 물과 마찬가지로 즉시 다시 모였고 칼이 지나간 자리는 즉시 사라졌다. 하지만 만일 칼날을 두 수맥 사이로 정확히 넣는다면 완벽하게 분리되었고 즉시 다시 응집하지도 않았다. 이 신기한 물을 기점으로 해서 나는 장차 기적임이 분명한 현상들의 거대한 사슬을 체험할 운명이었다.

19장

우리가 마을에 도착하는 데는 세시간이 걸렸다. 9마일이 넘는 험한 길을 통과해야 했다. 그런데 길목을 하나둘 지날 때마다 곧 두명에서 여섯이나 일곱명으로 이루어진 작은 분대들이 우연인 듯 나타나서 투윗의 일행(카누에 타고 있던 110명 전부)에 합류해 그들의 숫자가 계속 불어났다. 이런 행동이 무척 체계적으로 이루어지는 것으로 보여서 나는 그들을 불신하지 않을 수 없었고 가이 선장에게 그런 염려에 대해서 말했다. 그러나 후퇴하기에는 너무 늦은 상황이었기 때문에 우리는 투윗의 선의에 대해 완벽한 신뢰를 보이는 것만이 최선의 안전확보책이라고 결론내렸다. 따라서 그 야만인들의 움직임을 주시하며 계속 그들을 따라갔다. 그리고 그들이 사이에 끼어들어 우리를 갈라놓지 않도록만 신경 썼다. 그런 식으로 깎아지른 듯한 협곡을 통해 가다가 마침내 그 섬 안에서 유일한 거주지의 집합이라고 소개된 곳에 도착했다. 그것이 우리의 시야에 들어오자 추장은 고함을 지르고 자주 '클록클록'이라는 말을 되풀이했고, 우리는 그것이 그 마을의 이름이거나 혹은 마을이라는 뜻의 보통명사인가보다 하고 생각했다.

그들의 거처는 상상할 수 있는 가장 비참한 형태였고 인류가 알고 있던 가장 미개한 야만인의 것들과도 달리 형태가 일정하지 않았다. 그중 일부(그 땅의 위대한 사람들인 웜푸스 혹은 얌푸스의 소유)는 뿌리에서 약 4피트 높이에서 베인 나무 위에 커다란 검은 가죽을 올려놓고 땅 위로 느슨하게 자락이 매달려 있도록 해놓은 것이었다. 그 가죽 아래 야만인들이 보금자리를 이루고 있었다. 다른 것들은 시든 나뭇잎이 달린 거친 나뭇가지들을 45도 각도로, 그리고 5~6피트 높이로 진흙으로 만든 둑에 기대서 무정형으로 세워놓은 것이었다. 또다른 것들은 땅속에 직각으로 판 굴에 비슷한 나뭇가지를 덮어놓은 것으로, 거주자가 그것을 들어내고 들어간 뒤 다시 덮어놓았다. 몇군데는 나무의 포크형 가지들 사이에 지어졌는데, 윗가지들을 부분적으로 잘라서 낮은 가지들을 향해 구부려 악천후의 영향을 덜 받는 은신처를 만들었다. 그러나 다수는 작고 얕은 동굴로서 마을의 삼면을 둘러싸고 있는 표포토漂布土를 닮은 짙은 색 바위의 가파른 수평돌기를 긁어 파서 만든 것이었다. 이런 원시적인 동굴들의 문 앞에는 작은 바위가 하나씩 놓여 있었는데, 그것을 그곳의 거주자들이 거처를 떠날 때 무슨 목적을 위해서인지는 모르지만—그 돌 자체는 크기가 입구의 3분의 1 이상 되지 않아서 입구를 막을 수 없기 때문이다—그 앞에 조심스럽게 놓아두곤 했다.

그런 것을 마을이라고 부를 수 있다면 그 마을은 제법 깊은 골짜기에 자리 잡고 있었고 남쪽에서만 접근이 가능했다. 그쪽의 깎아지른 듯한 돌출바위가 다른 방향에서의 접근을 완전히 차단하고 있다는 사실은 이미 언급한 바 있다. 골짜기의 중앙을 통해서 내가 앞서 묘사한 바 있는 마술 같은 물이 시냇물을 이루며 콸콸 흐르고 있었다. 우리는 그들의 거주지 근처에서 이상한 짐승을 몇마리 보았는데 모두 완벽하게 길들여진 가축처럼 보였다. 이 짐승들 중에서 가장 큰 것은 몸통과 주둥이의 구조로 보아서 보통의 돼지를 닮았다. 하지만 꼬리는 털이 부숭부숭했고 다리는 영양의 그것처럼 가늘었다. 움직임은 극도로 거북하고 우유부단했으며 뛰는 모습은 전혀 볼 수 없었다. 그것들과 겉모습이 상당히 유사한 다른 짐승들도 몇마리 보였으나 몸길이가 좀더 길었고 검은 털로 덮여 있었다. 무척 다양한 조류들도 뛰어다니고 있었으며 그것들이 원주민들의 주된 식량원인 듯했다. 놀랍게도 완전히 길들여진 새들 속에 검은색 앨버트로스도 섞여 있었는데, 그것들은 이따금 바다로 가서 먹이를 구했지만 항상 마을의 집으로 되돌아갔으며 근처의 남해안을 부화의 장소로 사용하고 있었다. 거기서 그들은 다른 앨버트로스처럼 펠리컨들과 가깝게 지냈다. 하지만 펠리컨들은 미개인들의 처소로 그들을 따라가지는 않았다. 다른 종류의 길들여진 조류로는 우리 나라의 댕기흰죽지와 거의 다르지 않은 오리와 검은 북양가마우지, 그리고 겉모습으로 봐서는 말똥가리와 다르지 않지만 육식을 하지 않는 커다란 새들도 있었다. 어류도 무척 풍부해 보였다. 우리는 방문하는 동안 굉장히 많은 양의 연어와 바위틈에 사는 작은 대구, 푸른색 돌고래, 고등어, 지느러미고래, 홍어, 붕장어, 은상어, 숭어, 서대기, 비늘돔, 쥐치, 성대, 대구, 넙치와 꼬치고기, 그리고 헤아릴 수 없이 많은 다른 어류를 목격했다. 우리는 또한 그것들 대부분이 로드 오클랜드 제도 부근, 최남단으로 남위 51도 정도 위치에 사는 어류들과 비슷하다는 것을 알게 되었다. 갈리파고 거북도 무척 많았다. 야생동물은 거의 보이지 않았고 커다랗거나 우리가 잘 아는 종류의 야생동물은 더욱이 전혀 눈에 띄지 않았다. 무시무시하게 생긴 뱀 한두마리가 우리 앞을 지나갔지만 원주민들이 거의 신경을 쓰지 않는 것으로 보아 무해한 뱀인 듯했다.

우리가 투윗 일행과 함께 마을로 다가가자 엄청난 군중이 우리를 만나기 위해 큰 소리를 지르며 뛰어나왔는데, 그들의 고함 중에서 "아나무무!"와 "라마라마!"라는 말만 구별되었다. 놀랍게도 한두 예외를 제외하면 새로 나타난 사람들은 완전히 나체였다. 가죽 옷은 카누에 탄 사람들만 입고 있었다. 무기도 카누를 탔던 사람들만 지니고 있는 것 같았다. 마을 사람들에게서는 무기가 전혀 눈에 띄지 않았다. 굉장히 많은 여성들과 어린아이들이 있었는데 여성들은 개인적인 미모라고 부를 만한 것을 전혀 결여하고 있지 않았다. 그들은 몸매가 곧고 키가 크며 체격이 좋았고 문명사회에서 보기 힘든 우아함과 자유로운 몸가짐을 가지고 있었다. 하지만 입술은 남자들처럼 두텁고 조악했으며, 웃을 때조차도 결코 이가 보이지 않았다. 그들의 머리카락은 남자들보다 더 가늘었다. 이런 나체의 마을 사람들 중간중간에 투윗의 일행처럼 검은 가죽옷을 입은 사람이 열명에서 열두명가량 섞여 있었는데 그들은 창과 무거운 곤봉으로 무장하고 있었다. 그들은 마을 사람들에게 큰 영향력을 행사하는 것처럼 보였고 항상 웜푸라는 직함으로 불렸다. 그들 또한 검은색 가죽 궁궐의 거주자들이었다. 투윗의 궁궐은 마을의 중앙에 위치하고 있었고 다른 것들보다 훨씬 컸고 조금 더 잘 지어져 있었다. 그것의 기둥을 형성하고 있는 나무는 뿌리에서 12피트 정도 올라간 곳에서 베어져 있었으며 자른 부분 바로 아래 몇개의 가지들이 남겨져 있어서 그것들이 가죽 덮개를 펴주고 또 그것이 나무 기둥 주변에서 펄럭대는 것을 막아주었다. 네개의 무척 커다란 가죽을 나무 꼬챙이로 연결해서 만든 이 덮개 또한 대못으로 땅바닥에 고정되어 있었다. 바닥에는 카펫 대신 마른 잎사귀를 많이 깔아놓았다.

우리는 이 오두막집으로 엄숙하게 안내되었으며, 모일 수 있는 최대 숫자의 원주민들이 우루루 몰려 우리 뒤를 따라왔다. 투윗은 잎사귀들 위에 앉아서 우리에게도 따라 앉으라고 손짓했다. 우리는 그의 말대로 따라 앉았는데 치명적으로 불리한 자세는 아닐지 몰라도 무척 불편했다. 우리는 다 해서 열두명밖에 안 되는데 바닥에 앉아 있고, 적어도 마흔명은 되는 원주민들이 우리 주변에 바짝 다가앉아서 웅크리고 있었던 것이다. 만일 무슨 소동이라도 벌어지면 우리로서는 무기 사용이 불가능할 것이었고 실제로 자리에서 일어서는 것조차 불가능할 것 같았다. 그런 압박은 텐트 안뿐 아니라 섬 주민 전체가 모인 듯한 바깥에도 있었으니, 다만 투윗이 계속 애를 쓰고 호통치고 있는 덕분에 군중들이 우리를 밟아 죽이는 일이 방지되고 있는 듯했다. 그러나 우리의 주된 안전책은 투윗 자신이 우리 한가운데에 있다는 사실이었다. 그래서 우리는 그의 곁에 바짝 붙어서 적대적인 행위가 나타나기만 하면 즉시 그를 인질로 잡아 어려움에서 벗어나야겠다고 생각하고 있었다.

조금 애를 쓴 끝에 상황이 어느정도 진정되었고, 그러자 추장이 무척 긴 연설을 했는데 카누에서 한 것과 무척 비슷했다. 이제 '아나무무!'가 '라마라마!'보다 더 끈질기게 강조되고 있다는 점만이 달랐다. 우리는 그의 장광설이 끝날 때까지 깊은 침묵을 지키며 귀를 기울였고 그것이 끝나자 가이 선장이 영원한 우정과 선의를 다짐하는 것으로 화답하면서 마지막으로 푸른색 구슬을 낀 목걸이 몇개와 칼 한자루를 선물로 바쳐 답례를 마쳤다. 구슬을 본 그 왕은 무척 놀랍게도 경멸의 표정을 지으며 콧방귀를 뀌었다. 하지만 칼을 보고는 한없는 만족감을 표시하며 즉시 저녁식사를 주문했다. 이것은 텐트 안에서 시종들의 머리 위로 운반되었는데, 내용물은 미지의 동물, 아마도 우리가 마을로 들어가면서 본 다리가 가는 돼지 한마리에서 꺼낸 듯한 파닥거리는 내장이었다. 우리가 어찌해야 좋을지 몰라하는 모습을 보고 그는 그 매력적인 음식을 한입에 1야드씩 게걸스럽게 배 속에 넣는 것으로 모범을 보였다. 우리는 마침내 더이상 견디지 못하고 토할 지경이 되었고 국왕 폐하께서는 그것을 보고 앞에서 거울을 보았을 때만큼이나 놀랐다. 그러나 우리는 우리 앞에 놓인 미식美食을 거절하고, 방금 점심을 잘 먹고 왔기 때문에 식욕이 없다는 뜻을 그에게 전달하려고 노력했다.

왕이 식사를 마친 뒤 우리는 생각해낼 수 있는 온갖 창의적인 수단을 동원해서 서로 질문과 대답을 주고받기 시작했다. 그 나라의 주된 생산품이 무엇인지, 그중 이익을 남길 수 있는 것이 무엇인지 알아보기 위해서였다. 마침내 그는 우리가 물어보려던 것을 조금 이해한 듯했고 우리를 해안으로 데리고 가주겠다고 말했다. 그 해안에서 해삼이 (그것의 표본을 가리키며) 풍부하게 산출된다는 것이었다. 우리는 군중의 압박으로부터 벗어날 수 있는 기회가 그토록 빨리 온 것을 기뻐하며 당장 가보고 싶다는 뜻을 알렸다. 우리는 이제 텐트를 떠나서 주민 전체가 따라오는 가운데 추장을 앞세우고 우리의 배가 닻을 내리고 있는 만에서 그리 멀지 않은, 섬의 남동쪽 끝을 향해서 갔다. 우리는 이곳에서 야만인 몇명이 카누 네척을 우리 쪽으로 운반해올 때까지 한시간가량 기다렸다. 우리 일행 모두가 그중 하나에 올라타 앞에서 언급했던 산호띠와 그보다 더 멀리 있는 다른 산호띠를 따라 노를 저어갔다. 그곳에서 우리는 우리 일행 중 가장 나이가 많은 선원이 이 해산물로 가장 유명한 남반구의 남쪽 지역에서 일찍이 본 것보다 훨씬 더 많은 양의 해삼을 보았다. 우리는 이 산호초들 사이에 해삼이, 필요하다면 열두척의 배를 쉽게 채울 수 있을 만큼 많다는 사실을 확인한 뒤 곧장 다시 스쿠너 곁으로 가서 투윗과 헤어졌다. 헤어지기 전에 투윗은 24시간 안에 자신의 카누를 가득 채울 수 있을 만큼 많은 댕기흰죽지와 갈리파고 거북을 가져다주겠다고 약속했다. 이같은 모험을 하는 동안 우리는 원주민의 행동에서 의심스러운 태도를 별로 보지 못했는데, 우리가 스쿠너에서 내려 마을로 갈 때 그들의 무리가 체계적으로 불어나는 모습을 보인 일이 단 하나의 예외다.

20장

추장은 자신의 말을 어김없이 실행에 옮겼다. 우리는 곧 신선한 음식물을 충분히 공급받게 되었다. 우리는 그때까지 본 중 가장 신선한 거북을 보았고 오리들도 무척 부드럽고 즙이 많으며 맛이 좋은 것이 우리가 아는 최상품 야생조류보다도 나았다. 이런 것들 외에도 그 야만인들은 우리가 원하는 것을 알려주자 엄청난 양의 갈색 셀러리와 괴혈병 치료제인 십자화를 카누를 가득 채운 신선한 생선과 마른 생선과 함께 가져다주었다. 셀러리는 참으로 훌륭하고 만족스러운 선물이었으며 십자화는 괴혈병의 증상을 보이던 우리 선원들의 건강 회복에 크나큰 도움이 되었다. 얼마 지나지 않아 환자 명단에 한 사람도 남지 않게 되었다. 또한 다른 종류의 신선한 음식물도 풍부히 확보했는데, 그중에서 모양은 홍합 같았지만 맛은 굴 같은 조개류를 언급할 만하다. 또한 내가 앞서 언급했던 돼지고기도 많이 실었다. 대부분은 그것을 먹을 만하다고 생각했지만 내 입맛엔 비릿했고 다른 면으로도 그저 그랬다. 이런 음식물에 대한 댓가로 우리는 그 원주민들에게 푸른색 구슬과 청동으로 만든 장신구들, 못과 칼과 붉은 천 등을 주었는데, 그들은 그 교환에 대해서 무척 만족스러워했다. 우리는 스쿠너의 포 바로 아래 해변에 진짜 시장을 세웠고, 거기서 물물교환이 이루어졌다. 그 미개인들은 모든 면에서 분명한 선의를 보였고, 또한 클록클록 마을에서 목격된 행태로 미루어서는 의외인 질서정연한 태도를 보였다.

그렇게 며칠 동안 무척 우호적으로 교류가 이루어졌고, 그동안 원주민의 무리도 스쿠너 위로 자주 올라왔고 우리 쪽 사람들도 해변으로 내려가서 내륙까지 멀리 탐험하는 일이 많았는데, 그들은 전혀 우리를 괴롭히지 않았다. 그래서 가이 선장은 그 섬의 주민들이 우호적이어서 우리가 해삼을 모으는 데 기꺼이 도움을 줄 것이라고 예상하고 그들의 힘을 빌려 쉽게 배에 해삼을 실을 수 있겠다고 생각했다. 그리고 해삼을 건조 처리하는 데 적합한 집들을 세우고 날씨가 좋을 때 우리가 남행을 계속하는 동안 해삼을 가능한 한 많이 모으는 데 부족을 동원하는 문제를 투윗과 협상해보기로 결심했다. 추장에게 그런 계획에 대해 말을 꺼내니 기꺼이 동의하는 듯했다. 따라서 양측에 완전히 만족스러운 거래가 성사되었다. 그래서 적절한 기초를 세워 건물의 일부를 짓고 우리 선원 전체를 필요로 하는 다른 일들을 한 뒤에 그 계획의 진행을 감독하고 해삼을 건조시키는 일을 원주민들에게 지시할 선원 세명만을 남겨놓고 스쿠너는 항해를 계속하기로 결정되었다. 댓가는 우리가 없는 동안 야만인들이 얼마나 열심히 일하느냐에 따라 결정하기로 했다. 우리가 돌아올 때까지 모은 해삼의 중량에 따라 미리 합의된 양의 푸른 구슬과 칼과 붉은 옷감 등을 그들에게 지급하기로 했다.

독자들은 이 중요한 상품의 성격과 그것을 준비하는 방법에 약간의 관심이 있을 수도 있을 것 같다. 그에 대해 소개하는 데 여기보다 더 적절한 대목은 없을 것이다. 그 상품에 대한 다음의 포괄적인 내용은 남태평양 현대 항해사에서 따온 것이다.

"이것은 무역업자들에게 프랑스어 이름인 부슈 드 메르(바다에서 나는 훌륭한 음식)로 알려진 인도양에서 생산되는 연체동물이다. 만일 내가 큰 오해를 하고 있는 것이 아니라면 유명한 동물학자 뀌비에는 그것을 가스테로페다 풀모니페라라고 부른다. 이것은 태평양 제도의 해안에서 풍부히 구할 수 있으며 특히 중국 시장에서 팔기 위해 수집된다. 중국에서는 그것이 비싼 가격에 팔리는데, 제비의 한 종류가 아마도 이 연체동물의 몸체로부터 수집한 젤라틴 같은 물체로 만들어내는 유명한 식용 새집만큼이나 비싸다. 그들은 껍데기도 다리도, 혹은 흡수기관이나 배설기관이라는 정반대의 두 기관을 제외하고는 다른 돌출 기관이 없다. 그러나 애벌레나 벌레 들처럼 신축성 있는 마디[18]에 의해서 얕은 물속을 기어다니며, 수심이 얕을 때는 특정 종의 제비의 눈에 띈다. 제비는 날카로운 부리를 그 부드러운 동물의 몸에 꽂아서 끈끈하고 실 같은 물체

18 원문에는 wing(날개)이라고 되어 있으나 이는 ring(마디)의 오식이다.

를 뽑아낸 뒤 그것을 말려서 둥지의 단단한 벽을 만드는 데 사용한다. 그래서 가스테로페다 풀모니페라라는 이름이 붙여진 것이다.

이 연체동물은 타원형이고 사이즈는 3인치에서 18인치까지 다양하다. 길이가 2피트에 육박하는 예도 몇마리 본 적이 있다. 그것들은 둥그런 모양이고 바다의 바닥에 닿는 면은 다소 납작하다. 또한 두께는 1인치에서 8인치에 이른다. 연중 특정 계절에 수심이 얕은 곳으로 기어올라가는데 보통 쌍쌍이 발견되는 것으로 보아서 아마도 번식을 위해서 그러는 듯싶다. 그들이 해변으로 다가오는 것은 태양이 가장 뜨거울 때, 즉 물이 미지근한 계절이다. 그리고 물이 워낙 얕아서 썰물 때가 되면 해의 열기에 노출되어서 말라버리는 일도 종종 있다. 그러나 새끼들을 얕은 물로 데리고 오는 일은 없다. 그래서 새끼들은 한번도 관찰된 적이 없으며, 성년에 이른 것들이 깊은 바다에서 나올 때만 관찰된다. 그들은 주로 산호를 생산하는 식충류를 먹고 산다.

해삼은 보통 3~4피트 정도의 수심에서 잡힌다. 잡은 후에는 해안으로 운반해 한쪽 끝을 그 연체동물의 크기에 따라 칼로 대략 1인치 정도 가른다. 이 가른 부분을 통해서 힘을 주어 내장을 빼내는데, 그것들은 깊은 바다의 다른 소형 서식종들의 내장과 무척 비슷한 모양이다. 그런 다음 해삼을 씻어서 적당히, 너무 심하지도 너무 약하지도 않게 끓인다. 그런 뒤 네시간 동안 땅에 묻었다가 다시 잠깐 동안 끓인 뒤 불이나 해에 말린다. 해로 건조한 것들이 더 비싸다. 그러나 해로 1피큘(133과 3분의 1파운드)을 건조하는 시간이면 불로는 30피큘을 건조시킬 수 있다. 일단 적절하게 건조되고 나면 2~3년 동안 건조한 곳에 보관해도 전혀 썩을 염려가 없다. 그러나 몇달에 한번씩, 예를 들어서 일년에 네번 정도는 습해지지 않았는지 점검할 필요가 있다.

중국 사람들은 앞서도 언급했듯이 해삼을 무척 대단한 사치품으로 여긴다. 그것이 체질을 강화해주고 영양분을 공급해준다고 믿으며, 지나치게 주색에 빠진 사람의 지친 체력을 강화해준다고 믿는다. 최상품을 광둥에 가지고 가면 비싼 가격에 팔 수 있으니 1피큘에 90달러에 육박한다. 이등품은 75달러, 삼등품은 50달러, 사등품은 30달러, 오등품은 20달러, 육등품은 12달러, 칠등품은 8달러, 팔등품은 4달러에 팔린다. 그러나 소량을 마닐라나 싱가포르, 바타비아 등지에서 팔면 더 많은 돈을 벌 수 있다."[19]

그렇게 협약이 이루어져서 우리는 즉시 건물을 지을 준비를 하고 땅을 정지整地하는 데 필요한 모든 것을 하선시키기 시작했다. 장소로는 만의 동쪽 해안 근처 목재와 물이 풍부하고 해삼이 많이 나는 산호숲과의 거리가 멀지 않은 크고 평평한 공간이 선택되었다. 우리는 이제 모두 열심히 작업에 들어갔고 곧 야만인들을 무척 놀래키면서 우리의 목적을 위해 무척 많은 수의 나무를 베고 그것들을 집의 골격에 맞게 재빠르게 정리했다. 이 일이 이삼일 만에 상당히 진척되어서 우리는 나머지 일은 남을 사람들에게 맡기고 가도 될 것이라고 판단했다. 남을 사람은 남기를 자청한 존 카슨,

---

19 이 긴 인용문은 포가 벤저민 모렐(Benjamin Morrell)의 저서 *A Narrative of Four Voyages to the South Sea, North and South Pacific Ocean, Chinese Sea*(J & J Harper, 1832)에서 원전을 구체적으로 밝히지 않고 인용한 것이다.

알프레드 해리스, 그리고 피터슨이었다. (모두 런던 출신이었던 것 같다.)

우리가 출발 준비를 완료한 것은 그달의 마지막 날이었다. 그러나 우리는 정식으로 마을에 작별인사를 하러 들르기로 동의했고, 투윗은 그 약속을 지키라고 집요하게 요구했다. 우리는 마지막 약속을 안 지킴으로써 그의 기분을 상하게 하는 것은 현명하지 못한 모험이라고 판단했다. 나는 그때 우리 일행 중 어느 누구도 그 야만인들의 선의를 추호도 의심하지 않았다고 믿는다. 그들은 지속적으로 무척 예의 바르게 행동했고 우리의 일에 기꺼이 도움을 주었다. 그리고 자주 아무런 댓가도 받지 않고 그들의 상품을 주었으며 어떤 경우에도, 단 한가지 물건도 후무리는 일이 없었다. 우리의 물건을 선물하면 항상 보여주던 대단한 기쁨의 표시로 미루어 우리의 물건에 대해서 큰 가치를 두고 있음이 틀림없었는데도 말이다. 특히 여자들은 모든 면에서 무척 싹싹하게 굴었다. 전반적으로 보아 만일 우리에게 그렇게 잘 대해준 사람들이 배신할 가능성에 대해 한번이라도 의심해보았다면 아마도 우리는 이 세상에서 가장 의심이 많은 사람이었을 것이다. 그러나 이 명백한 친절함이 단지 우리를 처치하려는 치밀한 계획의 일부였을 뿐이며 우리가 그렇게 대단한 존경심을 품게 되었던 그 섬사람들이 지구를 오염시키고 있는 가장 야만적이고 교묘하고 피에 굶주린 악당들이라는 것이 이내 판명되었다.

2월의 첫날 우리는 마을을 방문할 목적으로 육지로 올라갔다. 비록 방금 말한 것처럼 조금도 의심을 품지는 않았지만 적절한 주의를 게을리하지는 않았다. 우리가 없는 동안 어떤 야만인이 어떤 구실로 배에 접근하더라도 그것을 막으라는, 그리고 항상 갑판에 있으라는 지시와 함께 여섯명의 선원이 배에 남겨졌다. 승선 그물이 올려졌고 총은 포도탄과 산탄으로 이중으로 장전되어 있었으며 선회포에는 머스켓 탄의 산탄이 채워져 있었다. 배는 닻을 수직으로 내린 채 해안으로부터 약 1마일가량 떨어진 곳에 있었고 카누가 접근한다면 어떤 방향에서 오든 분명히 배에서 보일 것이며 선회포의 포화에 즉시 정면으로 노출될 것이었다.

여섯명의 선원이 배에 남겨졌으니 육지에 간 사람은 총 서른두명이었다. 우리는 우리 나라의 서쪽과 남쪽 지방에서 지금은 무척 많이 사용되는 수렵용 칼을 조금 닮은 선원용 긴 칼을 하나씩 가졌을 뿐 아니라 머스켓 총과 권총, 날이 휜 무거운 단검으로 완전무장하고 있었다. 우리가 상륙하자 검은 가죽을 쓴 전사 백명이 우리를 인도한다는 명목으로 마중 나왔다. 그러나 다소 놀랍게도 그들은 이제 전혀 무기를 들고 있지 않았다. 그래서 투윗에게 이 점에 대해서 물어보니 그는 단지 "마티 논 웨 파 파 시", 즉 우리가 모두 형제이니 무장을 할 필요가 없다고 대답했다. 우리는 이것을 진심으로 받아들이고 전진했다.

우리는 앞서 언급했던 샘과 개천을 지나 마을이 자리 잡고 있는 활석의 언덕들로 향하는 협곡으로 들어섰다. 이 협곡은 바위가 무척 험하고 울퉁불퉁했으며, 워낙 지세가 험해서 클록클록을 처음 방문한 날에는 그곳을 기다시피 어렵게 통과했었다. 그 협곡의 전체 길이는 1마일 반, 어쩌면 2마일 정도 되었을 것이다. 그것은 언덕을 사방으로 감돌아갔으며 (먼 과거에 명백히 급류의 바닥을 형성했던 듯하다) 갑자기 돌지 않고 20야드 이상 전진할 수 없는 곳이다. 이 골짜기의 양옆에는 처음부터 끝까지 70에서 80피트 높이의 절벽이 수직으로 치솟아 있었고 어떤 부분은 고갯길을 완전히 가려서 햇빛이 거의 통과하지 않을 정도로 어마어마하게 높았다. 평균적인 폭은 약 40피트 정도였지만 때때로 다섯명이나 여섯명 이상의 사람이 나란히 통과할 수 없을 정도로 좁아졌다. 요컨대 매복을 위한 최적의 장소였으니, 우리가 그 길로 들어섰을 때 우리의 무기를 조심스럽게 살펴본 것은 당연한 일이었다. 내가 이제 우리의 터무니없는 어리석음에 대해서 돌이켜 생각해보면 정말로 놀라운 점은 상황이야 어찌 되었든 우리가 미지의 야만인의 세력권 안으로 제 발로 그렇게 깊숙이 들어가서 그들이 우리의 앞뒤에서 그 협곡을 통과하도록 허락했다는 사실이었다. 그러나 그때로서는 우리의 힘과 투윗 무리들의 비무장 상태, 우리 화력의 효능을 고려했고, 또 무엇보다도 이 천하의 악당놈들이 오랫동안 가장해온 우정을 어리석게도 신뢰했기 때문에 그 방문을 그다지 대수롭지 않게 생각했던 것이다. 그들 중 대여섯명이 길을 인도하는 듯 우리의 앞에서 갔는데 겉보기에는 길에 놓인 커다란 바위들과 잡동사니들을 제거하는 일에 몰두하는 듯했다. 우리는 함께 바짝 붙어 서서 서로 흩어지지 않도록 노력하면서 뒤를 따랐다. 그리고 우리 뒤로 야만인들의 주력主力이 유별나게 질서와 예의를 잘 지키면서 따라왔다.

더크 피터스, 윌슨 앨런이라는 이름의 선원, 그리고 나는 우리 오른편에서 머리 위로 높이 치솟은 절벽의 특이한 단층을 관찰하고 있었는데, 부드러운 바위의 갈라진 틈새에 주의가 끌렸다. 그 틈은 한 사람의 몸이 끼지 않으면서 들어갈 수 있을 정도의 너비였는데 18 내지 20피트 정도 곧장 언덕 쪽으로 이어지다가 왼쪽으로 기울어졌다. 우리가 주된 협곡에서 볼 수 있는 한, 그 틈새의 높이는 아마도 60 내지 70피트 정도 되는 것 같았다. 그 속에서는 개암나무과의 난쟁이 관목이 한두그루 자라고 있었는데, 나는 그것을 살펴보고 싶은 호기심을 느꼈다. 그래서 가볍게 성큼 그쪽으로 다가가 한번에 대여섯개의 개암을 땄고 서둘러서 뒤로 물러났다. 몸을 돌려보니 피터스와 앨런이 나를 따라와 있었다. 그 공간으로 두 사람이 지나가는 것은 불가능했기 때문에 나는 내가 가진 개암을 그들에게 주겠다며 돌아가라고 말했다. 그래서 그들이 몸을 돌려 서둘러 돌아나가고 있는데 앨런이 틈새의 입구 가까이 갔을 때 난데없이 전에 경험한 것과 전혀 다른 진동이 느껴졌다. 그 순간 내게 막연히 든 생각은 — 만일 내가 진짜로 뭔가 생각이란 것을 했다면 — 지구의 단단한 지반 전체가 갑자기 갈라지고 모든 것이 해체되는 날이 마침내 도래했나보다 하는 것이었다.

21장

혼란해진 정신을 수습하자 이내 숨이 막혀왔고 내가 칠흑같은 어둠속에서 나를 매장하려고 위협하며 사방에서 떨어지는 상당한 양의 성긴 흙 속을 기어가고 있다는 사실을 알 수 있었다. 너무나 경악한 나는 한참 애쓴 끝에 마침내 일어서는 데 성공했다. 그런 뒤 잠시 동안 가만히 서서 대체 무슨 일이 일어났으며 내가 어디 있는가를 기억해보려고 애썼다. 이윽고 내 귓전에서 깊은 신음 소리가 들렸고 이어서 피터스의 숨죽인 목소리가 하느님의 이름으로 내 도움을 청하고 있다는 사실을 깨달았다. 내가 한두발짝을 간신히 앞으로 내딛었을 때 그의 머리와 어깨가 곧장 부딪혀왔다. 그리고 허리께까지 느슨한 흙에 파묻힌 그가 거기서 벗어나려고 필사적으로 노력하고 있다는 사실을 알 수 있었다. 나는 온 힘을 다해서 그의 몸 곁에 있던 흙을 제거하고 마침내 그를 구출하는 데 성공했다.

공포와 놀라움에서 충분히 회복되어 합리적으로 대화를 할 수 있게 되자마자 우리는 우리가 과감히 들어갔던 틈새가 자연적인 어떤 진동으로, 혹은 아마도 절벽의 무게 때문에 무너져내려서 우리 머리 위에서 닫혀버렸고, 따라서 우리는 생매장된 채 영원히 나갈 수 없게 되었다는 결론에 도달했다. 우리는 무기력한 상태로 오랫동안 강렬한 고통과 절망에, 비슷한 상황에 처해본 적이 없는 사람이라면 제대로 상상도 할 수 없을 절망에 빠져 있었다. 나는 인간에게 일어나는 어떤 일도 우리가 겪은 것 같은 생매장보다 더한 정신적, 육체적 절망감을 불러일으킬 수는 없을 것이라고 확신한다. 희생자를 둘러싼 암흑의 막막함, 허파에 느껴져오는 무시무시한 압박감, 축축한 흙에서 뿜어져나오는 숨 막히는 증기가 우리가 희망의 영역을 넘어선 곳, 즉 사자들에게 할당된 영역에 있다는 믿음과 결합해서 인간의 심장에 견디기 불가능한, 결코 상상할 수도 없는 무시무시한 공포와 두려움을 가져오기 때문이다.

마침내 피터스는 우리가 처한 재앙의 정확한 규모를 알아보자고, 우리가 갇힌 곳을 더듬어보자고 제안했다. 도망갈 틈이 아직 조금이라도 남아 있을지도 모른다는 것이었다. 나는 그 희망에 열렬하게 매달리며 있는 힘을 다해 일어서서 느슨한 쪽을 뚫어보려고 시도했다. 내가 한발짝을 내딛자마자 희미한 빛이 보였고, 어찌 됐든 우리가 산소 부족 때문에 당장 죽지는 않겠다고 믿게 하기에 충분할 만큼은 되어 보였다. 우리는 이제 조심스럽게 용기를 내면서 서로 희망을 버리지 말자고 격려했다. 빛의 방향을 향해서 더 나아가지 못하게 가로막고 있던 잡동사니의 더미 위로 기어가자 이제 앞으로 나아가는 데 힘이 덜 들었고 우리를 고문하고 있던 허파의 지독한 압박감에서도 조금 해방되었다. 이윽고 우리는 주변의 물체들을 조금씩 식별할 수 있게 되었고 우리가 틈새를 이룬 직선 부분의 끝에 있으며 그곳이 왼쪽으로 돌아가는 길목이라는 사실을 깨달았다. 그 모퉁이에 도착해보니 가끔은 무척 경사가 심했지만 대체적으로 약 45도 각도를 유지하는 오르막길이 길게 나 있어서 우리에게 형언할 수 없는 기쁨을 주었다. 그곳에서 열린 부분 전체가 보이지는 않았으나 그곳으로부터 많은 빛이 들어오고 있었기 때문에 우리는 꼭대기에서 (우리가 어떤 방법으로든 꼭대기에 도착할 수 있다면) 열린 공간으로 나가는 통로를 발견할 수 있을 것임을 거의 의심하지 않았다.

그때 내게는 주 협곡에서 틈새로 들어간 것은 세 사람이며 동료인 앨런이 아직 실종 상태라는 사실이 생각났다. 우리는 즉시 되돌아가서 그를 찾아보기로 했다. 머리 위가 또 무너져내릴 위험을 무릅쓴 오랜 수색 끝에 피터스가 마침내 자신이 앨런의 발을 잡고 있는데 그의 몸 전체가 흙더미 속에 깊이 묻혀 있어서 꺼낼 수가 없다고 외쳤다. 내가 그리로 가보니 피터스의 말이 너무나 맞는 것이었으며, 물론 앨런은 한참 전에 죽은 게 틀림없었다. 우리는 슬픈 마음으로 그의 시체를 운명에 맡겨두고 다시 그 모퉁이를 향해 갔다.

틈새의 폭은 우리가 간신히 지나갈 만큼 좁았고, 올라가보려고 한두번 시도해보았으나 불가능했다. 그래서 다시 한번 절망에 빠지기 시작했다. 앞서 말했듯 주 협곡이 있는 일련의 언덕은 일종의 활석을 닮은 부드러운 바위로 이루어져 있었다. 우리가 이제 올라가려고 시도하고 있는 쪼개진 틈의 측면도 같은 바위로 되어 있는데다가 젖어 있어서 너무나 미끄러웠다. 가장 경사가 덜한 곳조차도 발을 디디기가 힘들었다. 경사가 거의 수직에 가까운 몇몇곳에서는 물론 그 어려움이 더했다. 실제로 얼마 동안 우리는 그곳을 올라가는 것이 불가능하다고 생각했다. 그러나 우리는 절망으로부터 용기를 얻었다. 그래서 지니고 있던 수렵용 칼로 부드러운 돌에 계단을 깎고, 여기저기 전체 덩어리에서 돌출된, 더 딱딱한 바위에서 조금씩 튀어나온 지점들에 생명을 걸고 매달리면서 마침내 자연스럽게 형성된 단 위에 도달했다. 그곳에서는 나무가 빽빽한 협곡의 꼭대기로부터 푸른 하늘 한조각이 보였다. 이제 조금 더 여유를 가지고 그때까지 전진했던 통로에 대해 돌이켜보자 우리는 그 옆면의 모습으로 미루어 그것이 최근에 생긴 것이라는 사실이 분명해졌고, 우리를 기습한 진동이 무엇이었든 이 탈출구도 그 진동과 동시에 열렸다고 결론이 내려졌다. 여기까지 오는 데 너무 애를 써서 우리는 무척 지치고 실로 기력이 다해 서거나 말할 힘도 없었다. 상황이 이런 만큼 피터스는 허리띠에 차고 있던 총을 발사해 동료들이 우리를 구원하러 오도록 하는 것이 어떻겠느냐고 제안했다. 머스켓 총과 긴 칼은 틈새의 바닥에 있던 느슨한 흙 사이로 사라진 지 오래였다. 이후의 경과는 만일 우리가 총을 쏘았더라면 무척 후회할 사태가 벌어졌을 것임을 보여주었다. 하지만 다행히도 이때쯤에는 뭔가 수상한 일이 일어난 것이 아닌가 하는 생각이 내게 들었고, 따라서 우리는 그 야만인들에게 우리의 위치를 알려주지 않는 것이 좋겠다고 결정했다.

약 한시간의 휴식 끝에 우리는 천천히 협곡을 따라 온 힘을 다해 올라갔고 얼마 가지 않아서 엄청나게 큰 비명 소리가 연달아 들렸다. 마침내 우리는 땅의 표면이라고 불릴 만한 곳에 도달했다. 우리가 단을 떠난 뒤 여태까지 걸어온 길은 커다란 바위와 나무가 머리 위 높이 아치를 이룬 곳이었다. 우리는 무척 조심해서 좁은 입구까지 가서 그 사이로 주변을 바라볼 수 있었는데 그러자 순식간에, 단 한번의 눈길로 그 진동의 끔찍한 비밀 전부를 알 수 있었다.

우리가 바라본 지점은 연석 언덕의 정상에서 멀지 않았다. 우리 서른두명의 일행이 들어갔던 협곡은 우리 왼쪽 50피트 정도 안쪽에 있었다. 그러나 협곡의 통로 혹은 바닥은 적어도 100야드 정도가 인위적으로 그 안으로 쏟아부은 백만톤이 넘는 무질서한 돌무더기로 꽉 채워져 있었다. 그 엄청난 크기의 것들을 쏟아부은 방법은 분명하면서도 간단했다. 이 살인적인 작업의 분명한 흔적이 여전히 남아 있었기 때문이다. 협곡의 동쪽 꼭대기를 따라 몇군데에서는 (우리는 지금 서쪽 꼭대기에 있었다) 땅속으로 나무 막대기를 꽂은 흔적이 보였다. 그러나 그 덩어리들이 떨어진 절벽의 표면 전체의 흙에 바위 발파공이 드릴로 내는 것과 유사한 자국이 남아 있는 것으로 보아 우리가 본 것과 유사한 말뚝들이 틈새의 끝에서 약 10피트 정도 떨어진 곳에서 시작해 아마도 약 300피트의 거리까지 1야드 간격으로 꽂혔던 것이 틀림없었다. 포도 줄기로 만든 강력한 밧줄이 아직도 언덕에 남아 있는 말뚝에 연결되어 있었고,

그런 밧줄들이 다른 말뚝 하나하나에 연결되었던 것이 틀림없었다. 연석 언덕의 특이한 층위에 대해서는 앞서 이미 이야기했었다. 그리고 우리가 생매장을 면한 좁고 깊은 틈에 대한 조금 전의 묘사는 그것의 성격을 이해하는 데 더 도움이 될 것이다. 거의 모든 자연적인 진동은 땅을 수직의 층으로, 혹은 평행을 이루는 산맥으로 가르는 것이 보통이다. 그리고 매우 온건한 기술을 적용하면 충분히 같은 목적을 달성할 수 있다. 이 단층을 그 야만인들은 자신들의 배반적인 목적을 달성하는 데 사용했다. 지속적인 말뚝의 줄을 통해서 땅을 부분적으로, 아마도 1~2피트 정도의 깊이로 가른 뒤 줄 양쪽 끝을 당김으로써 (이 밧줄들이 말뚝의 꼭대기에 붙어 있고 절벽의 밧줄 자리로 이어져 있었다) 엄청난 지렛대의 힘이 획득되어 신호와 함께 언덕 표면 전체를 아래의 심연 속으로 내동댕이칠 수 있었던 것이 틀림없었다. 우리 불쌍한 동료들의 운명은 더이상 의심의 여지가 없었다. 우리만이 그 항거하기 힘든 파괴의 폭풍우를 피한 것이었다. 우리만이 그 섬에 살아 있던 유일한 백인이었다.

22장

이제 상황은 우리가 영원히 무덤 속에 갇혔다고 생각했던 때보다 별로 나아진 것이 없는 듯했다. 우리 앞에는 그 야만인들에게 죽임을 당하든지 그들의 포로가 되어 비참하게 연명하든지 외에 다른 전망이 없었다. 물론 당분간은 언덕의 보루에서, 혹은 마지막 수단으로 우리가 방금 나온 틈 속에서 그들의 눈에 띄지 않고 지낼 수 있을지도 몰랐다. 하지만 긴 겨울을 추위와 기근 속에서 죽어버리든지 구원을 위한 노력을 하다가 궁극적으로 발견되든지 둘 중 하나였다.

우리 주변 그 나라 전체가 야만인으로 득시글거리고 있는 듯했다. 그리고 이제 보니 그들 떼거리가 다른 섬에서 납작한 뗏목을 타고 남쪽으로 가고 있었다. 의심할 바 없이 제인호를 탈취해서 약탈하는 데 가세하기 위해서였다. 제인호는 아직 만에 조용히 닻을 내리고 있었고 배에 있는 사람들은 자신들을 기다리고 있던 위험에 대해서 전혀 모르고 있는 것이 분명했다. 우리가 그 순간 그들과 함께 있기를 얼마나 원했던지! 그들의 탈출을 돕기 위해서, 혹은 방어하다가 그들과 함께 죽기 위해서. 그들에게 닥쳐올 위험에 대해서 경고를 해보았자 우리는 머리 위로 쏟아지는 공격에 즉사할 것이고 그들에게는 도움이 될지 되지 않을지조차 모르는 상황이었다. 총을 쏜다면 그들에게 뭔가 일이 잘못되고 있다는 사실을 알려줄 수는 있을지도 몰랐다. 하지만 그들의 안전을 확보하려면 그 항구를 떠나는 방법밖에 없다는 사실을 총소리만으로 알릴 수는 없었다. 그들이 남아 있는다고 해서 이미 죽어버린 동료를 구할 수 없으며, 그들이 남아 있어야 한다고 강요할 어떤 명분도 없다는 사실을 이야기해줄 수는 없었다. 총소리를 듣는다고 해서 그들이 공격 태세를 완전히 갖춘 적을 그때의 대비 상태보다 더 완벽하게 대비할 수도 없었다. 그러므로 우리가 총을 쏘는 일은 해만 될 뿐 어떤 좋은 결과도 가져올 수 없었다. 따라서 우리는 의논 끝에 총을 쏘지 않기로 결정했다.

우리의 다음 생각은 그 배를 향해 서둘러 가서 만의 안쪽에 놓인 네척의 카누 중 하나를 잡아타고 배 위로 올라가려고 노력하는 것이었다. 그러나 이 필사적인 노력에 성공할 가능성은 전혀 없다는 것이 곧 분명해졌다. 내가 앞서 말했듯이 그 나라에서는 문자 그대로 원주민들이 득시글거리고 있었고, 그들이 덤불과 언덕의 그늘진 곳들에 잠복해 있어서 스쿠너에서 관찰이 안 되기는 불가능했다. 특히 우리 바로 주변, 그리고 우리가 적절한 곳의 해안에 닿기 위해 필요한 유일한 길을 가로막으며 투윗을 우두머리로 해서 검은 피부의 전사들 모두가 집결해 있었고, 제인호에 대한 공격을 개시하기 위해서 지원 세력을 기다리는 것이 분명했다. 만의 안쪽에 있던 카누들 또한 무장을 안 하기는 했지만 원주민들이 타고 있었고 그들의 손 닿는 거리에 무기가 있다는 데에는 의심의 여지가 없었다. 그러므로 우리는 눈물을 머금고 은신처에 머물며 곧 벌어진 싸움의 단순한 방관자로 남아야만 했다.

약 반시간이 지나기 전에 우리는 60~70척 정도의 뗏목, 혹은 노 받침대가 달린 납작배를 보았는데, 그것들은 원주민을 가득 태운 채 항구의 남쪽 만곡부를 돌아오고 있었다. 그들은 작은 곤봉과 뗏목의 바닥에 놓인 돌 이외의 무기는 가지고 있지 않은 것처럼 보였다. 그리고 즉시 그것보다 규모가 더 큰 다른 파견대가 반대쪽에서 비슷한 무기를 가지고 다가오고 있었다. 이제 네척의 카누도 원주민들로 채워졌으며 그들은 만의 안쪽에 있던 덤불에서 나와서 재빠르게 다른 일행에 합류했다. 그리하여 내가 지금 묘사하고 있는 시간보다 더 빨리, 그리고 마치 요술에 걸리기라도 한 듯 제인호는 무슨 수를 써서라도 그 배를 나포하려고 마음을 먹은 것이 분명한 엄청난 수의 무법자들에게 둘러싸이게 되었다.

그들이 제인호를 나포하는 데 성공하리라는 것은 순식간에 의심의 여지가 있을 수 없는 사실로 드러났다. 배에 남아 있던 여섯 명은 배를 방어하기 위해 얼마나 단호하게 대처하든 포를 적절히 다룰 처지가 못 되었고 어떤 식으로든 그렇게 우열이 분명한 싸움에서 버텨내기는 불가능했다. 나는 그들이 저항할 것이라고도 상상하기 힘들었지만 그 점에 대해서는 내가 틀렸다. 왜냐하면 그들이 곧 닻줄에 밧줄을 묶고 카누들을 향해 우현의 대포를 겨냥하는 모습이 보였는데, 그 시점에 카누들은 사정거리 안에 들어왔고 뗏목은 바람 쪽으로 4분의 1마일 정도 떨어져 있었다. 알 수 없는 이유로, 아마도 우리의 친구들이 그렇게 절망적인 상황에 처했다는 사실 때문에 흥분한 탓에, 발포는 전적으로 실패로 돌아갔다. 카누 하나도 명중시키지 못했고 야만인 한명도 해하지 못했으며 총알은 짧아서 그들의 머리 위로 물수제비를 뜨며 날았다. 유일한 효과는 기대하지 않았던 총성과 연기에서 나왔는데, 소리가 워낙 크고 연기도 자욱해서 잠시나마 야만인들이 자신들의 계획을 완전히 포기하고 해변으로 돌아오려 하는 것이 아닌가 하는 생각까지 들었다. 만일 우리 편 사람들이 소형 무기들을 공격을 보조하는 데 사용했더라면 그랬을 수도 있을 것 같았다. 카누들이 무척 가깝게 다가와 있었기 때문에 그들은 야만인들이 더 가까이 오는 것을 저지한 뒤 대포 공격을 할 수도 있었다. 그러나 그러는 대신 카누의 사람들이 공포에서 회복되고 주변을 둘러본 뒤 다친 사람이 없는지 확인하도록 놔둔 채 뗏목을 상대하기 위해서 재빠르게 좌현으로 갔다.

좌현에서의 발포는 무시무시한 결과를 가져왔다. 커다란 포들로 이중탄두를 쏘아서 일고여덟척의 뗏목을 완전히 박살 냈고 아마도 삼사십명의 야만인을 즉사시켰으며, 적어도 백여명은 물에 빠졌고 대부분은 크게 부상을 당했다. 나머지는 겁에 질린 나머지 혼비백산해서 즉시 후퇴하기 시작했으며 다쳐서 물속에서 허우적대며 구해달라고 소리치던 동료들을 건져주려는 시도도 하지 않았다. 그러나 이 대단한 성공은 우리의 헌신적인 사람들을 구원하기에는 너무 늦은 것이었다. 카누에 있던 사람들은 이미 150여명 정도가 스쿠너에 올라탔고, 그들 대부분은 좌현의 포에 성냥을 대기도 전에 체인을 타고 기어올라가고 승선용 그물 위로 올라가는 데 성공했다. 이제 제아무리 강한 무기라도 그들의 잔인한 분노를 이겨낼 수 없었다. 우리 쪽 사람들은 그들에게 압도되어서 그들의 발밑에 짓밟히고 순식간에 완전히 박살 나며 즉시 굴복당했다.

이것을 보고 뗏목의 야만인들도 공포를 이겨내고 약탈을 하러 배로 몰려갔다. 5분도 채 안 되어 제인호는 한심하고 소란스러운 난장판으로 변해버렸다. 갑판은 부서지고 빠개졌다. 밧줄과 돛과 갑판 위의 움직일 수 있는 것들은 모두 마술에라도 걸린 듯 파괴되었다. 그러는 동안 수천명의 악당놈들이 배 주변에서 수영을 하며 카누로 양측에서 끌어당기는 등 수선을 떨다가 고물을 계속 밀어서 (케이블이 미끄러졌고) 마침내 투윗의 원대한 직무를 수행하기 위해 배를 해변으로 가져갔다. 투윗은 그 사태가 전개되는 동안 능숙한 장군처럼 언덕들 가운데 안전한 곳에 앉아 전체를 조망했는데, 이제 만족스러운 승리를 거두자 검은 가죽옷의 전사들과 함께 허둥지둥 내려와 함께 전리품을 챙겼다.

투윗이 해변으로 내려갔기 때문에 우리는 은신처에서 나와 틈새 주변의 언덕을 살펴보았다. 그 입구에서 약 50야드 떨어진 곳에 작은 샘물이 있는 것이 보였고 우리는 그곳에서 타는 듯 다급했던 갈증을 해소할 수 있었다. 샘에서 그리 멀지 않은 곳에서 내가 앞서 언급했던 개암나무 덤불도 조금 발견했다. 개암을 맛보았더니 그런대로 먹을 만했고, 영국산 보통 개암나무의 맛과 아주 흡사했다. 우리는 즉시 모자를 그것으로 가득 채워서 협곡 안에 보관한 뒤 더 가지러 되돌아갔다. 정신없이 개암을 모으고 있는데 덤불에서 부스럭거리는 소리가 들려와 우리는 깜짝 놀랐다. 그래서 조심스레 은신처로 되돌아가려고 하는데 해오라기과에 속하는 커다란 검은 새가 덤불숲에서 힘들게 천천히 일어나 나왔다. 너무나 놀란 내가 선 채로 굳어 있는데 피터스가 침착하게 달려가서 그 새가 도망치기 전에 목을 움켜잡았다. 그 새가 얼마나 심하게 소리를 지르며 발버둥을 치던지 우리는 아직 주변에 숨어 있을지 모르는 야만인들이 그 소음에 놀랄까봐 그냥 놔주어버릴까 하는 생각까지 했다. 그러나 수렵용 칼로 한번 찌르니 결국 푹 쓰러졌다. 우리는 그 새를 협곡 쪽으로 끌고 가면서 어찌 됐든 일주일 정도를 버틸 수 있는 양식을 확보했다는 사실을 자축했다.

우리는 다시 주변을 돌아보기 위해서 나갔고 언덕의 남쪽 경사면을 따라서 상당한 거리를 갔으나 양식 노릇을 할 만한 것은 전혀 발견하지 못했다. 그래서 마른 나무만 한아름 모아 되돌아갔다. 엄청난 수의 원주민 무리가 배에서 약탈한 물건들을 잔뜩 가지고 마을로 돌아가는 모습이 보여서 그들이 언덕 아래를 지나갈 때 우리가 발각될까봐 걱정되었기 때문이다.

다음으로는 가능한 한 은신처의 안전을 확보하기 위해 애썼다. 그런 목적을 위해 우리는 앞서 내가 언급한 틈새, 즉 우리가 처음 힘들게 경사면을 올라가 튀어나온 높은 지점에 이르러 부분적으로 푸른 하늘을 내다볼 수 있었던 그 틈새 위로 잔가지들을 조금 올려 놓았다. 그리고 아래쪽의 시선에 노출되지 않고 만을 바라볼 수 있을 정도의 아주 작은 구멍만을 남겨놓았다. 그렇게 조처한 뒤 우리는 자축했다. 왜냐하면 이제 우리는 바깥 언덕으로 나가지 않고 협곡에 남아 있는 한 그들의 시야에서 완전히 차단되어 있었기 때문이었다. 이 빈 장소에서는 이전에 야만인들이 다녀간 흔적이 전혀 발견되지 않았다. 하지만 사실 우리를 그곳으로 인도한 틈이 바로 전에 반대편의 절벽이 무너져서 생긴 것이며 그곳에 도달할 수 있는 다른 길이 보이지 않았다는 점을 고려해볼 때 우리는 공격을 당하지 않을 안전한 장소에 있다는 생각에 기쁘기보다는 우리가 내려갈 수 있는 방법이 전혀 없을지도 모른다는 사실에 겁이 났다. 우리는 기회가 포착되면 언덕의 꼭대기를 탐험해보기로 결심하고 다른 한편 구멍을 통해서 야만인들의 움직임을 주시했다.

그들은 이미 배를 완전히 작살냈고 이제 그것을 불태울 준비를 하고 있었다. 조금 후에는 배의 주 승강구에서 엄청난 양의 연기가 피어오르는 것이 보였고 그 직후에 선수루로부터 두터운 화염이 치솟는 것이 보였다. 삭구 장치와 돛, 돛의 남은 부분들이 즉시 화염에 휩싸였고 불길은 갑판을 따라 재빠르게 번졌다. 그럼에도 굉장히 많은 야만인들이 그 배에 계속 남아 커다란 돌과 도끼와 대포알로 나사못과 다른 구리와 쇠를 내려치고 있었다. 해변에, 그리고 카누와 뗏목에도 원주민이 있어서 스쿠너 부근에 있던 원주민 수만 해도 총 만명이 넘었다. 그 외에도 약탈물을 지고 이웃의 섬과 내륙으로 가고 있는 수많은 원주민들이 있었다. 이제 대참사가 벌어질 것이 틀림없었고 그 예상은 빗나가지 않았다. 우선 날카로운 충격이 있었으나 (그것은 약간의 전류 자극처럼 우리가 있던 곳에서도 명확하게 느껴졌다) 폭발의 기미는 느껴지지 않았다. 야만인들도 분명히 놀랐는지 잠시 동안 하던 일과 고함 소리를 중단했다. 그러다가 그들이 다시 동작을 재개하려는 찰나에 갑자기 검고 무거운 천둥을 품은 구름을 닮은 엄청난 연기의 덩어리가 갑판에서 피어오르더니 깊은 곳에서부터 분명히 4분의 1마일은 될 높이로 생생한 불기둥이 치솟았다. 그런 뒤 갑자기 화염이 둥그렇게 팽창했고 공기 전체가 순식간에 요술처럼 나무와 금속과 인간의 팔다리로 가득 찼다. 그리고 마지막으로 격렬한 진동이 일어나서 우리 몸이 내동댕이쳐졌으며 언덕이 그 소동의 소리를 끊임없이 반향했으며 밀도가 높은 아주 작은 파편들이 주변 사방에서 마구 떨어져 내렸다.

야만인들의 소동은 우리 최고의 기대도 능가했으니 그들은 이제 정말로 자신들의 사악한 배신 행위의 충분하고 완벽한 열매를 거두었다. 그 폭발로 아마도 천명쯤 죽었고 적어도 그만큼의 사람이 끔찍한 부상을 입었다. 만의 표면 전체가 문자 그대로 발버둥치고 익사하는 사람들로 가득 찼고 해변의 상황은 더 나빴다. 그들은 자신들의 좌절의 갑작스러움과 완벽함에 완전히 놀란 듯했으며 서로를 도우려는 노력은 전혀 보이지 않았다. 그러다 결국 그들의 행동은 완벽한 변화를 보였다. 절대적인 마비 상태를 벗어나 갑자기 최고조의 흥분 상태에 빠진 듯했으며 공포와 분노와 강렬한 호기심이 혼합된 너무나 기이한 표정을 하고 해변의 한 지점을 오락가락하면서 "테켈릴리! 테켈릴리!"라고 목청껏 외치며 마구 뛰어다녔던 것이다.

이윽고 거대한 무리가 언덕으로 가는 것이 보였는데 그들은 거기서 나무 말뚝을 가지고 금세 돌아왔다. 그런 뒤 이것들을 무리가 가장 밀집되어 있는 곳으로 가지고 갔는데, 사람들이 너무 빽빽이 들어서 있어서 이 모든 흥분의 대상이 무엇인지는 보이지 않았다. 땅 위에 무엇인가 하얀 것이 누워 있는 것이 보였으나 그것이 무엇인지는 바로 알 수 없었다. 마침내 우리는 그것이 1월 18일 스쿠너가 바다에서 건져올렸던 선홍색 이빨과 발톱을 가진 특이한 동물의 시체라는 것을 알 수 있었다. 가이 선장이 그것을 박제해서 영국으로 가지고 갈 목적으로 사체를 보관했었다. 우리가 섬으로 가기 전에 그가 그런 지시를 내려서 사체를 선실의 자물쇠 달린 장에 보관해두었던 것이 기억났다. 그것이 폭발에 의해서 해변으로 내동댕이쳐졌던 것이다. 그러나 그 야만인들 사이에서 그것이 왜 그런 관심을 유발했는지는 우리가 이해할 수 없는 문제였다. 그들은 약간의 거리를 두고 시체 주위에 모여 있기는 했지만 누구도 더 가까이 다가가려고 하지는 않는 것 같았다. 조금 후에는 말뚝을 가진 사람들이 그 시체 주위에 말뚝을 박았고, 그렇게 준비가 완료되고 나자마자 그 많은 사람들의 무리가 섬의 내부로 서둘러 가면서 "테켈릴리! 테켈릴리!"라고 큰 소리로 외쳤다.

23-a장[20]

그에 바로 이은 6~7일 동안 우리는 언덕 위 은신처에 숨어 있으면서 물과 개암을 가지러 가끔씩만 조심스럽게 밖으로 나갔다. 우리는 단 위에 일종의 펜트하우스를 만들어서 그곳에 마른 나뭇잎으로 침대를 만들어놓았고 그 위에 세개의 크고 납작한 돌을 놓아서 난로 겸 탁자로 썼다. 우리는 하나는 부드럽고 하나는 딱딱한 두개의 마른 나무를 비벼 어려움 없이 불을 피웠다. 우리가 때마침 잡았던 새는 다소 질기기는 했지만 훌륭한 음식이었다. 그것은 바닷새가 아니라 새까맣고 회색이 도는 깃털을 한 해오라기과의 새로 크기에 비해서 날개가 작았다. 우리는 나중에 그 협곡 부근에서

20 이 책의 초판본에는 23장이라고 쓰인 챕터가 두개 있으며, 그 이유에 대해서 학자들 사이에 여러 학설이 있으나 편집자에 의한 오류라는 설이 유력하다.

같은 종류의 새를 세마리 보았는데 그 녀석들은 우리가 잡은 새를 찾고 있는 것처럼 보였다. 그러나 그 새들은 육지에 내려앉지 않았기 때문에 잡을 수가 없었다.

이 새가 있는 동안은 그다지 고생스럽지 않게 지냈다. 하지만 이제 그것도 다 떨어져서 새로운 양식을 찾는 일이 절실해졌다. 개암은 허기를 충족시켜주지 않았으며 복통을 심하게 일으키기도 했고, 너무 많이 먹으면 극심한 두통도 가져왔다. 언덕의 동쪽 해안 가까이에서 커다란 거북 몇마리가 보였고 원주민의 눈에 띄지 않고 그리로 갈 수만 있다면 그놈들을 쉽게 잡을 수 있을 것 같아서 우리는 하산을 시도해보기로 했다.

우리는 남쪽 경사면으로 내려가기 시작했는데 그쪽이 가장 덜 어려울 것 같았기 때문이었다. 그러나 100야드도 채 가기 전에 (우리가 언덕의 꼭대기에서 보고 짐작했던 대로) 우리의 동료들을 삼켜버린 협곡의 지류에 의해 행로가 완전히 차단되었다. 그래서 그 가장자리를 따라서 4분의 1마일 정도를 더 갔는데 그때 다시 엄청나게 깊은 절벽이 앞길을 막았고, 그 가장자리로는 갈 수가 없었기 때문에 주된 협곡으로 되돌아가지 않으면 안 되었다.

이어서 동쪽으로 힘겹게 나아갔으나 앞서와 거의 동일한 불운을 만났다. 한시간 정도를 더듬거리며 목을 부러뜨릴 위험을 무릅쓰고 전진했으나 검은색 화강암의 거대한 웅덩이가 나왔고 바닥에 미세한 분말이 있는 그곳에서 나가는 유일한 출구는 우리가 방금 거쳐온 길뿐이라는 사실을 알게 되었다. 이 길을 다시 힘들여 올라간 뒤 우리는 이제 언덕의 북쪽 가장자리를 시도해보았다. 이곳에서는 최대한 조심해야 했으니 아주 작은 실수로도 마을의 야만인들의 눈에 띌 위험이 있었기 때문이었다. 따라서 우리는 네발로 엉금엉금 기어갔고 가끔씩 납작 엎드려서 관목들 사이를 가야 했다. 이렇게 조심스럽게 아주 조금 나아갔을 때 우리는 그때까지 본 것보다 훨씬 더 깊은 골짜기를 통해 직접 주 협곡으로 이어지는 곳에 도착했다. 그리하여 우리의 공포는 완전한 사실로 확인되었다. 우리는 아래쪽의 세계로부터 완전히 고립되어 있었다. 우리는 너무 애를 쓴 탓에 완전히 기진맥진한 상태로 온 힘을 다해 단으로 돌아갔고 잎사귀의 침대에 몸을 던진 뒤 몇시간 동안 달콤하고 깊은 잠을 잤다.

이 소득 없는 수색 후 며칠 동안 우리는 그 장소에서 구체적으로 제공받을 자원을 알아보기 위해 언덕 꼭대기 구석구석을 수색하는 데 몰두했다. 그리고 그 결과 거기서 건강에 좋지 않은 개암과 4평방로드[21] 정도의 좁은 공간에서 자라는, 그래서 곧 바닥날 무성한 십자화 종류 외에 아무런 식량도 구할 수 없다는 사실을 알게 되었다. 내 기억에 따르면 2월 15일[22]에 이 십자화가 전혀 한줄기도 남아 있지 않았고 개암도 거의 바닥나가고 있었다. 그러므로 우리는 최악의 상황에 처해 있었다. 16일에는 어디선가 다시 탈출의 길을 찾을지도 모른다는 희망을 가지고 감옥의 담 밖으로 나갔는데 아

21 1로드는 5.5야드(약 5.03미터)이고 1평방로드는 30.25평방야드(약 25.3제곱미터)이다.

22 **원주** 내가 전에 이야기한 바 있는 회색빛 증기의 거대한 띠가 남쪽에서 몇개 관찰되었기 때문에 이 날은 기억할 만한 날이었다.

무 결과도 얻지 못했다. 그래서 이 통로를 통해서 주 협곡을 향한 입구를 발견할지도 모른다는 막연한 기대를 가지고 우리가 압살당할 뻔했던 골짜기로 내려갔지만 여기서도 실망만 안고 돌아왔다. 하지만 머스켓 총 하나를 발견한 것은 소득이었다.

17일에는 첫 수색 시에 찾아갔던 검은 화강암의 틈을 더 자세히 조사해보기로 하고 다시 길을 나섰다. 이 골짜기 옆에 있던 틈 중의 하나를 대충만 보았던 사실이 기억나서 더 자세히 탐험해보기로 한 것이다. 비록 거기서 어떤 입구를 발견하리라는 기대를 가질 수는 없었지만 말이다.

그 골짜기의 바닥에 도달하는 것은 지난번보다는 쉬웠다. 그리고 전보다 더 주의 깊게 그것을 살펴볼 여유도 있었다. 실제로 그것은 상상이 거의 불가능할 만큼 특이하게 생긴 장소 중 하나였고, 그것이 순전히 자연의 작품이라는 것을 거의 믿기 힘들 정도였다. 골짜기는 그 굴곡을 다 따라간다면 동쪽에서 서쪽 끝까지 약 500야드의 길이였다. 그러나 직선으로 동쪽에서 서쪽으로 간다면 거리는 40~50야드에 지나지 않았다. (정확히 측정할 도구가 없었으므로 이것은 짐작이다.) 즉 처음 그 골짜기로 내려가 언덕 꼭대기에서 아래쪽으로 100피트를 하강하면 그 심연의 양쪽 벽은 서로 전혀 다르게 생겼고 분명히 서로 연결된 적이 없는 것으로 보였다. 한쪽 표면은 연석으로 되어 있었고 다른 쪽 표면은 금속성의 가루가 박힌 이회토로 되어 있었으니 말이다. 그 두 절벽 사이의 폭, 혹은 너비는 그 부분에서는 대략 60피트 정도였는데 규칙성이 있어 보이지는 않았다. 그리고 앞서 말한 한계 너머로 내려가자 그 폭은 급격하게 줄어들었고 옆면은 평행선을 그렸지만 여전히 재료나 표면의 형태가 달랐다. 바닥에서 50피트 정도의 높이에 도착하자 완벽한 규칙성이 시작되었다. 옆면들은 이제 물질적으로나 색깔, 그리고 가로의 방향에 있어서 전적으로 규칙적이었고 그 물질은 무척 검고 빛나는 화강암이었으며 양측의 거리는 모든 지점에서 서로를 마주 보고 정확히 20야드 정도 떨어져 있었다. 틈의 정확한 형태는 그 자리에서 그렸던 도형을 통해서 가장 잘 이해될 수 있다. 내가 다행히 수첩과 연필을 가지고 있었고 나는 그것들을 긴 모험의 과정 동안 잘 보존하려고 노력했다. 많은 주제들에 대해 그렇게 메모를 한 덕분에 이 글을 쓰는 데 도움이 되었다. 안 그랬다면 기억이 무척 혼란스러웠을 것이다.

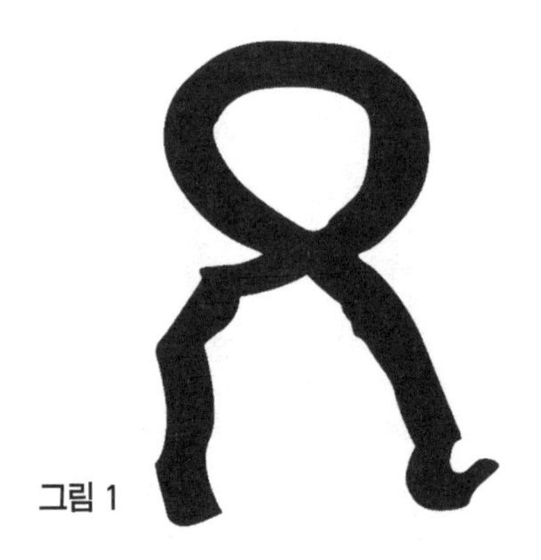

그림 1

그림 1은 그 협곡의 일반적인 윤곽을 측면에 있던 몇개의 소소한 동굴들을 제외하고 그린 것이다. 그 동굴들의 반대쪽에는 그 모습에 상응하는 돌기들이 있었다. 그 골짜기의 바닥은 대부분 3~4인

치 두께의 미세한 분말로 덮여 있었는데 그 밑으로 검은 화강암이 이어져 있었다. 오른쪽 맨 아래에는 작은 틈이 있었고, 이것은 위에서 언급한 틈으로 그것을 좀더 자세히 조사하는 것이 우리가 두번째 방문한 목적이었다. 우리는 이제 앞을 가로막고 있던 검은딸기 관목을 쳐내고 화살촉과 비슷한 모양의 날카로운 부싯돌 더미를 제거하면서 계속 전진했다. 더욱이 먼 끝에서 작은 빛이 감지되었기 때문에 기운을 얻어 계속 나아갈 수 있었다. 우리는 마침내 30피트 이상 계속 나아가 그 구멍이 낮고 규칙적으로 생긴 아치로서 주 협곡에 있던 것과 마찬가지로 바닥에 미세한 분말이 깔려 있다는 것을 알게 되었다. 이제 강한 빛이 우리를 비추었고 짧은 모퉁이를 돌자 모든 면에서 우리가 방금 떠난 방과 비슷한데 세로로 된 또다른 높은 방에 들어가게 되었다. 그것의 일반적인 형태를 여기 제시한다. (〈그림2〉를 보라.)

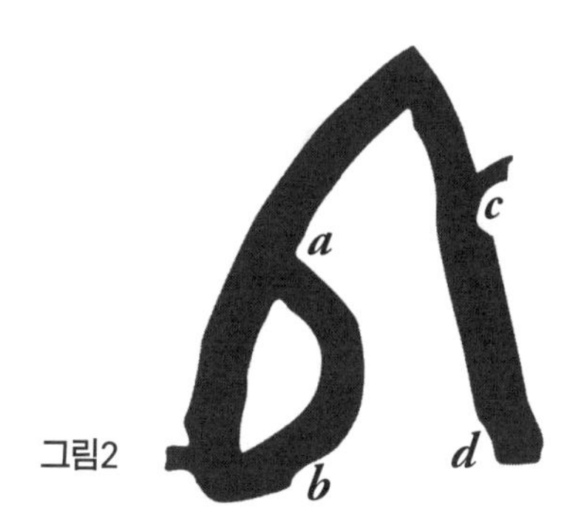

그림2

이 협곡의 틈 a에서 곡선 b를 돌아서 끝인 d에 이르는 전체 길이는 550야드이다. c 지점에서는 우리가 다른 협곡에서 본 것과 유사한 작은 틈이 발견되었다. 그리고 이것 역시 검은딸기 관목과 흰색 화살촉 모양의 부싯돌 더미로 막혀 있었다. 그것을 뚫고 계속 전진해 그 길이가 약 40피트 정도라는 것을 확인한 뒤 세번째 협곡으로 들어갔다. 이것 또한 첫번째 것과 거의 정확히 같은 모양이었는데 세로의 모습만 달랐으니, 그 모습은 〈그림3〉을 보라.

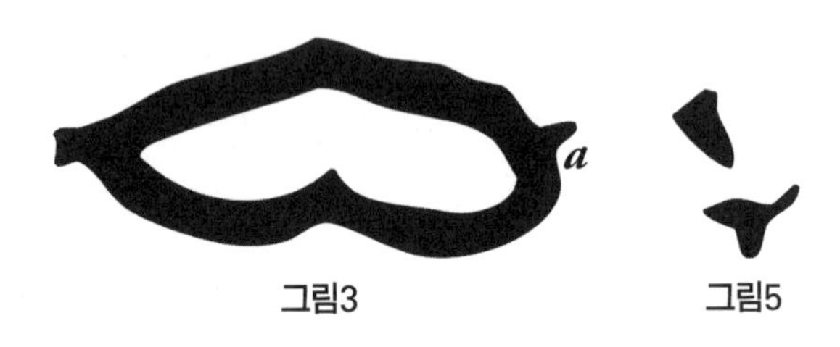

그림3 그림5

세번째 협곡의 전체 길이는 320야드 정도였다. a 지점에는 약 6피트 너비의 구멍이 있었고 바위 쪽으로 115피트 정도 이어지다가 그곳에서 이회토의 층으로 끝났고 예상대로 그밖에 다른 협곡은 없었다. 빛이 아주 희미하게 들어오던 이 틈을 떠나려고 하는 참에 피터스가 막다른 골목의 끝부분에 형성되고 있던 이회토 표면에 특이한 모양으로 새겨진 일련의 문양을 내게 가리켰다. 상상력을 별로 동원하지 않고 보아도 이 문양의 왼쪽 끝, 그러니까 가장 북쪽의 형상은 비록 거칠기는 해도 똑바로 서서 팔을 내밀고 있는 사람의 모습을 의도적으로 그린 것이라고 볼 만했다. 그 나머지는 알파벳을 조금 닮았는데, 피터스는 어리석게 보이겠지만 그것들이 정말로 알파벳이라고 누가 뭐라 해도 믿고 싶다고 했다. 나는 그 문양의 바닥으로 그의 주의를 돌림으로써 마침내 그의 믿음이 오류임을 확신시켰다. 우리는 바닥의 분말 가운데서 어떤 진동 때문에 그 무늬들이 발견된 표면으로부터 떨어진 것이 분명한 이회토의 커다란 조각들을 주웠다. 뾰족한 곳들을 맞춰보니 정확히 표면의 무늬들과 일치했고 따라서 그것이 자연의 소행이라는 것이 분명해졌다. 〈그림4〉는 그 전체 모습을 정확히 그린 것이다.

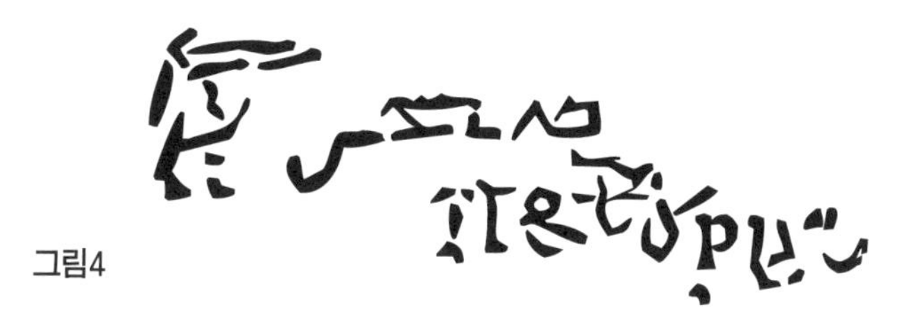

그림4

이 특이한 동굴들이 우리가 감옥에서 나갈 출구를 제공해주지 못한다는 사실을 확인하고 우리는 실망하고 실의에 잠겨서 언덕 꼭대기로 되돌아갔다. 다음 24시간 동안에는 언급할 가치가 있는 일이 전혀 일어나지 않았다. 예외라면 세번째 협곡의 동쪽에 있는 땅을 조사하다가 무척 깊은 삼각형 구멍 두개를 발견했는데 그것도 측면이 검은 화강암으로 이루어져 있었다는 점이다. 우리는 이 구멍들 속으로 내려가볼 필요가 없다고 판단했다. 그것들이 출구가 없는 자연 우물로 보였기 때문이었다. 그것들은 각각 원주가 20야드 정도 되었고 그 모양과 제3의 협곡과 상대적인 위치는 앞쪽 〈그림5〉에 제시되어 있다.

23-b장

그달의 20일에는 개암이 가져오는 너무나 큰 고통 때문에 더이상 그것에 의지해서 살아가는 것이 전혀 불가능하다는 것을 깨닫고 목숨을 걸고 언덕의 남쪽 경사면을 내려가보기로 했다. 이쪽 절벽의 표면은 전체적으로 거의 수직이고 (적어도 150피트 정도의 깊이) 많은 부분은 아치형을 이루었지만 가장 부드러운 종류의 활석이었다. 오랫동안의 수색 끝에 우리는 만의 가장자리 약 20피트 아래 있던 좁은 돌출바위를 하나 발견했다. 피터스는 우리의 손수건을 함께 묶어서 내 도움에 힘입어 간신히 그 위로 뛰어내렸다. 그보다 조금 더 힘들게 나도 그리로 갔다. 그러고 나서 우리는 언덕이 무너져서 파묻혔을 때 협곡에서부터 기어올라갔던 과정을 되밟아 내려가면, 즉 칼로 활석의 표면을 깎아 계단을 만들면 그 절벽 아래로 갈 수 있겠다고 판단했다. 그 시도가 얼마나 위험한 것이었는지는 상상도 힘들 정도이다. 그러나 대안이 없었으므로 마음을 단단히 먹고 그 일에 덤벼들었다.

우리가 서 있던 바위 위에서는 개암나무가 조금 자라고 있었다. 우리는 그중 한그루에 손수건으로 만든 로프의 끝을 묶었다. 다른 쪽 끝은 피터스의 허리에 묶었고 내가 손수건을 잡고 있으면 그가 그것이 팽팽해질 때까지 절벽 아래로 내려갔다. 그는 이제 활석에 깊은 구멍(8~10인치 정도 깊이)을 내서 위에 있는 바위를 1피트 정도의 높이로 경사지게 한 뒤 평평해진 표면에 권총의 머리판으로 어느정도 튼튼하게 못을 칠 수 있도록 했다. 그런 뒤 나는 그를 약 4피트 정도 당겨올렸고 그는 아래 있는 것과 유사한 구멍을 만들어서 그 속에 앞서와 같이 못을 치고 그렇게 해서 손과 발 모두를 기댈 수 있는 장소를 만들었다. 나는 이제 나무에서 손수건을 풀어 그에게 끝을 던져주었고, 그가 그것을 가장 꼭대기의 구멍에 친 못에 묶어서 자신이 있던 곳보다 약 3피트, 즉 손수건의 전체 길이만큼 아래로 조심스럽게 내려갔다. 여기서 그는 또 구멍을 내고 또 못을 쳤다. 그런 뒤 그는 스스로를 당겨올려서 방금 만든 구멍에 발을 딛고 손으로는 위의 못에 매달렸다. 이제 손수건을 가장 높은 못에서 풀어 다음 높이에 묶어야 했다. 그 순간 그는 그렇게 먼 거리에 구멍을 만든 것이 실수였다는 사실을 깨달았다. 그러나 매듭을 잡으려고 노력하며 한두차례 위험한 시행착오를 거친 끝에(왼손으로 매달려서 오른손으로 매듭을 풀어야 했다) 그는 마침내 끈을 잘라서 6인치 정도를 못에 그냥 남겨두었다. 그는 이제 두번째 못에 손수건을 묶으면서 세번째 것 아래로 내려갔는데 너무 거리를 크게 두지 않으려고 노력했다. 이런 방법으로 (이것은 나라면 절대 생각해내지 못했을 방법이니 우리는 전적으로 피터스의 창의력과 결단력의 덕을 보고 있는 것이었다) 내 동료는 절벽의 튀어나온 부분의 도움을 가끔씩 받으며 마침내 아무 사고 없이 바닥에 도착하는 데 성공했다.

내가 그의 뒤를 따라가기 위해 용기를 내는 데에는 조금 시간이 걸렸지만 마침내 나도 같은 시도를 하게 되었다. 피터스는 내려가기 전에 셔츠를 벗어두었고 그 셔츠와 내 셔츠를 연결해 이 모험에 필요한 로프를 만들었다. 나는 협곡에서 발견했던 머스킷 총을 아래로 던진 뒤 이 로프를 관목에 묶고 힘차게 움직여서 다른 방법으로는 극복할 수 없었던 공포를 쫓아내려고 노력하며 재빠르게 내려갔다. 이 방법은 처음 네댓발자국까지는 충분히 효과적이었다. 하지만 곧 아직 내가 내려가야 할 엄청난 깊이와 나를 지켜주고 있던 활석의 구멍과 못의 위태로움에 생각이 미치면서 상상력이 무시무시하게 자극되었다. 그런 생각들을 지우고 눈을 바로 앞의 벼랑 표면에 유지하려고 노력해보았지만 아무런 소용도 없었다. 생각하지 않으려고 열심히 노력하면 할수록 상상력은 더 강렬하고 생생하게 발동했고 더 끔찍하게 선명해졌다. 마침내 상상력에서 나온 위기, 비슷한 어느 경우라도 너무나 공포스럽게 닥치는 위기, 자신이 추락할 때 느낄 감정을 미리 느끼는 위기의 순간이 왔다. 자신이 머리부터 곤두박질칠 때 느껴질 구토증과 현기증과 마지막 몸부림과 가사 상태와 단말마의 고통을 상상해보는 그런 순간 말이다. 그리고 나는 이제 그런 상상력 때문에 그 내용이 현실이 되고 있다는 것을, 내가 상상한 모든 공포의 장면이 실제로 현실이 되고 있다는 사실을 깨달았다. 손가락이 점차, 그러나 확실하게 풀어지며 무릎이 격렬하게 부딪히고 있었다. 귀에서는 이명이 들렸고 나는 “이것이 내 죽음의 조종이구나!” 하고 말했다. 이어서 나는 아래를 내려다보고 싶은 억제할 수 없는 욕망에 오롯이 사로잡혔다. 나는 벼랑에 시선을 고정시키지 않았다. 아니, 고정시킬 수 없었다. 그리고 공포감과 해방감이 반씩 섞인 기분으로 심연을 향해 시선을 멀리 던졌다. 한순간 손가락이 경련을 일으키며 꽉 조여졌지만 그런 동작과 함께 궁극적으로 이 상황을 벗어날 수 있으리라는 무척 희미한 생각이 그림자처럼 마음속을 스쳐지나갔다. 그리고 다음 순간에는 영혼이 떨어지고 싶다는 갈망으로 가득 채워졌다. 그것은 도저히 억제할 수 없는 욕망이자 갈망이자 열정이었다. 나는 즉시 못을 쥐고 있던 손을 놓고 절벽에서부터 반쯤 돌면서 그 공허한 표면을 뒤로하고 잠시 비틀거렸다. 그러나 이제 머릿속이 빙글빙글 돌기 시작했고 비명 소리와 환청이 귓속에서 고함을 질렀다. 어둡고 악마 같고 환영 같은 존재가 즉시 내 바로 아래 서 있었다. 나는 한숨을 쉬며 터질 듯한 가슴으로 그 팔 속으로 뛰어들었다.

나는 기절을 했고 피터스가 떨어지는 나를 받았다. 그는 벼랑 아래 서서 내가 내려오는 것을 보고 있다가 내 위기를 감지하고 그가 생각할 수 있는 모든 방법을 동원해 나에게 용기를 주려고 노력했다. 그렇지만 내 정신이 워낙 심한 혼돈 상태에 있었기 때문에 내게는 그의 말소리조차도 들리지 않았다. 그가 나에게 말하고 있다는 사실마저도 의식하지 못하고 있었다. 마침내 내가 비틀거리는 모습을 본 그가 나를 구하기 위해서 서둘러 벼랑을 올라와 때마침 구해줄 수 있었다. 내가 몸무게를 전부 싣고 뛰어내렸더라면 리넨으로 만든 로프는 틀림없이 끊어졌을 것이고 나는 바닥으로 추락했을 것이다. 하지만 그가 나를 부드럽게 기대게 하는 데 성공해서 나는 정신이 들 때까지 안전하게 매달려 있게 되었다. 정신이 돌아오는 데에는 15분 정도가 걸렸다. 회복되고 나니 두려움은 완전히 사라지고 없었다. 나는 새로운 존재로 태어난 것 같은 느낌이었고 친구의 도움을 약간 받아서 안전하게 바닥에 도착할 수 있었다.

우리가 도착한 지점은 다른 동료들의 무덤이 된 협곡에서 그리 멀지 않은 곳, 언덕이 무너진 곳의 남쪽이었다. 그 장소는 유난히 황량한 곳이어서, 타락한 바빌론이 있던 자리로 여겨지던 황량한 지역에 다녀온 여행자들의 묘사를 연상시켰다. 무엇보다도 파괴되어 부분적으로만 남은 절벽은 북쪽의 광경을 혼동시키는 장애물이었다. 북쪽 외의 다른 방향에 있는 땅의 표면은 거대한 용암 표면의 융기 같은 것으로 채워져 있었는데, 얼핏 보기엔 엄청나게 큰 예술품의 파편처럼 보였지만, 자세히 보면 예술품과의 유사성은 느껴지지 않았다. 암재는 풍부했고, 커다란 무정형의 검은색 화강암 덩어리들이 이회토[23]의 덩어리들과 뒤섞여 있었으며 두가지 다 금속성의 알갱이와도 섞여 있었다. 그 황량한 구역 어디를 보아도 식물의 흔적은 없었다. 하지만 거대한 전갈 몇마리와 높은 위도에

23 원주 이회토 역시 검은색이었다. 실상 우리는 그 섬에서 옅은 색의 물체는 전혀 보지 못했다.

서는 발견되지 않는 다양한 양서류도 보였다.

우리의 가장 중요한 목적은 식량이었으므로 우리는 언덕의 은신처에서 몇마리 보이던 거북을 잡기 위해 반 마일도 떨어지지 않은 해변으로 가기로 결정했다. 거대한 바위와 융기들 사이를 조심스럽게 짚어가면서 100야드 정도 전진한 뒤 모퉁이를 돌자 다섯명의 야만인이 작은 동굴에서 튀어나와 덤벼들었다. 그들의 곤봉 한방에 피터스가 바닥으로 쓰러졌다. 그가 쓰러지자 무리 전체가 희생물을 확보하기 위해 그에게 덤볐기 때문에 내게 정신을 차릴 시간이 생겼다. 내게는 아직 머스켓 총이 있었지만 절벽 아래로 던지는 과정에서 총신이 너무 많이 상해 있었다. 나는 그것이 무용지물이라고 판단하고 내던져버린 뒤 우리가 조심스럽게 간수했던 권총에 의지하기로 했다. 나는 두자루의 권총을 들고 공격자들에게 다가가 한놈씩 재빨리 쓰러뜨렸다. 야만인 두명이 쓰러졌고 피터스에게 창을 찌르려던 놈은 목적 달성에 실패하고 벌떡 일어났다. 피터스가 그렇게 해방되었기 때문에 우리에게 더이상의 어려움은 없었다. 그도 자신 몫의 권총을 가지고 있었지만 신중을 기하느라 그것들을 사용하지 않고 내가 일찍이 목격한 그 누구보다도 훌륭한 그 자신의 강한 완력에 의존했다. 그는 쓰러진 야만인들 중 한 사람의 곤봉을 빼앗아 남은 세명의 골통을 깨버렸다. 악당들 중 하나는 단박에 즉사했고, 우리는 그곳의 완벽한 주인이 되었다.

상황의 전개가 워낙 빨라서 그것이 현실이라고 믿기도 힘들 정도였고, 그래서 시체들을 멍하니 바라보고 있는데 멀리서 고함 소리가 들려와 정신이 번쩍 들었다. 총소리를 듣고 놀란 야만인들에게 꼼짝없이 발각당할 것이 분명했다. 절벽을 다시 올라가려면 그 고함 소리가 들려온 방향을 향해 가야 했다. 그리고 만일 절벽 아래 도착하는 데 성공한다고 해도 그들의 눈에 띄지 않고 올라갈 수는 없었을 것이다. 상황이 너무나 위급했고 어떻게 싸움에 대처해야 좋을지 몰라 망설이고 있는데 내가 쏜 총에 죽은 줄 알았던 야만인들 중 하나가 벌떡 일어나서 도망가려고 했다. 그러나 그가 여러걸음을 내딛기 전에 우리가 그를 따라잡았다. 그리고 그를 막 죽이려던 순간에 피터스가 우리가 그를 인질로 잡고 도망친다면 도움이 될 수 있을지도 모른다고 말했다. 따라서 우리는 저항하면 쏘아 죽이겠다고 협박해서 그를 강제로 끌고 갔다. 그는 몇분 만에 완전히 굴복해서 우리가 바위 사이를 뚫고 해변을 향해서 갈 때쯤에는 우리 곁에서 함께 뛰었다.

그때까지는 우리가 가던 땅의 굴곡 때문에 바다가 가끔씩밖에 눈에 띄지 않았다. 그러다가 바다가 처음으로 제대로 보였을 때는 아마도 우리가 있는 곳에서 200야드 정도 떨어진 곳이었던 듯하다. 우리가 넓은 해변에 도착했을 때는 엄청난 수의 원주민이 마을로부터, 그리고 그 섬에서 눈에 띄던 모든 장소로부터 극도로 분노한 태도로 야생동물처럼 울부짖으며 우리를 향해 오고 있었다. 참으로 당황스러운 상황이었다. 우리가 되돌아서서 바위가 많아 안전한 도피 장소들로 후퇴하려던 참에 바다로 뻗친 커다란 바위 뒤에 카누 두척의 이물이 보였다. 이제 우리는 그 카누들을 향해서 전속력으로 달려갔다. 도착해보니 지키는 사람이 없었고 커다란 갈리파고 거북 세마리와 60명의 노잡이를 위한 노 외에 실린 것이 없었다. 우리는 즉시 그 카누 중 하나에 올라타고 우리의 인질을 강제로 실은 다음 죽을 힘을 다해 바다로 저어갔다.

그러나 50야드도 가기 전에 침착성을 되찾았을 때는 야만인들이 타도록 다른 카누를 그냥 놔두고 오다니 엄청난 실수였다고 깨닫게 되었다. 이제 빠른 걸음으로 다가오고 있던 야만인들과 해변 사이의 거리는 우리와 해변 사이 거리의 두배도 되지 않았다. 전혀 지체할 시간이 없었다. 희망이 이루어진다 해도 우리를 기다리고 있는 것은 고독한 여행뿐이었지만 그외에 다른 희망이 있는 것도 아니었다. 우리가 아무리 죽을 힘을 다해 돌아가도 그들보다 먼저 카누를 차지할 수 있을지도 회의적이었다. 그러나 가능성이 전혀 없는 것은 아니었다. 만일 성공한다면 생존할 수 있을지도 몰랐다. 그러나 시도를 하지 않는다면, 그것은 그들의 살육에 우리를 그냥 내맡기는 일이 될 것이었다.

카누는 이물과 고물이 똑같이 생긴 것이어서 우리는 방향을 돌리는 대신 그냥 노를 젓는 방향만 바꾸었다. 야만인들은 우리의 의도를 알아채자마자 속도를 내며 고함 소리를 배가했고 상상도 할 수 없이 빠른 속도로 다가왔다. 그러나 우리가 필사적으로 노를 저어 카누에 도착했을 때는 아직 원주민이 한명만 도착해 있었다. 이 원주민은 뛰어난 순발력의 댓가를 크게 치렀다. 피터스가 해변으로 다가가면서 권총을 쏴 그의 머리를 관통시켰기 때문이다. 그의 무리 중 다음으로 빠른 사람은 우리가 카누를 획득했을 때 아마도 20~30보 정도 떨어져 있었을 것이다. 우리는 처음에는 야만인들의 손이 닿지 않을 먼바다로 카누를 가지고 가려고 했으나 그 배가 너무나 단단히 고정되어 있는데다 시간이 전혀 없었다. 그래서 피터스는 머스켓 총의 머리판으로 배를 한두번 내려쳐서 이물과 옆 부분 한쪽을 크게 손상시켰다. 그러고 나서 우리는 카누를 밀어 나왔다. 이때쯤에는 원주민 두 사람이 우리의 보트를 잡고 끈질기게 놓아주지 않았기 때문에 우리는 칼을 사용해 그들을 제거하고 마침내 그곳을 벗어나 먼바다를 향했다. 야만인들의 본대는 부서진 카누에 도착했을 때 상상할 수 있는 가장 커다란 분노와 실망의 울부짖음을 내질렀다. 사실 내가 이 끔찍한 존재들에 대해서 본 바를 종합해볼 때, 그들은 가장 사악하고 위선적이며 앙심이 깊고 피에 굶주린 존재들이며, 지구상에 존재하는 종족 중에서 가장 완벽하게 악마 같은 존재들이었다. 만일 우리가 그들의 손아귀에 떨어졌더라면 자비를 기대할 수는 전혀 없었다. 그 점은 명백했다. 그들은 부서진 카누를 타고 우리를 따라오려고 미치광이처럼 굴었으나, 그것이 소용없는 짓임을 깨닫고 일련의 기괴한 소리를 질러 다시금 자신들의 분노를 표현하고는 언덕 위로 달려올라갔다.

그렇게 해서 당장의 위험은 벗어났으나 우리의 상황은 정말 암울했다. 우리는 그 원주민들이 우리가 타고 있는 것과 같은 카누를 네척 소유하고 있었다는 사실을 알고 있었다. 그러나 그 네척 중에서 두척이 제인가이호의 폭발과 함께 산산조각 났다는 사실은 모르고 있었다. 따라서 우리의 적들이 만을 돌아 그 보트들이 평소에 묶여 있던 곳(약 3마일 떨어진 곳)으로 가서 즉시 그 보트들을 타고 우리를 쫓아올 수도 있다고 생각했다. 그 가능성에 대한 두려움 때문에 우리는 그 섬에서 멀리 벗어나기 위해 우리의 포로에게 노를 젓게 하면서 재빨리 먼바다로 갔다. 약 반시간 후 아마도 5~6마일 정도 남쪽으로 저어간 뒤에 만에서 바닥이 평평한 카누 혹은 뗏목 여러척이 모습을 드러냈다. 우리를 추격하려는 목적으로 오고 있는 것이 명백했다. 하지만 조금 후 그들은 우리를 추격하는 일이 무망하다고 판단한 듯 후퇴했다.

24장

이제 우리는 세마리의 거북 외에 아무런 식량도 없이 연약한 카누를 타고 넓고 황량한 남극해의 남위 84도를 지난 지점을 통과하고 있었다.[24] 긴 남극의 겨울 또한 그리 멀지 않은 것으로 보였고, 그래서 우리의 경로를 결정해야 했다. 같은 군도에 속하는 예닐곱 개의 섬이 보였고 그들은 서로 5~6리그씩 떨어져 있었다. 그러나 우리는 이 중 어느 곳에도 갈 엄두를 감히 내지 못했다. 제인가이호를 타고 북쪽에서 남쪽으로 오는 동안 점차 가장 얼음이 심한 곳을 뒤로하게 되었다. 이것은 일반적으로 남극에 대해서 생각하는 것과 어긋나는 현상이기는 했지만 우리가 직접 경험한 것이기 때

24 이 소설이 씌어진 시점에는 아직 남극 탐험이 이루어지지 않았기 때문에 포는 이 위도에 육지가 있다는 사실을 알지 못했다.

문에 부인할 수 없는 사실이었다. 그러므로 북쪽으로 되돌아가려는 시도는 그 시점에서 어리석은 짓이었다. 특히 겨울이 다가오고 있는 상황에서는 더욱더 그랬다. 우리는 오직 한가지 경로에만 희망이 있다고 판단하고 과감하게 남행을 지속하기로 결정했다. 적어도 다른 땅을 발견할 가능성이 있었고 더 온화한 기후를 만날 가능성도 더 컸기 때문이었다.

그동안의 경험으로 우리는 남극이 북극해와는 달리 극심한 폭풍우나 극도로 거친 날씨와 무관하다는 사실을 알고 있었다. 그러나 우리의 카누는 크기는 컸지만 아무리 잘 봐줘도 구조가 약했다. 그래서 우리는 우리가 가진 보잘것없는 물건들을 이용해 그것을 가장 안전하게 개조하기 위해 바쁘게 움직이기 시작했다. 보트의 몸체는 고작 나무껍질—무슨 나무인지는 알 수 없었다—로 만들어져 있었다. 늑재는 용도에 맞게 잘 손질된 강한 버들로 되어 있었다. 이물에서 고물까지는 50피트 정도였고 폭은 4~6피트 정도였으며 깊이는 전체적으로 4피트 반 정도였다. 그 보트는 그렇게 문명국에 알려진 남태평양의 다른 원주민들의 보트와 무척 달랐다. 우리는 그 보트들이 그것들을 소유하고 있던 무지한 섬사람들이 직접 만든 것이라고는 결코 믿을 수 없었다. 나중의 어느날 포로에게 물었더니 그는 그것들이 우리가 발견한 나라의 남서쪽에 있는 군도의 원주민들이 만든 것으로 우연히 그 야만인들의 수중에 떨어진 것이라고 알려주었다. 우리가 그 보트의 안전을 위해서 할 수 있는 일은 실로 무척 적었다. 보트의 양쪽 끝에 있던 몇개의 넓은 틈은 울 재킷의 조각으로 때웠다. 노가 남아돌았기 때문에 우리는 그것을 이용해 일종의 틀을 만들어 이물 쪽에 세웠다. 우리 보트를 바닷물로 채우려고 위협할 어떤 풍랑의 힘도 그것으로 막을 계획이었다. 우리는 또한 두개의 노를 뱃전의 널빤지 하나에 하나씩 마주 보게 세워 돛을 만들어서 활대가 없어도 되게 했고, 이 돛대에 우리는 셔츠로 만든 돛을 부착했다. 그런데 다른 일에서는 성의를 보이던 우리 포로가 이 문제에 관한 한 도움을 전혀 주지 않아서 작업이 무척 힘들었다. 리넨의 모습은 그에게 무척 특이한 효과를 자아내는 듯했다. 아무리 설득해도 그것을 만지거나 가까이 가지도 않으려고 했던 것이다. 그래서 강제로 리넨 쪽으로 밀자 몸서리를 치면서 "테켈릴리!"라고 비명을 질렀다.

이렇게 카누의 안전을 돌보는 일을 대충 마치고 우리는 이제 당분간 최대한 남행하기 위해서 남남동으로 돛을 펼쳤다. 날씨는 결코 나쁘지 않았다. 북쪽에서 지속적으로 무척 부드러운 바람이 불어왔으며 바다는 잔잔했고 낮이 계속되었다. 얼음은 전혀 눈에 띄지 않았다. 베넷 섬의 위도를 지난 뒤에는 얼음 조각을 하나도 보지 못했다. 실로 수온은 얼음이 조금이라도 있기에는 너무 따뜻했다. 배에 있던 거북 중에서 가장 큰 놈을 잡아 그것으로부터 양식뿐 아니라 많은 양의 물도 공급받아서 7~8일 동안 큰 어려움 없이 항해를 계속했다. 그리고 그 기간 동안 남쪽으로 멀리 항해했음에 틀림없었다. 바람이 계속해서 우리가 가려는 방향으로 불어주었고 강한 조류도 같은 방향으로 흘러주었기 때문이다.

3월 1일.[25] 비상한 현상들이 많이 일어나서 이제 우리가 신기하고 놀라운 지역으로 들어가고 있다는 사실을 알려주고 있었다. 밝은 회색의 증기가 남쪽 수평선에 지속적으로 높이 올라왔고 때로는 동쪽에서 서쪽으로, 때로는 서쪽에서 동쪽으로 가끔씩 치솟았으며 그러다가 다시 꼭대기 부분이 평평하고 고르게 되었다—즉 오로라 보레알리스의 모든 다양한 변형이 나타났다. 수증기의 평균 높이는 우리가 있던 곳에서 보이던 바에 의하면 약 25도 정도였다. 바다의 기온은 매 순간 상승하는 것처럼 보였고, 색깔에도 무척 눈에 띄는 변화가 있었다.

3월 2일. 오늘 포로에게 반복해서 질문을 해 우리는 그 대참사가 일어났던 섬에 대해 세부적인 사실들을 많이 알게 되었다. 그 주민과 관습 따위를 말이다. 하지만 **지금** 그런 것으로 내 독자들을 지체하게 해서야 되겠는가? 그러니 간단한 사항만 말하겠다. 그 군도는 여덟개의 섬으로 이루어져 있으며 그 섬들 모두 이름이 찰레몬 혹은 쌀레모운인 공통의 왕 한 사람의 통치를 받고 있었다. 그 왕은 가장 작은 섬 중의 하나에 살고 있으며, 전사들의 옷을 만든 재료인 검은 가죽은 왕의 궁정 가까이에 있는 골짜기에서만 발견되는 무척 커다란 동물에게서 나왔다. 그리고 그곳의 주민들은 바닥이 평평한 뗏목 외에 다른 보트는 만들지 못했고, 그 네척의 카누는 남서쪽에 있는 어떤 커다란 섬에서 우연히 얻게 된 것으로 모두 한가지 종류였다. 포로의 이름은 누누였으며 그는 베넷 섬에 대해서 알지 못했고, 우리가 뒤로하고 온 섬의 이름은 찰랄이었다. 찰레

25 **원주** 자명한 이유 때문에 나는 이 날짜들이 정확한 것이라고 주장할 수 없다. 그것들은 단지 기술의 명료함을 위해서, 그리고 내가 연필로 쓴 메모에 따라서 여기 부여된 것이다.

몬과 찰랄이라는 말은 쉬익 하는 긴 소리와 함께 시작되었는데 우리는 여러번 따라해보았지만 그 소리를 흉내 내기는 불가능했다. 그런데 그 소리는 우리가 언덕 꼭대기에서 먹었던 검은 해오라기의 소리와 정확히 일치했다.

3월 3일. 물은 이제 정말 따뜻했고, 색깔은 재빠르게 변화해서 불투명해졌으며 밀도와 색깔에서 우유와 같았다. 우리 배 바로 주변은 바다가 무척 잔잔했고 카누를 위협할 만큼 거칠어진 적이 한 번도 없었다. 그러나 놀랍게도 우리의 오른쪽과 왼쪽 서로 다른 거리에서 갑자기 수면이 크게 요동을 치는 현상이 자주 목격되었다. 우리는 마침내 그런 일이 항상 남쪽의 증기 지대에서 사나운 빛이 번쩍이고 난 뒤에 일어난다는 사실을 깨달았다.

3월 4일. 오늘 북쪽에서 불어오던 바람이 눈에 띄게 줄어들었기 때문에 나는 돛을 더 펼칠 목적으로 코트 주머니에서 흰 손수건을 꺼냈다. 그 리넨이 우연히 내 팔꿈치께에 앉아 있던 누누의 얼굴 앞에서 펼쳐지자 그가 갑자기 심한 경련을 일으켰다. 이어서 졸음과 마비 상태에 빠져서 "테켈릴리! 테켈릴리!"라고 낮게 중얼거렸다.

3월 5일. 바람은 완전히 멈추었으나 우리 배는 남쪽을 향한 강한 조류 덕분에 여전히 빠른 속도로 남행하고 있었다. 그리고 이런 상황의 전개는 놀라 마땅한 것이었으나 우리는 전혀 그런 감정을 느끼지 못했다. 피터스의 얼굴은 때때로 내가 이해하기 어려운 표정을 띠었지만 거기 놀라움은 담겨 있지 않았다. 극지의 겨울이 다가온 듯했지만 그에 따른 공포 상황은 함께 오지 않은 듯했다. 몸과 마음이 마비되는 듯한 느낌이었고, 마치 꿈을 꾸는 듯한 기분이었지만 그것이 전부였다.

3월 6일. 회색 증기는 이제 수평선에서 몇도 위로 올라갔고 점차 회색빛을 잃었다. 물은 너무나 뜨거워서 만지기에 고통스러울 정도였으며 우윳빛은 더욱 선명해졌다. 오늘은 수면의 격렬한 요동이 카누와 가까운 곳에서 일어났다. 평소처럼 꼭대기에서 수증기가 거칠게 치솟았고 밑부분에서는 순간적으로 물이 갈라졌다. 빛의 광채가 수증기 속으로 사그라들고 깜빡임이 바닷물 속으로 가라앉을 때 재를 닮았지만 분명히 재는 아닌 고운 흰색 분말이 카누에, 그리고 넓은 수면에 떨어졌다. 누누는 이제 보트의 바닥에 엎드려 아무리 설득을 해도 일어나려 하지 않았다.

3월 7일. 이날 우리는 누누에게 그의 나라 사람들이 왜 우리 동료들을 죽였는지 물어보았다. 그러나 그는 너무나 공포에 질린 나머지 합리적인 대답을 할 상태가 아닌 듯했다. 그는 여전히 보트 바닥에 고집 세게 엎드려 있었고, 우리가 그 이유를 재차 물으니 검지를 윗입술에 댄다든가 그 아래 이를 내보인다든가 하는 식으로 백치 같은 몸짓만 했다. 그의 이는 검은색이었다. 우리가 찰랄 주민의 이를 본 것은 그때가 처음이었다.

3월 8일. 오늘 찰랄의 해변에 나타나서 야만인들 사이에 그렇게 소란을 일으켰던 하얀 짐승 한마리가 우리 보트 곁으로 떠왔다. 나는 그것을 건지고 싶었지만 갑자기 맥이 풀리면서 실행할 수 없었다. 물은 계속 더 뜨거워졌고 더이상 손을 넣고 있기가 불가능했다. 피터스는 거의 말을 하지 않았고 나는 그의 무감각 상태를 어떻게 이해해야 할지 알 수 없었다. 누누는 숨은 쉬고 있었지만 그 이상의 움직임은 보이지 않았다.

3월 9일. 하얀 재 같은 분말이 이제 우리 주변에 아주 많이, 그리고 지속적으로 떨어졌다. 남쪽 바다의 수증기는 수평선 위로 엄청나게 높아졌고 형태도 더욱 분명해지기 시작했다. 끝없는 폭포가 하늘에 있는 멀고 거대한 성벽으로부터 바다로 고요히 굴러떨어지고 있는 듯한 모습이었다는 것이 내가 할 수 있는 최선의 묘사이다. 그 거대한 수증기의 커튼은 남쪽 수평선 전체에 걸쳐 있었다. 그곳에서는 아무런 소리도 나지 않았다.

3월 21일. 이제 울적한 어두움이 우리 머리 위에 머무르고 있었다. 그러나 빛나는 광휘가 대양의 우윳빛 심연으로부터 일어나 보트의 현장舷墻을 따라 가볍게 올라왔다. 우리 몸 위로, 그리고 카누 위로 내려오되 떨어지자마자 물속으로 녹아드는 하얀 재와 같은 수증기가 쏟아져 압도당할 듯했다. 폭포의 꼭대기는 완전히 뿌옇게 가려지며 멀어졌다. 그러나 우리가 무시무시한 속도로 그 폭포를 향해 가고 있는 것은 분명했다. 그 안에서 간간이 순간적으로 넓은 틈이 벌어졌는데, 그 틈에서 찰나적이고 불분명하며 혼동된 이미지들이 엿보였고, 조용하지만 강력한 바람이 쏟아져 타오르는 대양을 갈랐다.

3월 22일. 주위가 더욱 어두워졌으며, 가끔씩 우리 앞에 있던 하얀 장막으로부터 물이 번득일 때만 그 어둠이 사라졌다. 백짓장처럼 창백하고 거대한 하얀 새들이 이제 끊임없이 베일 너머에서 날아오다가 우리의 눈앞에서 사라졌는데 그들은 영원히 "테켈릴리!"라고 외치고 있었다. 그 소리를 듣고 배의 바닥에 있던 누누가 몸을 꿈틀거렸다. 그러나 그를 만져보았을 때는 영혼이 이미 육신을 떠난 뒤였다. 그리고 이제 우리는 폭포의 품 안으로 달려들어가고 있었는데 틈이 그 안에서 열리면서 우리를 맞아들이고 있었다. 그러나 우리가 가는 길에서 수의를 입은 한 인간의 모습이 나타났는데, 그는 인간 세상에 사는 어느 누구보다도 훨씬 거대했다. 그리고 그의 피부색은 눈처럼 완벽한 하얀색이었다.

후기

핌 씨가 안타깝게도 근자에 갑자기 사망했다는 사실과 그 정황에 대해서는 이미 일간신문이라는 매체를 통해서 대중에게 잘 알려져 있다. 그의 이야기를 완성시켰을 몇개의 남은 챕터들, 즉 위의 챕터들이 활자화되고 있는 동안 그가 지니고 수정하던 챕터들도 사고 도중 복원 불능의 상태로 망실된 것으로 짐작된다. 그러나 사실은 그와 다를 수도 있으며 만일 궁극적으로 그 챕터들이 발견된다면 우리는 그것들을 독자들에게 제공할 것이다.

우리는 이 결손을 메꾸기 위해서 온갖 방법을 시도해보았다. 서문에서 이름이 언급된 신사, 즉 거기서 이루어진 진술로 미루어 이 진공 상태를 채워줄 수 있을 것으로 기대해도 좋을 그 신사는 그 일을 거절했다. 그의 거절 사유는 정당한 것이었으니 자신에게 제공된 세부 사항이 전반적으로 부정확하고 또한 자신이 이야기의 뒷부분 전체의 진실성에 대해서 회의적이라는 것이었다. 정보를 조금 줄 수 있을지도 모르는 피터스는 아직 생존해서 일리노이에 거주하고 있지만 현재로서는 만날 수 없었다. 앞으로 그를 찾을 수 있을지도 모르며, 그러면 그가 틀림없이 핌 씨의 이야기의 결론에 대한 자료를 제공해주리라고 믿는다.

마지막 두세 챕터의 상실은 (잃은 것은 다 해서 두세 챕터였다) 그것들이 남극에 관련된 사실을 담고 있거나 적어도 남극에 무척 가까운 지역에 관한 사실을 담고 있을 것이기 때문에 더욱 안타까운 일이다. 그리고 또한 지금 정부에서 남태평양에 보내려고 준비하고 있는 탐험대가 그 지역들에 관한 저자의 진술들의 진위를 곧 확인할 수 있을 것이기 때문에 더욱 안타깝다.[26]

이 모험담의 한 대목에 대해서는 몇 마디 부연할 필요가 있을 것 같다. 그리고 만일 지금 말할 내용이 이 책에 담긴 무척 독특한 이야기에 어느정도 신빙성이라도 부여해줄 수 있다면 이 부록의 저자에게는 무척 기쁜 일이겠다. 우리는 찰랄의 섬들에서 발견된 협곡들에 대해서, 그리고 그 모양 전체에 대해서 250~53면에서 언급했었다.

핌 씨는 그 협곡의 모양에 대해서 의견을 보태지 않았고 이 협곡들 중에서 가장 동쪽 끝에 있던 문양에 대해서 알파벳을 닮은 듯한 느낌을 주지만 절대적으로 그렇지는 않다고 단정적으로 말했다. 이

26 1838~42년에 찰스 윌크스(Charles Wilkes)가 이끄는 윌크스 탐험대가 남태평양으로 탐험을 갔으며 포가 이 책을 출판한 직후에 출항했다.

단언은 너무나 단순명료하게 이루어졌고 무척 결정적인 증거에 의해서 (흙먼지 가운데서 발견된 조각들이 벽의 문양 안에 딱 들어맞는다는 사실) 뒷받침되고 있어서 우리는 그것이 저자의 진심 어린 견해라는 사실을 믿을 수밖에 없다. 그리고 합리적인 독자라면 그 결론에 이의를 제기하지 않을 것이다. 하지만 그 문양 모두가 참으로 특이하기 때문에 (특히 이야기의 주요 부분에서 이루어진 진술들과 관련해 생각해볼 때) 그것들을 하나로 묶어 한두 마디 하는 것도 괜찮을 듯하다. 문제의 사실들이 포 씨의 주목을 받지 못했다는 데 의심의 여지가 없기 때문에 더욱 그러하다.

그렇다면 〈그림1〉과 〈그림2〉 〈그림3〉 그리고 〈그림5〉를 협곡 자체가 제시한 순서대로 연결한다면, 그리고 작은 곁가지나 아치들을 제거한다면 (그것들은 주된 방들 사이의 통로로서만 기능했고 전적으로 성격이 달랐다는 사실을 기억할 것이다) 에티오피아어로 '그늘지다'를 뜻하는 동사 원형 ጸለመ፡이 된다. 그 단어에서 그림자와 어둠을 뜻하는 모든 형태의 단어가 파생된다.

〈그림4〉에 있는 문양의 '왼쪽 혹은 가장 북쪽' 부분과 관련해서는 피터스의 견해가 옳았을 가능성이 상당히 농후하며 그 상형문자적인 모양이 진짜로 인위적인 것이며, 인간의 형태를 나타내고 있는 것일 가능성이 훨씬 크다. 그 윤곽의 모양이 이 책에, 독자의 눈앞에 있으니 독자들이 직접 그 유사성 여부를 판단할 수 있을 것이긴 하나 나머지 문양들이 피터스의 견해가 옳다는 점을 확증해준다. 윗부분은 분명히 '하얗다'는 뜻의 아랍어 동사 원형 [illegible] 이며 그 원형에서 밝고 하얗다는 뜻의 모든 단어가 파생된다. 아랫

부분은 그 정도로 명료하지는 않다. 문자는 다소 깨져 있고 연결이 끊어져 있다. 그럼에도 본래 모습대로라면 그것들이 '남쪽 지역'을 뜻하는 이집트어 단어 **ⲠⲀϢⲨⲢⲎⲤ** 전체를 이루고 있다는 사실을 의심할 수는 없다. 우리는 이런 해석들이 '가장 북쪽' 부분의 형상들에 관한 피터스의 견해가 옳았음을 증명한다는 사실을 주목할 필요가 있다. 팔 부분이 남쪽으로 뻗어 있었기 때문이다.

이런 결론들 덕분에 무궁무진한 추측과 흥미로운 짐작의 세계가 우리 앞에 열린다. 아마도 이 모험담 중에서도 가장 세부가 덜 밝혀진 사건들과 그것들을 관련시켜볼 필요가 있을 것이다. 비록 이 관련의 연쇄가 전혀 명확하게 성립되지는 않았지만 말이다. '테켈릴리!'는 바다에서 눈에 띈 흰 동물의 시체를 보고 겁에 질린 찰랄의 원주민이 외친 소리이다. 이것은 또한 찰랄의 포로가 핌 씨 소유의 흰색 물건을 보고 몸서리치며 지른 소리이기도 했다. 그리고 또한 남극에 위치한 흰 증기의 커튼으로부터 나와서 빠르게 날던 거대한 흰 새들이 지른 소리이기도 하다. 찰랄에서는 흰 것은 전혀 발견되지 않았고 그 너머 지역의 항해에서는 하얗지 않은 것은 발견되지 않았다. '찰랄'이라는, 협곡으로 이루어진 섬의 이름이 협곡들 자체와 어떤 연관이 있거나, 혹은 그것들의 모서리에 그렇게 신비하게 씌어진 에티오피아 문자들과 어떤 관련이 있다는 것이 더 자세한 문헌학적 연구를 통해서 밝혀질지도 모른다.

"나는 언덕에 그것을 새겼으며 복수는 바위 속 흙먼지에 행했노라."[27]

27 구약성서 「예레미야」 4장 23~27절과 「욥기」 19장 23~24절을 연상시키나 정확히 동일한 구절은 아니다.

작품해설

근대 수용과 극복에 대한 선구적 성찰

에드거 앨런 포의 생애

에드거 앨런 포(Edgar Allan Poe)는 1809년 1월 19일 미국 동북부 보스턴에서 볼티모어 출신 순회극단 배우인 데이비드 포와 보스턴 출신 엘리자베스 포 부부의 2남 1녀 중 차남으로 태어났다. 1750년경 증조부 대에 아일랜드에서 이민 온 집안으로, 순회극단의 배우였던 어머니와 아버지 모두 에드거가 아직 아기일 때 병사한 것으로 알려져 있다. 포 세 남매는 각기 다른 집안으로 헤어져 입양되었는데, 에드거는 자식이 없던 버지니아 주 리치먼드의 사업가 존 앨런(John Allan) 부부의 가정에 입양되었고, 정식 아들로 입적되지는 않았지만 전형적인 명문가 자제의 교육을 받고 자랐다. 특히 일곱살부터 열한살까지 약 5년 동안은 무역사업의 해외 확장을 도모하던 양부 앨런을 따라 영국에서 사립학교 교육을 비롯해 그곳 생활을 경험했다. 열한살 때인 1820년에 양부모와 함께 리치먼드로 돌아온 뒤에는 그 지역 명문 사립학교를 마치고 1826년 버지니아 대학에 진학했지만, 이듬해에 양부와 의절하고 1년 만에 대학 생활을 포기했다.

대학을 중퇴한 포는 경제적 자립을 위해 18세이던 1827년 보스턴으로 돌아가 입대 요건을 맞추기 위해 나이를 거짓으로 21세로 올리고 이름도 에드거 A. 페리라는 가명을 써서 직업군인으로 입대했다. 입대 5개월 후에는 남부의 찰스턴 근처 썰리번스 아일랜드에 배치되어 2년 가까이 근무하는데, 이 섬은 나중에 중편소설 「황금 벌레」(The Gold-Bug)의 무대가 된다. 사병 생활은 비교적 순조로워 1829년 1월에는 사병으로서는 최고 지위인 특무상사로 진급하고, 이듬해에는 장교가 되기 위해 육군사관학교인 웨스트포인트에 입학하지만, 1831년 2월 근무태만으로 퇴학당한다. 1827년 이미 첫 시집을 출간했고, 1829년에는 그 시집을 증보한 두번째 시집을 출간한 바 있는 포가 사관학교의 군대식 규율을 견딜 수 없었던 것으로 전해진다. 1830년에 뉴욕의 한 잡지에 첫 비평을 발표한 사실이나 사관학교에서 쫓겨난 다음해인 1831년에 사관학교 친구들의 출자로 세번째 시집을 출간한 것을 보아도 그 시점의 포가 군인보다는 문인으로서의 정체성이 확고했음을 알 수 있다.

1829년 양모를 여읜 뒤 친부의 고향인 볼티모어로 가 과부였던 고모 마리아 클렘을 찾은 포는 1831년 사관학교 퇴학 후 고모의 집에서 안식처를 구했다. 그곳에서는 할머니, 고모, 고모의 딸인 어린 여사촌 버지니아, 그리고 형 헨리가 독립전쟁 유공자의 미망인인 할머니가 받던 소액 연금에 의지해 살고 있었다. 포는 그 집에서 가정교사로 버지니아를 가르치는 한편 문필활동에 몰두했다. 그해에 필라델피아의 『쌔터데이 쿠리어』(*Saturday Courier*)지에 5편의 꽁뜨를 발표했고, 1833년 『볼티모어 쌔터데이 비지터』(*Baltimore Saturday Visiter*)지의 50달러 현상금이 걸린 단편 공모에 「병 속에서 발견된 원고」(MS. Found in a Bottle)가 당선되며 주목받는 작가로 등장했다.

이후 포는 1849년 사망할 때까지 20년이 채 안 되는 짧은 기간 동안 미국 동부 유수의 여러 문학잡지 편집자로 일하면서 부정기적으로 적은 수입을 얻는 한편, 뛰어난 시와 단편소설, 평론 등을 왕성하게 발표해 문인으로서 명성을 쌓았다. 이 기간 동안 여러 단편이 현상공모에 당선되었고, 뛰어난 논객이자 평론가로서, 편집한 잡지들의 판매부수를 엄청나게 늘렸으며, 특히 대표작으로 꼽히는 시 「까마귀」(The Raven)로 국제적인 유명 시인이 되기도 했다. 미국을 방문했던 영국 작가 찰스 디킨스도 만났는데, 당시 연재 중이던 그의 장편소설 『바너비 러지』(*Barnaby Rudge*)의 결론을 미리 예측해서 디킨스를 경탄시킨 일화는 유명하다.

하지만 이 기간은 포가 악명을 높여간 시기이기도 했다. 아무리 좋은 작품을 많이 발표해도 전업 작가로서 삶이 불가능한 여건에서 잡지 편집자로 일했던 포는 국민문학 수립의 기반이 되어줄 수준 높은 문학잡지를 일구는 과정에서 영리에 초점을 맞춘 사주들과 끊임없이 충돌했다. 상류사회의 일원으로 편히 글을 쓰며 끼리끼리 추어주고 출판의 기회를 나눠 갖던 뉴잉글랜드의 문인들과도 관계가 편치 않았고, 특히 뉴잉글랜드 기성 문단의 대표 격인 롱펠로(Henry Wadsworth Longfellow)를 신랄하게 공격해서 문단과의 관계는 돌이킬 수 없을 정도로 악화되었다. 그 결과 사후에 오랫동안 악의적인 소문의 주인공이 되었고, 이것이 일종의 신화가 되어 오늘날까지 이어지고 있다.

포에 대한 악의적인 소문과 신화는 대략 두 방면에서 형성되었는데, 하나는 그가 아동성애자나 근친상간자였다는 추정이며, 다른 하나는 그가 알코올과 마약 중독자였다는 단정이다. 전자는 1836년 당시 만 열세살 소녀였던 사촌 버지니아와 결혼한 사실에 바탕을 둔 소문이지만, 이는 그 시대에 사촌 간의 결혼이 흔했고, 사춘기에 접어든 소녀들의 결혼도 드물지 않았다는 역사적 현실을 무시한 것이다. 고모인 마리아 클렘의 가족은 고아인 포가 양부와 의절한 후 찾은 유일한 혈육이었고, 1836년은 전해에 할머니를 여읨으로써 클렘 가족이 의지하던 경제적 기반이 사라진 직후였다. 포와 버지니아의 결혼에는 그가 이 가족에게 느꼈던 정서적 유대감과 경제적 책임감이 크게 작용한 것으로 짐작된다. 사료에 따르면 그가 마약중독자였다는 소문은 전혀 사실무근이다. 그리고

1847년 상처한 뒤 우울증에 시달리던 포가 죽기 전 약 2년 동안 알코올중독에 빠진 것은 사실이지만, 20년가량의 기간에 써낸 수많은 시와 단편소설과 평론, 그외에도 무기명으로 발표한 많은 글들을 고려하건대, 그가 작가 생활 내내 술에 취해 지냈다는 속설은 터무니없는 것이다. 흔히 그가 여행 중에 1849년 볼티모어 인근의 한 병원에서 쓸쓸하게 병사한 정황을 그의 알코올중독과 관련시키기도 하지만, 사료에 따르면 그는 이때 이미 알코올중독 치유 프로그램을 통해 재기를 기획하고 소년 시절의 약혼자와 재회해 다시 약혼한 뒤 이사하기 위해 뉴욕으로 가던 중 당시 유행하던 열병에 걸려 사망한 것으로 확인된다.

미국 근대문학의 개척자

포는 20년가량의 문인생활 동안 50편 남짓의 시편, 길지 않은 장편소설 하나, 2편의 중편소설, 70여편의 단편소설, 그리고 기타 많은 양의 수필과 평론 등을 남겼는데, 그리 길지 않은 활동기간 중 그만큼 독특한 문학세계를 수립하고 미국 문학과 세계문학에 커다란 족적을 남긴 작가도 많지 않을 것이다. 포의 시와 시론은 19세기 말 20세기 초 유럽 문학에서 예술을 위한 예술, 상징주의, 초현실주의 등에 영향을 끼쳤고, 소설가로서 포는 고딕소설을 완성하고 추리소설을 창시했으며, 평론가로서는 호손(Nathaniel Hawthorne)

이나 쿠퍼(James Fenimore Cooper) 등을 소개하며 당시 만연해 있던 표절에 문제를 제기하는 한편, 문단 내 파벌주의와 고독하고 치열한 싸움을 전개했다. 그 결과 오늘날까지도 많은 평자들은 그를 구조주의, 탈구조주의, 해체주의 등 탈근대주의의 선구자로 계속 논의하고 추앙하고 있다. 포에 관한 권위있는 전기인 『에드거 앨런 포: 비평적 전기』(*Edgar Allan Poe: A Critical Biography*, 1941)의 저자인 아서 홉슨 퀸(Arthur Hobson Quinn)은 포를 일컬어 "평론에서는 선봉에 있었고, 소설에서는 최고의 경지를 이뤘으며, 시인으로는 영원히 남을 영어권의 드문 작가"라고 했는데, 이 말은 포의 그같은 위치를 잘 요약해주고 있다.

포가 시인이자 소설가, 평론가, 편집자로 활동하던 시기는 미국이 근대 계몽주의 사상의 영향하에 독립을 쟁취한 지 반세기 정도 지난 뒤로서, 북미대륙 남서부의 방대한 땅들이 아직 합병되기 전, 즉 신생 미국의 초창기였다. 정치, 경제적으로 이제 막 미국 특유의 근대적인 제도를 수립해나가고 있었고, 문단이나 학계의 경우에는 거의 전적으로 영국에서 근대적인 이론과 작품을 수입하던 시기였다. 자국의 선배 문인으로 어빙(Washington Irving)이나 쿠퍼 정도를 들 수 있고, 에머슨(Ralph Waldo Emerson), 호손, 롱펠로 정도가 포와 동시대에 활약한 문인들이다. 그중에서도 활동 시기로 보면 포가 호손의 초기작들에 대한 서평을 쓴 데서 알 수 있듯이 나이로는 포보다 다섯살 많은 호손조차도 포의 후배에 가깝다. 하지만, 영국의 잡지인 『블랙우즈 잡지』(*Blackwood's Magazine*)를 중심에 놓고 미국 문단은 변두리로 치던 당시 환경에서 포는 근대 국가인 미국과 미국의 근대 국민문학에 대해 나름대로 비전을 가지고 적극적으로 뛰어든 개척자적인 문인이었다. 그랬기 때문에 여러 잡지의 편집자로 일하며 "주인의 고갯짓에 따라 두뇌를 은화로 주조하는 일은 (…) 세상에서 가장 힘든 일"이라고 불평할 만큼 생존을 위해 육체노동 수준의 편집 일을 병행하면서도 시인, 소설가, 평론가로서 무척 의미심장한 성과를 남기고 미국의 근대문학 수립에 독특하게 기여할 수 있었던 것이다.

동시대의 다른 미국 문인들과 마찬가지로 포의 문학관과 활동도 당대 영국 및 유럽의 사상과 문학, 특히 독일 관념론의 영향하에 유럽 전역을 휩쓴 근대 낭만주의에 깊은 영향을 받았다. 유럽의 낭만주의는 거칠게 말한다면, 인간의 이성을 신봉하고 단선적인 진보사관을 받아들인 계몽주의적이고 합리주의적인 시대의 신고전주의 문학에 대한 반동으로 등장한 것이다. 낭만주의의 문인들과 지식인들은 인간은 단순히 숭고한 이성만을 가진 존재가 아니라 감정의 동물이며, 역사는 선적인 발전의 모델을 따르지 않는다고 보았다. 신고전주의자들이 합리성과 균형과 조화를 추구했다면 낭만주의의 문인들은 자연발생적인 것, 신화와 전설, 비이성적이고 초자연적인 것 등에 관심을 기울이고 그것들을 이상화했다. 포가 문학 수업을 하던 1820년대는 이 운동의 영향이 유럽 문학을 지배했고, 포는 그 새로운 사조를 심도있게 받아들여 그의 단편소설들은 대부분이 초자연적이거나 극단적인 것, 도착적인 것 들을 탐구하고 있다. 하지만 동시대의 많은 고딕소설들이 초자연적이고 기괴한 것에 대한 신비화나 미화를 통한 일면적인 제시에 머물렀다면 포의 작품들은 그런 현상들에 대한 합리적이고 근대적인 탐구이며, 이로써 그는 그것들이 합리적이고 정상적인 것의 반대라기보다는 이면임을 보여주고 있다. 즉, 피상적인 낭만주의가 근대적인 합리주의를 부정하는 데 초점을 두고 있다면, 포의 경우는 초자연적이고 비이성적인 것이 이성중심적 사고의 다른 한 면임을 밝힘으로써 양자 모두의 평면성을 드러내고 양자를 넘어설 수 있는 복합적인 사고를 지향했다. 그런 의미에서 포는 오늘날 문인들과 이론가들이 주창하는, 이성중심주의(logocentrism)에 대한 근본적인 비판, 혹은 근대 수용과 극복의 이중과제를 작품과 문학론을 통해서 선구적으로 수행한 작가이다. 그의 이런 복합적인 면모 때문에 많은 평자들은 그가 엄격한 18세기적 합리주의자인 동시에 신플라톤주의적인 신비주의자였던 모순적인 인물이라고 보기도 하는데, 그에게 그와 같은 모순적인 면모가 없었던 것은 아니지만, 그같은 평가는 무엇보다도 그의 근대 포용과 극복이라는 이중적인 문제의식에 대한 몰이해에서 비롯되었다고 보아야 옳을 것이다.

미완성작으로 오해되어온 유일한 장편소설

포의 유일한 장편소설 『아서 고든 핌의 이야기』(*The Narrative of*

Arthur Gordon Pym of Nantucket)는 시와 단편소설, 그리고 편집자로 생계를 꾸리는 일이 쉽지 않았던 포가 부분적으로는 좀더 안정적인 수입을 기대하며 시도한 작품으로 그의 시나 단편소설에 비해 주목을 덜 받아왔지만, 근대 수용과 극복이라는 이중과제에 대한 포의 성찰을 이해하는 데 핵심적인 작품이다. 포는 『써던 리터러리 메신저』지 편집자로 일하던 1836년 집필을 시작해 1837년 같은 잡지의 1, 2월호에 서두 부분을 연재했다가 그곳에서 사직하면서 다음해인 1838년 7월 하퍼(Harper) 출판사에서 소설 전체를 단행본으로 출간했다. 같은 해에 영국에서도 와일리 앤드 퍼트넘(Wiley & Putnam) 출판사가 후기의 위치를 변경시키는 등 약간의 변형을 가해 해적판을 출간했다. 그런데 핌이라는 주인공의 남극행 모험담의 구조를 지닌 이 소설은 그와 같은 표면적인 내러티브에도 불구하고 얼핏 복잡하고 산만해 보이는 구성 때문에 당시나 이후에도 그 정체성이나 주제를 파악하기가 쉬운 작품은 아니었던 듯하며, 그런 까닭에 오랫동안 작품의 성취에 대한 정당한 평가를 받지 못했다.

우선 작품 끝에 붙인 「후기」에 나오는, 작품의 마지막 부분이 분실되었는데 핌이 이미 사망했다는 등의 설명에 근거해 최근까지도 많은 독자들이나 평자들이 이 작품을 미완성작으로 오해했다. 더욱이 작품의 전반부에 사망하는 주인공의 친구 어거스터스가 후일에 특정 상황에 대한 심정을 고백했다는 식으로 작품의 일관성을 해치는 디테일이 작중에 약간 있기도 해서, 작품을 미완성으로 보는 데 사소하나마 근거가 존재하기도 한다. 『해저 이만리』(*Vingt mille lieues sous les mers*)로 유명한 프랑스 소설가 쥘 베른(Jules Verne)은 실제로 이 작품을 미완성작이라고 보고 후일 포의 『아서 고든 핌의 이야기』의 속편으로 1897년 『극 지역의 신비』(*Le Sphinx des glaces*)를 발표했다. 실제 보고서의 내용과 허구적인 보고를 뒤섞은 이 작품의 일관성 없어 보이는 구성 때문에 평론가 스콧 피플스(Scott Peeples)는 이 작품을 유사 논픽션 탐험기, 모험담, 성장소설, 짓궂은 장난, 상당 부분 표절 여행기, 그리고 영적 알레고리라고 평하기도 했다. 심지어는 난파와 선상반란, 식인행위, 새로운 땅의 발견과 원주민의 공격 등 당대의 모험담 장르 특유의 선정적인 내용의 총집합처럼 보이는 내용 때문에 단순히 그와 같은 시류에 편승해서 쓴 상업주의적인 작품으로 폄하되는 경우도 있었다. 이 작품에 대한 혹평은 발표 당시 평론가들에 의해서만 이루어진 것이 아니었다. 포 자신마저 언젠가 "아주 실없는 책"(a very silly book)이라고 폄하하기도 했다.

하지만, 포의 이 유일한 장편소설은 무엇보다도 근대 서구 역사의 전개와 그 바탕에 있는 근대주의적인 사고에 대한 심층적인 성찰을 수행하는 작품이다. 이런 점에서 이 작품이 소위 '대항해시대' 혹은 '지리상의 발견'의 시대에 가장 인기를 누린 해상 탐험과 발견을 다룬 것은 결코 우연도, 단순한 상업적 전략도 아니다. 대략 15~18세기에 걸친 이 시기는 서양이 이성과 과학, 문명 등을 앞세워 다른 세계를 활발하게 탐험하고 약탈하기 시작한 때로서, 소위 미개지역에 대한 '발견' 과정을 다룬 모험담과 탐험기 들이 19세기 후반까지도 많은 인기를 누렸다. 그리고 이와 같은 모험담 장르는 대체로 '미지'의 세계와 그것의 발견에 대한 자세하고 때로는 신비화된 기록이며, '야만적'이고 '원시적'인 문명에 대한 서구 문명의 침탈과 정복을 정당화하는 서구 중심적인 근대주의 담론을 순환시키는 중요한 매체이기도 했다. 『아서 고든 핌의 이야기』는 바로 그와 같은 모험담 장르를 활용해서 근대주의적 사고를 비판적으로 검토하고 있는 것이다. 포가 전형적인 탐험기에 방불하는 작품을 쓰면서도 당대에 아직 이루어지지 않은 남극 탐험을 소재로 설정해서 처음부터 전형적인 담론 이상으로 나갈 길을 열어놓은 것도 그런 의도를 반영한 것이다.

근대주의에 대한 심층적 성찰

『아서 고든 핌의 이야기』는 주인공인 핌이 항해를 떠나게 된 동기, 항해 중에 부딪히는 다양한 경험과 새로 습득한 지식 등에 대한 기록의 형태로 되어 있어서 표면적으로는 당대에 인기를 누린 진짜 탐험기에서 발견되는 근대주의적 담론과 무척 유사한 내용을 담고 있는 것이 사실이다. 작품의 상당 부분은 '표절'이라는 말이 어색하지 않을 정도로 루이스와 클라크(Meriwether Lewis and William Clark)나 레이놀즈(William F. Raynolds) 등 동시대 유명 탐험가들이 쓴 실제 탐험기에서 따온 것이고, 나머지 부분도 섞이는 것이 어색하지 않을 정도로 충실한 객관적인 탐험보고서의 형태를 띠고 있다. 기록의 방식도 동시대 탐험기들 못지않게 과학적이고 합리적이어서 탐험한 장소의 거리나 위치 등도 구체적이고, 사용한 도구나 방법을 언급하고 있고, 모든 측정과 추정에 전문적인 단위를 사용하며, 최대한 정확한 추정치를 제시하려고 노력한 흔적이 역력하다. 이 작품에 객관성이 강조되는 점은 가령 핌이 사랑하는 개 타이거나 가장 친한 친구 어거스터스, 그리고 생명의 은인인 가이 선장이 이런저런 고난 중에 죽고 난 뒤에도 전혀 개인적인 애도의 말이나 감상을 덧붙이지 않는 묘사에서도 분명히 나타난다. 나아가 지식 추구, 영리 추구에 대해 핌이 표명하는 신념이나 문명과 야만, 흑백의 색깔 사이의 우열에 대한 전제까지 이 작품은 근대주의적인 담론의 특징을 고스란히 답습하고 있다.

그러나 위와 같은 특징에도 불구하고 『아서 고든 핌의 이야기』는 단순히 근대주의를 대변하는 작품은 아니다. 인간, 특히 서양인의 합리주의와 그 문명이 자연과 타인보다 우월하다는 전제하에 그들에 대한 개척, 정복, 지배를 정당화하는 것이 근대주의의 담론이라면, 이 작품은 바로 그런 사고에 근본적인 의문을 제기하고 있기 때문이다. 가령 '식인'은 서양의 탐험가들이 비서양 세계를 개척하는 동안 '발견'한 '야만인'의 행태 중에서도 가장 야만적인 것을 대표한다고 해도 과언이 아닌데, 이 작품에 담긴, 실화에 바탕을 둔 이야기에서 실제 식인을 행하는 것은 야만인들이 아니고 서양인 선원들이다. 즉 이 작품에서 식인은 미개인들의 무절제한 행동이 아니고 난파당한 배의 생존 선원들이 기아에 허덕이는 상황에서 선택할 수 있었던 가장 '합리적인' 선택이다. 작품은 나아가 모험의 고비마다 드러나는 인간의 비합리적인 면에 대한 정밀한 관찰을 통해 합리적인 존재로서 인간의 우월성에 대한 근대의 믿음에 근본적인 의문을 제기한다. 가령 주인공 핌은 친구인 어거스터스가 항해의 치명적인 위험성을 알려줄 때, 그리고 자기 스스로 그 위험성을 체험하고 나서 오히려 더욱 항해에 이끌리며, 항해 도중 발화를 해서 자신의 존재를 알려야만 생명을 건질 수 있는 순간에 오히려 말하는 능력을 완전히 상실한다. 게다가 그는 절벽에 매달려 아래로 내려갈 때 절대로 해서는 안 되는데도 추락의 상상을 억제하지 못해 실제로 추락하는 등 다양한 '이상심리'를 경험한다. 그렇다고 포가 이상심리를 합리주의의 역으로 보면서 미화하거나 신비화하지도 않는데, 오히려 그런 심리도 합리적이고 객관적인 접근을 통해서 이해하고 받아들임으로써 인성의 복잡성을 포용한다.

이런 관점에서, 동굴에서 마주치는 신기한 문자나 남극에서 경험하는 신비한 체험이 과학적으로 해명될 가능성을 부정도 긍정도 하지 않는 이 작품의 절묘한 결말도 주목을 요한다. 그것이 무엇보다도 자연에 대한 인간의 우월성이라는 근대주의적인 전제에 대해 의문을 제기하고 있으며, 더불어 관련된 사람들이 모두 죽거나 실종되고 성과물조차 애매한 근대 서양인 특유의 맹목적인 지식과 권력 추구, 세계 정복이 궁극적으로 허망함을 암시하고 있기 때문이다. 이런 의미에서 포의 『아서 고든 핌의 이야기』는 이후 그가 발표한 빼어난 단편소설들에서 제한된 소재를 대상으로 좀더 정치하게 탐구하게 될 근대주의의 수용과 극복의 가능성이라는 주제를 앞서서 종합적으로 다룬 작품이다. 더불어 이 작품처럼 모험담의 형식에 근대에 대한 심층적 성찰을 담고 있되 당대에 호평을 받지 못했던 멜빌(Herman Melville)의 『모비 딕』(*Moby Dick*)에 비해 포의 『아서 고든 핌의 이야기』가 13년이나 앞서 발표되었다는 사실에서도 우리는 19세기 미국 국민문학의 개척자인 포의 선구적 면모를 엿볼 수 있다.

포는 생전에 작품을 끊임없이 개고하고 다듬은 것으로 유명한 작가이지만 이 작품 『아서 고든 핌의 이야기』의 경우는 예외로서 1838년에 뉴욕의 하퍼 출판사에서 처음으로 발간한 *The Narrative of Arthur Gordon Pym*이 유일한 정본으로 확립되어 있다. 이 번역도 그 책을 원전으로 삼았고, G. R. Thompson이 편집한 *The Selected Writings of Edgar Allan Poe* (New York: Norton, 2004)의 편집자주를 참고했다. 본문의 각주에서 설명했듯이 초판본에는 23장과 24장 사이에 23장이라고 표기된 챕터가 하나 더 있는데, 편집자의 착오로 짐작되기 때문에 여기서는 23-a장, 23-b장으로 표기했다. 고유명사의 영문 표기는 원래의 발음을 살리려고 노력했으나 외래어표기법에 따라 원래 발음과 조금 달라진 경우도 있으니 독자의 양해를 구한다.

역자는 이 작품을 번역하면서 여러차례 되풀이해 읽었지만 읽을 때마다 거장의 손길을 느낄 수 있었고, 때로는 터무니없이 환상적이고 때로는 극도로 사실적인 이 항해와 모험의 이야기를 통해 포가 전해주는 근대주의에 대해 성찰하는 일이 즐거웠다. 이 번역이 독자 여러분께도 같은 즐거움을 나눠드렸으면 한다. 번역에 나름대로 최선을 다했지만 시대와 장소, 문화를 건너는 일인 만큼 부족한 부분이 있을 것이며, 그런 부분에 대해서는 독자 제현의 질정을 부탁드린다. 이 번역 작업은 일일이 다 거명할 수 없을 만큼 많은 가족, 친구, 선후배, 스승 들의 격려와 사랑 속에서 이루어졌다. 그중에서도 변함없는 사랑으로 지켜봐주신 어머니와 아들 민, 딸 진에게 특별한 감사를 표하고, 세심한 교정에 애써주신 편집부의 허원 씨를 비롯한 창비의 여러분께도 고마움을 전한다.

전승희(번역가)

작가연보

1809년 1월 19일 미국 매사추세츠 주 보스턴에서 영국 이민 출신 배우인 어머니 엘리자베스 아널드 포(Elizabeth Arnold Poe)와 역시 배우인 아버지 데이비드 포 2세(David Poe Jr.) 사이에서 출생.

1811년 아버지가 가족을 버린 다음 해로, 어머니까지 폐결핵으로 사망. 버지니아 주 리치먼드의 부유한 상인인 존 앨런(John Allan)가에 입양되었으나 정식으로 입적되지는 않음.

1815년 양부모를 따라 영국으로 이주한 뒤 1820년까지 양부모의 고향인 스코틀랜드, 잉글랜드 등지에서 초등교육을 받음. 이 시기에 다녔던 브랜스비 목사의 기숙학교는 향후 단편소설「윌리엄 윌슨」(William Wilson)의 배경이 됨.

1820년 미국으로 돌아옴.

1826년 버지니아 대학에 입학하여 그리스어, 라틴어, 프랑스어, 이탈리아어를 공부함. 양아버지와의 불화로 학비를 제대로 지급받지 못하자 학자금 마련을 위해 도박에 손을 대기 시작했다가 결국 막대한 부채로 11개월 만에 버지니아 대학을 퇴학함. 애인이었던 세라 엘미라 로이스터(Sarah Elmira Royster)와 파혼함.

1827년 첫 시집 『티무르, 그리고 그밖의 시들』(*Tamerlane and Other Poems*)을 출간함. 양아버지와 의절하고 생계를 위해 에드거 A. 페리(Edgar A. Perry)라는 가명으로 육군에 자원입대함.

1829년 두번째 시집 『알 아라프, 티무르 그리고 그밖의 시들』(*Al Araaf, Tamerlane, and Minor Poems*)을 출간함. 특무상사에 임관됨.

1830년 양아버지 도움으로 뉴욕 웨스트포인트 육군사관학교에 입학함. 양아버지 재혼 후 앨런가와 절연함.

1831년 근무 태만으로 웨스트포인트에서 퇴학당하고, 볼티모어에서 고모인 클렘 가족과 생계를 이어감. 키츠, 셸리, 콜리지의 영향을 받은 시가 수록된 세번째 시집 『시들』(*Poems*)을 출간함.

1833년 단편소설 「병 속에서 발견된 원고」(MS. Found in a Bottle)를 『볼티모어 쌔터데이 비지터』(*Baltimore Saturday Visiter*)지에 응모하여 당선, 상금으로 50달러를 받음.

1834년 양아버지가 포에게 아무런 유산도 남기지 않고 사망함.

1835년 리치먼드의 『써던 리터러리 메신저』(*Southern Literary Messenger*) 편집자로 일함. 단편소설 「모렐라」(Morella)를 발표함.

1836년 고모 클렘의 딸인 사촌 버지니아와 결혼함.

1838년 장편소설 『아서 고든 핌의 이야기』(*The Narrative of Arthur Gordon Pym of Nantucket*)를 출간함. 단편소설 「라이지어」(Ligeia)를 발표함.

1839년 필라델피아의 『버턴스 젠틀맨스 매거진』(*Burton's Gentleman's Magazine*)에서 근무. 「윌리엄 윌슨」 「어셔가의 몰락」(The Fall of the House of Usher) 등을 포함한 최초의 단편소설집 『그로테스크와 아라베스크에 대한 이야기』(*Tales of the Grotesque and Arabesque*) 출간.

1840년 『버턴스 젠틀맨스 매거진』에서 사직함. 단편소설 「군중 속의 남자」(The Man of the Crowd)를 발표함.

1841년 『그레이엄스 매거진』(*Graham's Magazine*)에서 근무. 단편소설 「모르그 가의 살인사건」(The Murders in the Rue Morgue) 「소용돌이 속으로의 추락」(A Descent into the Maelström)을 발표함.

1842년 중편소설 「마리 로제 사건의 수수께끼」(The Mystery of Marie Roget) 단편소설 「붉은 죽음의 가면극」(The Masque of the Red Death) 「타원형 초상화」(The Oval Portrait) 「구덩이와 추」(The Pit and the Pendulum)를 발표함.

1843년 필라델피아의 『달러 뉴스페이퍼』(*The Dollar Newspaper*)에 중편소설 「황금 벌레」(The Gold-Bug)를 발표해 상금으로 100달러를 받으면서 명성을 크게 떨침. 단편소설 「검은 고양이」(The Black Cat) 「배반의 심장」(The Tell-Tale Heart)을 발표함.

1844년 6년간의 필라델피아 생활을 청산하고 뉴욕의 『이브닝 미러』(*Evening Mirror*)에서 근무. 단편소설 「도둑맞은 편지」(The Purloined Letter) 「때 이른 매장」(The Premature Burial)을 발표함.

1845년 『브로드웨이 저널』(*The Broadway Journal*)에서 근무함. 『이브닝 미러』에 시 「까마귀」(The Raven)를 발표해 전국적으로 각광을 받는 한편, 단편소설집 『이야기들』(*Tales*)을 출간함.

1846년 단편소설 「아몬티야도의 술통」(The Cask of Amontillado) 「발데마르 사건의 진실」(The Facts in the Case of M. Valdemar)을 발표함.

1847년 아내 버지니아가 폐결핵으로 사망한 뒤 우울증이 발병함.

1848년 프로비던스로 가서 시인 세라 헬렌 휘트먼(Sarah Helen Whitman)에게 구애함. 그를 재정적으로 지원했던 애니 리치먼드(Annie Richmond), 세라 애나 루이스(Sarah Anna Lewis)와도 염문을 뿌렸으나 결혼에 이르지는 않음. 산문시 「유레카」(Eureka)를 발표함.

1849년 단편소설 「깡충 개구리, 혹은 사슬에 묶인 여덟마리의 오랑우탄」(Hop-Frog; or the Eight Chained Ourangoutangs)을 발표함. 시 「종들」(The Bells), 죽은 아내 버지니아를 그리며 쓴 시 「애너벨 리」(Annabelle Lee) 등을 발표함. 미망인이 된 첫 애인 엘미라 로이스터와 약혼하기로 결정하고, 고모 클렘을 약혼식에 초대하기 위해 여행하던 중 볼티모어에서 의식불명으로 쓰러진 채 발견됨. 병원에 옮겨졌으나 의식을 회복하지 못하고 10월 7일 사망함. 볼티모어에 있는 웨스트민스터 장로교회 묘지에 안장됨.

고전의 새로운 기준, 창비세계문학

오늘날 우리는 인간의 존엄과 개성이 매몰되어가는 시대를 살고 있다. 물질만능과 승자독식을 강요하는 자본주의가 전지구적으로 확산되면서 현대사회는 더 황폐해지고 삶의 질은 크게 훼손되었다. 경제성장만이 최고의 선으로 인정되고 상업주의에 물든 문화소비가 삶을 지배할수록 문학은 점점 더 변방으로 밀려나고 있다. 삶의 본질을 성찰하는 문학의 자리가 위축되는 세계에서는 가진 자와 못 가진 자 할 것 없이 모두가 불행할 수밖에 없다.

이 시대야말로 인간답게 산다는 것의 의미가 무엇인지 근본적인 화두를 다시 던지고 사유의 모험을 떠나야 할 때다. 우리는 그 여정에 반드시 필요한 벗과 스승이 다름 아닌 세계문학의 고전이라는 점을 강조한다. 고전에는 다양한 전통과 문화를 쌓아올린 공동체의 경험이 녹아들어 있고, 세계와 존재에 대한 탁월한 개인들의 치열한 탐색이 기록되어 있으며, 새로운 세상을 꿈꾸는 아름다운 도전과 눈물이 아로새겨 있기 때문이다. 이 무궁무진한 상상력의 보고이자 살아 있는 문화유산을 되새길 때만 개인의 일상에서 참다운 인간적 가치를 실현하고 근대적 삶의 의미와 한계를 성찰하는 지혜를 얻을 수 있을 것이다.

'창비세계문학'은 이러한 문제의식에서 출발한다. 세계문학의 참의미를 되새겨 '지금 여기'의 관점으로 우리의 정전을 재구성해야 할 필요성이 그 어느 때보다 절실하다. '정전'이란 본디 고정된 목록으로 존재하는 것이 아니라 그때그때 주어진 처소에서 새롭게 재구성됨으로써 생명을 이어가는 것이다. 우리는 먼저 전세계 문학들의 다양성과 차이를 존중하면서 국가와 민족, 언어의 경계를 넘어 보편적 가치에 기여할 수 있는 가능성에 주목하고자 한다. 근대를 깊이 성찰한 서양문학뿐 아니라 아시아와 라틴아메리카, 중동과 아프리카 등 비서구권 문학의 성취를 발굴하고 재평가하는 것 역시 세계문학의 지형도를 다시 그리려는 창비의 필수적인 작업이 될 것이다.

여러 전집들이 나와 있는 세계문학 시장에서 '창비세계문학'은 세계문학 독서의 새로운 기준이 되고자 한다. 참신하고 폭넓으면서도 엄정한 기획, 원작의 의도와 문체를 살려내는 적확하고 충실한 번역, 그리고 완성도 높은 책의 품질이 그 기초이다. 독서시장을 왜곡하는 값싼 유행과 상업주의에 맞서 문학정신을 굳건히 세우며, 안팎의 조언과 비판에 귀 기울이고 독자들과 꾸준히 소통하면서 진정 이 시대가 요구하는 세계문학이 무엇인지 되묻고 갱신해 나갈 것이다.

1966년 계간 『창작과비평』을 창간한 이래 한국문학을 풍성하게 하고 민족문학과 세계문학 담론을 주도해온 창비가 오직 좋은 책으로 독자와 함께해왔듯, '창비세계문학' 역시 그러한 항심을 지켜 나갈 것이다. '창비세계문학'이 다른 시공간에서 우리와 닮은 삶을 만나게 해주고, 가보지 못한 길을 걷게 하며, 그 길 끝에서 새로운 길을 열어주기를 소망한다. 또한 무한경쟁에 내몰린 젊은이와 청소년들에게 삶의 소중함과 기쁨을 일깨워주기를 바란다. 목록을 쌓아갈수록 '창비세계문학'이 독자들의 사랑으로 무르익고 그 감동이 세대를 넘나들며 이어진다면 더없는 보람이겠다.

2012년 가을
창비세계문학 기획위원회
김현균 서은혜 석영중 이욱연 임홍배 정혜용 한기욱

창비세계문학 58

아서 고든 핌의 이야기

초판 1쇄 발행 / 2017년 6월 23일

지은이 / 에드거 앨런 포
옮긴이 / 전승희
펴낸이 / 강일우
책임편집 / 허원
조판 / 박아경
펴낸곳 / (주)창비
등록 / 1986년 8월 5일 제85호
주소 / 10881 경기도 파주시 회동길 184
전화 / 031-955-3333
팩시밀리 / 영업 031-955-3399 편집 031-955-3400
홈페이지 / www.changbi.com
전자우편 / lit@changbi.com

ISBN 978-89-364-6458-5 03840